W0222038

À PROPOS DE L'AUTRICE

Millie Adams est autrice de romance contemporaine et de romance historique. Elle vit dans une petite maison à la lisière des bois, selon elle l'endroit rêvé pour s'échapper de la meilleure façon qui soit : dans les pages d'un livre.

Promise à un Highlander

MILLIE ADAMS

Promise à un Highlander

Traduction française de
HÉLÈNE ARNAUD

Les Historiques

HARLEQUIN

Collection : LES HISTORIQUES

Ce roman a déjà été publié en 2021

Titre original :
CLAIMED FOR THE HIGHLANDER'S REVENGE

© 2020, Millie Adams.
© 2021, 2025, HarperCollins France pour la traduction française.

Ce livre est publié avec l'autorisation de HARLEQUIN BOOKS S.A.

Tous droits réservés, y compris le droit de reproduction de tout ou partie de l'ouvrage, sous quelque forme que ce soit.
Toute représentation ou reproduction, par quelque procédé que ce soit, constituerait une contrefaçon sanctionnée par les articles 425 et suivants du Code pénal.

Si vous achetez ce livre privé de tout ou partie de sa couverture, nous vous signalons qu'il est en vente irrégulière. Il est considéré comme « invendu » et l'éditeur comme l'auteur n'ont reçu aucun paiement pour ce livre « détérioré ».

Cette œuvre est une œuvre de fiction. Les noms propres, les personnages, les lieux, les intrigues sont soit le fruit de l'imagination de l'auteur, soit utilisés dans le cadre d'une œuvre de fiction. Toute ressemblance avec des personnes réelles, vivantes ou décédées, des entreprises, des événements ou des lieux serait une pure coïncidence.

HARPERCOLLINS FRANCE
83-85, boulevard Vincent-Auriol, 75646 PARIS CEDEX 13
Service Clients — www.harlequin.fr
ISBN 978-2-2805-1771-3 — ISSN 1159-5981

Édité par HarperCollins France.
Composition et mise en pages Nord Compo.
Imprimé en février 2025 par CPI Black Print (Barcelone)
en utilisant 100% d'électricité renouvelable.
Dépôt légal : mars 2025.

FSC www.fsc.org MIXTE Papier issu de sources responsables FSC® C159065

Pour limiter l'empreinte environnementale de ses livres, HarperCollins France s'engage à n'utiliser que du papier fabriqué à partir de bois provenant de forêts gérées durablement et de manière responsable.

À Harlequin, qui a réalisé tant de mes rêves.

1

Angleterre, 1818

Lady Penelope Hastings était installée dans le salon, en train de grignoter un toast beurré, quand elle apprit qu'on venait de la vendre à un sauvage.

— Je crains qu'il n'y ait rien à faire…

Voilà toute l'explication que son père, Lord Avondale, daigna lui fournir.

S'il y avait bien une chose que Penny avait apprise au fil des ans, c'était qu'une affaire n'était jamais bien engagée quand son père commençait par insister sur le peu d'options à leur disposition. Lors de la mort de son épouse, il n'y avait *rien eu à faire*. Quand il avait renvoyé la gouvernante préférée de Penny – la seule personne dans cette maison à s'intéresser vraiment à elle –, il n'y avait *rien eu à faire*.

Lorsqu'elle était encore petite fille, rêveuse et pleine d'espoir, elle lui avait apporté un petit oiseau blessé qu'elle voulait sauver, et son père l'avait à peine regardé.

« Il n'y a rien à faire. »

À présent, elle avait l'impression que c'était elle, l'oiseau blessé.

— Je ne suis pas certaine de bien comprendre toutes les conséquences de ce que vous m'annoncez.

Elle baissa les yeux sur le reste de son toast, mais elle n'avait plus d'appétit et le reposa sur son assiette.

— Tu n'épouseras pas le duc de Kendal. Il y a eu… Pour être honnête, je pensais cet homme mort depuis longtemps et j'étais convaincu que personne ne viendrait jamais me demander de régler une si vieille dette.

— Une dette ? Je n'ai pas souvenir de vous avoir entendu parler de cela.

Elle croisa les mains sur ses genoux et fit de son mieux pour garder un visage neutre. Il était inutile de s'emporter, avec son père. Au mieux, les protestations tombaient dans l'oreille d'un sourd. Au pire, il se laissait gagner par la colère et…

En deux mots, Penny n'avait aucune envie de lui faire perdre son calme. Ce fut pour cela qu'elle fit l'effort de rester de marbre. Ses émotions contrariaient toujours son père, à tel point qu'il l'avait enfermée plusieurs jours dans sa chambre après l'enterrement de sa mère, exaspéré par ses pleurs de petite fille.

Durant tout ce temps, elle avait appris à garder ses émotions sous clé. Elle ressentait toujours les mêmes troubles, les mêmes joies, les mêmes douleurs, mais tout cela n'était plus que des échos qui résonnaient dans son cœur comme dans une salle vide. Personne ne les entendait. Personne ne pouvait s'en servir contre elle.

Des années plus tard, elle avait aussi appris à parlementer avec son père sans le provoquer. Il fallait lui opposer des arguments rationnels. L'obliger à répéter plusieurs fois de suite ses affirmations. Un jour, elle était tombée par hasard sur un livre traitant des négociations en temps de guerre et elle avait rapidement mis ses nouvelles connaissances en pratique.

L'une des rares qualités de son père était la patience avec laquelle il avait amassé une incroyable bibliothèque. C'était plus une question de fierté que de curiosité littéraire de sa part ; mais Penny, elle, y passait de longues heures passionnantes.

En grandissant dans une maison d'où son père s'absentait souvent et où les domestiques ne restaient jamais bien longtemps, elle avait développé un véritable amour de la lecture.

Depuis longtemps, elle soupçonnait que le départ – souvent inattendu – des serviteurs était dû à des gages non payés. Leur famille avait rejoint les rangs de ces nobles titrés, respectés et reconnus en société, mais qui n'avaient plus les moyens de tenir leur rang. Leur maison même était l'incarnation de leur situation délicate : grande, imposante... et sur le point de tomber en ruine.

Les dorures sophistiquées à présent ternies qui ornaient les plafonds et les encadrements de portes semblaient se moquer d'eux. Elles avaient été jolies, par le passé, mais elles ne faisaient plus illusion depuis longtemps.

Le papier collé sur les murs du salon avait autrefois été d'un bleu intense mais avait subi les assauts du soleil jusqu'à prendre une couleur fade de mer orageuse. La fresque qui avait ressemblé à de la soie damassée aux multiples reflets prenait des allures de peinture vieillie. Tout cela n'avait d'ailleurs pas beaucoup d'importance, puisque le père de Penny ne recevait plus personne depuis la mort de sa femme, survenue brusquement alors qu'elle n'avait encore que cinq ans.

Il n'avait même pas besoin de lui parler de leurs difficultés financières : elle pouvait les voir étalées dans toutes les pièces.

Penny n'était pas stupide. Elle passait son temps à lire et à observer. Dès que quelqu'un passait par le château, elle posait des questions, qu'il s'agisse d'un domestique, d'un chaperon venu pour elle, ou même du fauconnier qui vivait sur le domaine. Elle était prête à discuter avec n'importe qui tant elle haïssait le silence. Il laissait trop de place aux souvenirs douloureux, aux sensations pénibles qu'elle tentait d'étouffer, et cela n'apportait jamais rien de bon. Au contraire, poser toutes les questions qui lui venaient à l'esprit lui permettait de se découvrir des points communs avec ceux qu'elle rencontrait. C'était ainsi qu'elle avait compris, peu à peu, que tout le monde n'était pas comme son père. Tout le monde ne lui ordonnait pas de se taire dès qu'elle faisait le moindre bruit. Ainsi, elle posait des questions. Encore et encore.

Elle voulait savoir comment on tenait une maison comme la sienne. À quoi ressemblait la société londonienne. Combien de temps il fallait à un œuf pour devenir un poulet.

Et elle se souvenait de toutes les réponses.

Cela ne suffisait certes pas à apaiser sa solitude, mais cela l'aidait à mieux comprendre la marche du monde. Ainsi que la situation réelle dans laquelle son père et elle se trouvaient.

— Je n'avais pas besoin de ton avis, et donc je n'ai pas vu l'intérêt de te consulter à ce sujet, reprit-il, alors qu'elle attendait patiemment sa réponse. Néanmoins, je te l'annonce aujourd'hui : tu épouseras un Écossais.

Penny n'en croyait pas ses oreilles. Ses joues brûlaient comme si elle avait trop approché son visage du feu où l'on venait de faire griller son toast. Ses mains, au contraire, étaient glacées comme si elle était victime d'une soudaine fièvre.

Et elle en fut heureuse, car cela valait mieux que le désespoir brutal qui l'envahissait sous la surface. Inutile de se laisser dominer par sa détresse ou par la colère qui commençait à bouillonner en elle.

D'ailleurs, elle ne savait pas ce qui l'horrifiait le plus. Le fait que les merveilleux espoirs qu'elle nourrissait depuis des mois venaient d'être réduits en cendres sous ses yeux ? Ou le fait qu'elle avait du mal à garder le contrôle de ses émotions face à une telle nouvelle ?

Si jamais elle prononçait un mot de travers, son père risquait de perdre son sang-froid. Cela ne résoudrait certainement pas le problème de ses fiançailles avec le duc, et elle n'obtiendrait aucun détail de plus sur ce qui l'attendait.

Quand on le défiait, son père n'était que rage. Il ne lui apporterait aucune information pertinente.

— Avez-vous parlé au duc de Kendal, père ? demanda-t-elle donc en choisissant ses paroles avec soin.

Elle aurait voulu hurler. Crier, pleurer et se jeter par terre comme un enfant que l'on prive de friandises. Mais faire preuve d'immaturité et laisser ses émotions déborder quand elle avait senti la douleur emplir tout son être lui avait valu trois jours d'emprisonnement à la mort de sa mère.

Le deuil était censé être visible par tout le monde, étalé sur la couleur des vêtements, par exemple. Ce n'était pas supposé modifier en profondeur qui l'on était, s'installer au fond de votre cœur et le dévorer jusqu'à ce que les plaies refusent de se refermer.

Oui, Penny avait appris à dissimuler ses émotions. Elle avait hérité du coffret à bijoux de sa mère – pas des bijoux en eux-mêmes, bien sûr, puisque son père les avait vendus bien plus tôt pour rembourser ses dettes – et elle chérissait depuis toujours cet écrin de bois orné d'une serrure d'or. Elle y gardait précieusement des pierres, des plumes, des objets sans importance ramassés dans le parc. Des trésors que son père ne pourrait jamais vendre et qui marquaient à leur manière les années passées. Des années pendant lesquelles elle avait arpenté les jardins seule. Des objets uniquement précieux pour elle.

Lorsque sa mère avait succombé, Penny n'avait pas compris immédiatement. L'un des garçons d'écurie lui avait expliqué qu'on allait mettre sa maman dans une boîte en bois, dans la terre. Penny avait pleuré toutes les larmes de son corps, bouleversée par cette idée. Et son père… Son père était entré dans une colère noire. Il lui avait hurlé de se taire, sans se soucier des domestiques qui assistaient à la scène. Il l'avait entraînée dans la maison, jusqu'au milieu du grand hall, et l'avait grondée longtemps. Mais elle avait été incapable de retenir ses sanglots.

Il l'avait donc envoyée dans sa chambre en interdisant qu'on lui ouvre la porte tant qu'elle n'aurait pas cessé de pleurer.

Ses ordres avaient été suivis à la lettre. Pendant près de trois jours, Penny était restée seule entre quatre murs. Elle avait eu l'impression qu'on l'avait à son tour enfermée dans la boîte en bois dont le garçon d'écurie avait parlé. La misère lui avait pesé comme autant de terre sur ses épaules. Elle avait fini par prendre le coffret à bijoux, dans sa commode, et avait dormi avec. Elle l'avait serré très fort contre son cœur. Depuis, dès qu'elle sentait monter en elle une émotion trop violente, trop lumineuse ou trop intense pour la contenir, elle s'imaginait en train de l'enfermer à double tour dans ce coffret.

Elle n'avait plus jamais pleuré. Pas depuis toutes ces années. Elle gardait ses émotions sous clé dans la boîte à bijoux, en compagnie des pierres, des plumes et des précieuses babioles que son père ne pourrait jamais toucher.

À présent, assise dans son fauteuil, elle eut recours à la même astuce. Elle imagina sa peur, sa colère et sa tristesse emprisonnées assez loin d'elle pour ne plus l'atteindre.

— Non, je n'ai pas encore parlé au duc, annonça son père. Mais...

— C'est juste que... je suis certaine qu'il saura quoi faire, coupa-t-elle en faisant de son mieux pour ne pas paraître trop désespérée. Nos fiançailles ont été rendues publiques depuis des semaines et je pense que le duc nous aidera. Et puis, j'ai déjà acheté mon trousseau, père !

Le duc lui-même l'avait entièrement payé, bien sûr. Jamais Lord Avondale n'aurait pu financer une garde-robe de duchesse.

Et la famille du duc... Sa sœur, sa pupille, sa mère. Penny

était censée vivre avec ces gens. Elle était censée avoir enfin de vraies amies.

Le toast qu'elle avait mangé pesait à présent sur son estomac.

Ses fiançailles avec Sa Grâce, le duc de Kendal, avaient été l'un des plus grands succès de son père. Elles lui avaient prouvé qu'avoir une fille n'était peut-être pas une si mauvaise chose, au fond.

S'il revenait à présent sur sa parole pour offrir la main de sa propre enfant à un vulgaire soldat, un soldat *écossais*, en plus, cela signifiait que la situation était extrêmement grave.

Penny aimait le duc et tout ce qu'il représentait. Tout ce qu'elle savait de lui. Elle aimait ses manières charmantes, son beau visage et son manoir toujours impeccable. La meilleure chose que son père ait jamais faite pour elle était justement d'avoir su organiser leur mariage.

Elle avait été surprise, au début. On ne lui avait pas offert de vraie Saison, à Londres, et elle n'avait pas espéré rencontrer un si beau parti. Un jour, alors qu'elle se promenait, elle avait découvert par hasard la sœur du duc, perdue et couverte de boue. Elle l'avait emmenée chez elle et lui avait offert une collation pour la réchauffer.

L'apparition du duc en personne venu chercher sa sœur avait été très inattendue.

Le lendemain, sa mère avait envoyé une lettre de remerciements et avait invité Penny pour le thé.

Cet incident avait marqué le début d'un miracle dont elle n'avait jamais osé rêver. Quelque chose qui lui paraissait presque trop beau pour être vrai. Elle aurait peut-être pu s'imaginer un tel avenir si elle avait été quelqu'un d'autre – pas juste Penelope Hastings.

Jamais elle ne saurait exactement pourquoi le duc avait arrêté son choix sur elle et pas sur une jeune femme plus élégante croisée dans les salles de bal londoniennes. Elle ne pouvait que formuler des hypothèses, basées sur ce qu'elle savait de lui.

Penny avait conscience de sa propre beauté. À l'exception du coffret à bijoux vide, son charme était la seule chose que sa mère lui avait transmise. Mais elle savait aussi que sa beauté n'était pas sa qualité première aux yeux du duc de Kendal. Sans doute avait-il simplement cherché à fuir les mères pressées qui poussaient leurs filles dans le monde pour les marier le plus tôt possible et avait-il préféré choisir librement une épouse respectable, que le scandale n'avait pas encore touchée.

Bien sûr, le père de Penny s'était attribué tout le crédit de cette alliance, mais elle s'en moquait. Si elle ne faisait pas un beau mariage, elle n'aurait jamais rien. C'était une question de survie pour elle. Elle s'était attendue à ce qu'on la fiance à un vieillard édenté et chauve, dont la fortune aurait plus ou moins compensé les défauts.

Oui, elle avait grandi convaincue que tel serait son destin.

Se voir promise au duc puis le voir *remplacé* par un autre homme était un coup inattendu porté à son cœur, ses espoirs, son orgueil...

Parce que son promis lui avait laissé entrevoir un avenir radieux, doux et facile. Un avenir qui n'était à présent plus que cendres à ses pieds.

Elle avait cru que son père avait enfin perdu tout moyen de la blesser ou de la décevoir.

Elle avait eu tort.

— Ton nouveau fiancé m'a assuré qu'il obtiendrait une licence spéciale pour célébrer votre union au plus vite. Ensuite, tu l'accompagneras sur ses terres, en Écosse.

Sans réfléchir, Penny s'écarta de la table et resta un moment figée dans son fauteuil. Elle se leva lentement, saisie de vertige comme si ses pieds ne touchaient plus le sol.

Non seulement elle venait de perdre son futur époux,

mais aussi l'avenir qu'elle avait imaginé. Les dorures du petit salon qu'on lui avait réservé à Bybee House n'étaient pas fanées, elles. Le papier collé aux murs était d'un beau rose vif, orné de vignes marbrées et d'or. Elle avait déjà passé de nombreuses heures à s'imaginer assise là-bas, en train de coudre, de lire ou de jouer avec un chaton.

Elle avait prévu d'adopter un chat qui vivrait dans la maison avec elle et pas dans les granges pour attraper des souris.

Et que dire de la duchesse de Kendal, la mère du duc, qui lui était devenue si chère ? Que dire de la sœur de ce dernier et de sa pupille, ses nouvelles amies ? Ces femmes étaient la promesse d'une vie dénuée de solitude, une vie aussi excitante que dans les livres.

Penny n'avait pas connu ce genre de relations depuis très longtemps. Pas depuis... Lachlan. Un domestique qui avait autrefois travaillé au château. Il avait presque dix ans de plus qu'elle, mais il avait été gentil. Son premier ami.

Une fois, il l'avait même aidée à sauver un oiseau blessé. Il l'avait laissée le suivre partout et lui poser des centaines de questions qui auraient découragé la plupart des hommes du domaine. Il avait été là. Il lui avait offert une oreille attentive pour qu'elle ne soit plus cantonnée au silence.

Puis, un jour, il était parti. Sans explications. Sans lui dire au revoir. Était-il mort ?

Elle l'avait pleuré.

Mais cette fois, ses larmes avaient été intérieures, parce qu'elle savait très bien ce qui l'aurait attendue si elle les avait montrées.

Elle fit la même chose, à présent, les mains bien posées sur ses genoux et le visage neutre, sans trahir tous les espoirs qu'elle avait chéris et qu'on venait de lui arracher. Comment allait-elle se relever de ce coup terrible ?

Lachlan Bain était un homme patient. Les années l'avaient endurci, transformé. Il portait les cicatrices de ses batailles. Sa vie de soldat avait détruit tout ce qu'il y avait autrefois eu de bon en lui.

Mais elle avait aussi aplani ses défauts de jeunesse. Son impatience. Son impétuosité. Comme une épée passée à la flamme, tout ce qui restait de lui à présent était un fil d'acier froid et tranchant.

Pendant des années, il avait gardé sa rage au fond de lui, l'emportant partout où il allait. C'était cette force qui l'avait guidé sur les champs de bataille et au-delà. Puis, peu à peu, les années avaient émoussé les causes de cette rage. Quelque part, dans les campements boueux de l'armée, il avait oublié d'où venait sa colère. Elle avait englobé tout ce qui l'entourait, toutes les atrocités de la guerre.

Les vies innocentes qu'il n'avait pas su sauver.

Mais il avait appris à la contrôler. Il en avait fait une lame acérée destinée à détruire son ennemi, laissant l'image du premier adversaire à avoir excité sa fureur s'évanouir dans le lointain.

Il avait fallu qu'il apprenne la mort de son père pour se souvenir. Dès qu'il avait reçu le message, il s'était organisé pour que ses affaires puissent fonctionner sans lui – cela avait pris six mois. Six mois pour dresser son plan de bataille et mettre sa vengeance à exécution.

Pendant tout ce temps, son sang avait bouilli de la même rage inextinguible qu'il avait si longtemps domptée. Elle n'avait jamais complètement disparu ; il l'avait juste étouffée. Et maintenant, les braises se ravivaient.

Avant de rentrer en Écosse et de retrouver les Highlands pour rendre à son clan sa gloire déchue, il allait réclamer la dette que l'on avait envers lui.

La haute société de Londres avait été parcourue de rumeurs heureuses. On les avait colportées depuis les salons où il n'était jamais invité jusqu'aux tables de jeu où il régnait en maître. *Le comte d'Avondale avait réussi à trouver un parti prestigieux pour sa fille...*

Un parti que ne méritait pas un homme ruiné à la réputation entachée.

Un duc !

Le vieil homme était apparemment fier comme un général victorieux.

Lachlan, lui, savait que le comte n'avait rien de valeur à son nom, aucun trésor caché – uniquement sa fille.

Il se souvenait bien d'elle. Jolie comme une poupée de porcelaine, fragile, avec ses cheveux blonds presque blancs et ses grands yeux aussi bleus qu'un œuf de rouge-gorge. Des années plus tôt, il avait eu pitié d'elle. Certes, travailler pour le comte avait été un enfer pour un jeune homme fougueux comme lui, mais sa vie à elle, enfermée dans ce manoir aux allures de mausolée, semblait encore plus dure.

Lachlan avait eu un père indigne, lui aussi. Il était donc bien placé pour juger le comportement méprisable du comte.

Oui, il avait eu pitié de cette fille et, s'il avait été différent, il aurait pu se sentir coupable de se servir d'elle comme il s'apprêtait à le faire.

Mais il n'était *pas* différent.

Il était un soldat. Un homme qui avait le courage de se hisser plus haut que son père. Un homme qui refusait de rester assis dans son salon et de se remplir les poches pendant que ses gens mouraient de faim.

Il avait combattu sans peur. Il avait failli mourir plus d'une fois.

Et, pendant ses dix années de campagne, il était passé de garçon insignifiant et invisible pour les Anglais au rang de frère d'armes.

Les nécessités de la guerre et son talent l'avaient hissé jusqu'au grade de capitaine. Il avait commandé des troupes

– surtout constituées d'Écossais comme lui – et avait combattu en kilt, sous les ordres de ses oppresseurs. Grâce à tous ses efforts, ses hommes et lui avaient gagné le respect des Anglais – respect dont ils n'avaient cure, d'ailleurs.

Au final, à la guerre, tout le monde se ressemble. Saxons ou Écossais, voir mourir des jeunes gens vous retournait les tripes. Pataugeant dans le sang et la boue, tous les hommes sont pareils.

Un jour, il avait sauvé la vie d'un autre soldat blessé, qui s'était révélé être un jeune noble. Il était resté toute une nuit avec lui, caché dans un fossé, tandis que les coups de feu claquaient au-dessus de leurs têtes.

Ce geste lui avait valu une médaille de héros de guerre et avait été le point de départ de sa fortune. À présent, il pouvait aborder sa vengeance avec une totale liberté. Et, plus important encore, il allait pouvoir réparer tout ce que son père avait détruit.

Il avait un plan. Il ne pouvait pas se permettre de se sentir coupable.

La culpabilité était un luxe réservé aux hommes à la fois riches et titrés. Mais Lachlan savait bien que ces hommes-là, justement, étaient les moins susceptibles de douter de leurs décisions.

D'ailleurs, le père de cette fille pouvait s'estimer heureux qu'un Écossais comme lui n'ait pas décidé de se venger en le décapitant d'un coup d'épée.

Dès son arrivée au domaine, il s'assura que ses chevaux avaient une bonne place à l'écurie – une écurie qu'il ne connaissait que trop bien après toutes ces années passées à trimer au service du comte – puis se dirigea vers la maison.

Le manoir était aussi imposant et austère qu'autrefois. Les demeures anglaises n'avaient décidément aucun point commun avec les anciens forts de pierre des Highlands, à l'image de celui dans lequel il avait vécu en tant que fils de chef. En dépit de l'amertume qu'il ressentait pour son père, Lachlan devait bien admettre que ce dernier avait su garder son aura de puissance. Aucune porte ne lui avait jamais été fermée, dans son pays.

En Angleterre, par contre...

Au fil des ans, les prouesses au combat des Écossais avaient changé le regard que les Anglais portaient sur eux, mais Lachlan n'était pas pour autant le bienvenu dans la haute société. Héros de guerre ou non.

Pendant trois ans, il avait travaillé dur pour faire fructifier son empire naval et il pouvait se faire accepter dans n'importe quel club de Londres ; mais, comme la plupart des marchands, il ne serait jamais l'égal des nobles du pays... Non pas qu'il l'ait souhaité. Il préférait s'asseoir aux tables de jeu et miser plus haut que tous ces gentlemen si fiers et aux poches vides.

Il préférait les obliger à jouer - et à perdre - face à un homme qu'ils méprisaient.

C'était sa manière de se rebeller contre son père, qui avait tant admiré les Anglais.

Seulement, le temps du jeu était passé. Le moment était venu pour Lachlan Bain de rentrer chez lui.

Allait-il être déçu, en confrontant ses souvenirs de sa terre natale à la réalité ? Il ne serait pas surpris que ses gens l'accueillent à coups de fourche, après toutes ces années.

Si jamais ils s'étaient convaincus qu'il ne valait pas mieux que son père, il ne pourrait les blâmer.

Et pour cause : ce dernier avait dilapidé sa fortune et celle du clan, de ses habitants, dans ses vains efforts pour vivre à la manière de la noblesse anglaise. Il avait bu son argent dans les pubs d'Édimbourg pendant que ceux qu'il avait juré de protéger avaient faim, au fond de leurs vieilles masures en ruine.

Il était peut-être trop tard. Il restait peut-être trop peu de foi, là-bas, pour que Lachlan puisse se racheter.

Mais il n'avait pas l'habitude de concéder la défaite.

Pour le meilleur ou pour le pire.

Et il ne pardonnait pas.

Le comte d'Avondale commençait à peine à s'en rendre compte.

Si Lachlan devait rentrer chez lui, il rapporterait un « souvenir » sur ses terres. Le trophée le plus précieux aux yeux de l'homme qui avait failli le détruire.

Rien n'était plus doux que la vengeance.

La mère de Lachlan l'avait envoyé en Angleterre et avait fait appel à des amis de son père pour lui trouver une place chez le comte. Elle avait fait tout cela sans attendre la permission de son époux, sans même lui en parler. Elle voulait que son fils ait une chance de gagner l'argent que son mari dépensait aveuglément.

Mais le comte avait piégé Lachlan. Il ne l'avait jamais payé pour son travail. Lachlan était jeune à l'époque… Quelle honte pour lui s'il était rentré les poches vides ! Il était donc resté, avait attendu, attendu encore, espérant qu'Avondale tienne enfin parole. Pendant ce temps-là, sa mère…

Sa mère avait sombré dans le désespoir.

Elle s'était tuée.

Le père de Lachlan était le principal responsable de sa mort, certes, mais le comte aussi avait joué un rôle dans ce drame.

Et maintenant, il allait payer.

Lachlan frappa à la porte. Il aurait pu rentrer directement, impatient comme il était, mais il tenait à ce qu'on le salue. Il tenait à ce que les domestiques lui rendent hommage, à lui, le garçon d'écurie enrichi.

Sa fortune lui aurait permis d'acheter le domaine, les meubles, les chevaux, les domestiques et même le comte en personne si bon lui semblait, après tout. Il *refusait* de s'effacer devant cet homme.

Le majordome qui vint lui ouvrir était le même que celui que Lachlan avait connu à quinze ans. Il l'avait trouvé intimidant, à l'époque, avec son visage mauvais et ses larges épaules. À présent, il voyait bien que le vieillard portait des épaulettes...

Son regard noir fatigué n'avait plus rien d'effrayant. Le Lachlan d'autrefois n'aurait pas su apprécier un tel spectacle. Celui d'aujourd'hui, en revanche, le goûtait au plus haut point. Quand on acceptait de travailler pour le diable, il fallait en assumer les conséquences.

Mais après tout, qui était-il pour juger le majordome ? Lui-même avait fait partie de cette maison.

— Mr Bain, dit le vieil homme. Le comte vous attend.

— Capitaine, corrigea Lachlan avec froideur. *Capitaine* Bain.

Il ne se servait de son rang dans l'armée anglaise que parce qu'il lui permettait de mettre en évidence son statut, si inférieur à celui de son hôte. Son hôte qu'il tenait à sa merci.

Le domestique eut une petite moue. Reconnaissait-il le gamin d'autrefois ? Se souvenait-il seulement de lui ? Lachlan n'en savait rien. Mais le majordome le voyait comme un Écossais et, à l'évidence, cela suffisait à éveiller son mépris. Néanmoins, il n'avait pas d'autre choix que de le laisser entrer et il s'écarta. Lachlan embrassa le hall d'un regard. Il avait connu ce lieu dans toute sa grandeur. À présent, il voyait le papier collé aux murs partir en lambeaux. Ses teintes fanées laissaient à peine deviner un motif de fleurs sous les auréoles d'humidité qui créaient des cloques par endroits. Apparemment, même les aristocrates n'avaient pas encore trouvé de remède aux infiltrations.

Il fit un pas de plus mais, soudain, une porte s'ouvrit à la volée pour laisser apparaître une jeune femme. Dans sa hâte, celle-ci faillit le heurter. Elle redressa vivement les épaules et lissa sa jupe d'une main tremblante.

— Calmez-vous, ma jolie, dit-il.

De toute évidence, sa voix ne la rassura pas. De grands yeux bleus se levèrent vers lui et il y lut de la peur. Il avait l'habitude de ce genre de regard, chez les hommes. Il avait souvent été la dernière vision de ses ennemis. À l'armée, on le considérait comme un tueur sans scrupules, et c'était une réputation bien méritée.

Mais il n'avait jamais pris le moindre plaisir à effrayer les femmes.

Il lui fallut quelques secondes pour comprendre que cette demoiselle était sa nouvelle fiancée. Il ne l'avait pas vue depuis qu'elle était enfant, mais il la reconnut sans peine. Elle était toujours aussi fine, aussi délicate. Ses joues avaient perdu leur rondeur mais ses yeux restaient de ce même bleu si particulier et son menton était toujours aussi obstiné.

Elle portait une simple robe blanche, aussi claire que son teint, avec un large décolleté à la mode. Il s'était déjà demandé si les hommes n'avaient pas soufflé aux couturières l'idée de ces corsages ouverts et généreux qui dévoilaient tant de chair désirable.

Il avait souvent imaginé sa promise, sans pour autant s'attendre à tant de beauté. Le mot « beauté » ne suffisait même pas à la décrire.

Elle ressemblait à une fée. Comme si sa simple présence illuminait soudain ce hall si austère.

Elle était bien plus charmante que dans ses rêves, à la vérité... La fillette un peu maladroite d'autrefois était-elle vraiment devenue aussi ravissante avec les années ?

Il retrouvait en elle cette finesse qu'il avait connue, cette blondeur, cet éclat de mer calme dans ses yeux. Oui, son regard possédait tout le mystère du grand large. On y lisait de la peur, mais pas seulement. Il y avait aussi un mélange de force, de détermination, et d'autre chose qu'il ne sut reconnaître.

Une profondeur inattendue.

Sans doute cette richesse avait-elle toujours été là, cette magie avait-elle mûri sous la moue obstinée de ses lèvres. Une personne plus vulnérable aurait depuis longtemps été écrasée par la tyrannie du comte. Pas elle. Elle semblait aussi vive qu'avant et Lachlan ne put s'empêcher de l'admirer pour cela.

Seulement, s'il pouvait voir sa force de caractère, il voyait aussi sa terreur. Il devinait les battements du sang sous la peau fine de sa gorge. Ce constat l'agaça presque. Ne pouvait-elle empêcher son corps de la trahir ainsi ? Ne pouvait-elle garder cette faiblesse cachée ? Un homme aurait si facilement pu la broyer, en cet instant.

Un homme comme lui.

Une fois de plus, il songea qu'il aurait pu avoir pitié, dans d'autres circonstances. Mais il était Lachlan Bain, et la pitié n'avait pas de place dans sa vie.

— *Vous !* dit-elle, passant de la frayeur au choc le plus violent.

Cette simple syllabe en disait tellement long.

— Oui, répondit-il. Je vois que vous avez déjà parlé avec votre père.

— Ce n'est pas ce que je voulais dire. C'est *vous*. Vous êtes le garçon qui...

Ainsi, elle se souvenait de lui. Il s'était posé la question, une fois – mais cela ne l'avait pas préoccupé bien longtemps. Elle n'était plus qu'un outil pour lui, un moyen de se venger du comte.

S'en convaincre était un peu plus difficile, maintenant qu'elle se trouvait en face de lui. Car elle était bien une femme en chair et en os, pas une pièce de jeu d'échecs.

De manière générale, Lachlan avait remarqué que les

femmes étaient capables de lui faire comprendre ce qu'elles attendaient de lui – ou n'attendaient pas – très clairement. Il ne lui fallait que quelques instants pour lire la peur, le désir ou la jalousie dans leurs yeux, leurs sourires.

Mais pas cette femme.

Il connaissait très bien son père. Vivre dans cette maison, avec le comte, aurait suffi à briser le plus fort des hommes ; et pourtant, elle était là, bien droite et les épaules crispées.

C'était… inattendu. Beaucoup plus qu'il l'aurait cru.

Pendant son enfance, en fillette négligée et blessée, elle avait passé son temps à sauver tous les animaux du domaine. Lachlan avait trouvé cette obsession étrange, à l'époque. Elle, qui avait de toute évidence besoin qu'on l'aide, volait au secours des créatures plus petites et plus vulnérables qu'elle, comme si elle ne voyait pas à quel point elle leur ressemblait.

Évidemment, tout cela ne changeait rien aux projets de Lachlan.

La bouffée de désir qui montait en lui depuis qu'il avait posé les yeux sur sa promise n'était qu'un détail appréciable venant s'ajouter à sa vengeance.

— Vous êtes le garçon qui parlait avec moi, celui qui m'a aidée à sauver l'oiseau, dit-elle.

— Oui. J'imagine que je devrais être flatté que vous vous souveniez de moi. Mais vous vous rendrez vite compte que je ne suis plus un domestique, ni juste un « garçon ». Je suis le capitaine Lachlan Bain, chef du clan MacKenzie. Et vous serez mon épouse.

2

Penelope n'avait fui les flammes de son père que pour... se jeter dans les bras de son ennemi.

Sauf que cet ennemi était un homme qu'elle avait presque considéré comme un ami, autrefois. Son unique ami d'enfance. Si son père l'avait su, à l'époque, cela aurait sans doute entraîné un désastre pour eux deux. Mais il ne s'en était jamais rendu compte. Elle avait toujours été prudente, ne quittant la maison qu'en pleine journée, quand son père était occupé. De toute manière, puisqu'il ne se souciait presque jamais d'elle et avait renvoyé sa gouvernante, elle n'avait pas eu grand-chose d'autre à faire que se promener dans le domaine.

Elle avait donc passé le temps en explorations, découvrant peu à peu tous les prés qui entouraient le parc. Et elle avait souvent porté secours aux animaux blessés qu'elle découvrait.

Lachlan l'avait aidée.

Elle l'avait longtemps pris pour un ange de bonté. Elle avait aimé son accent étrange et la manière dont la lumière dansait dans ses boucles sauvages. Elle avait adoré son sourire patient.

Après son départ, elle avait senti son cœur se briser mais n'en avait rien dit. Un autre combat de gagné face à la douleur de la perte.

Pendant un instant, elle fut tentée de croire qu'il était

revenu pour elle. Ce qui était vrai… d'une certaine manière. Malheureusement, un seul regard sur lui suffit à lui prouver que leurs retrouvailles ne ressembleraient pas à ce qu'elle aurait pu espérer.

Il n'y avait presque plus rien du garçon d'autrefois, chez cet homme.

Elle ne se souvenait pas de l'avoir connu aussi grand – d'un autre côté, elle était toute jeune à l'époque et tout le monde paraissait imposant à ses yeux d'enfant. Aujourd'hui, Lachlan la dépassait encore d'une bonne tête, et ce n'était pas peu dire.

Par contre, elle était certaine qu'il n'était pas aussi large d'épaules, autrefois.

Ses mains étaient marquées par le combat et une longue cicatrice descendait sur le côté de son cou pour disparaître sous le col de sa chemise. Une chemise blanche un peu ouverte qui dévoilait plus que la décence le permettait…

Il portait un kilt en tartan vert, une épée à la taille et un *sporran*[1] orné d'une tête de blaireau gravée.

Certes, le kilt était une tenue courante, pour un soldat écossais, mais ce n'était pas un vêtement très apprécié par la haute société.

Elle sonda son visage. Y avait-il une trace du passé au fond de ses yeux ? Le Lachlan qu'elle avait connu était-il encore là, quelque part ?

Ses prunelles étaient froides et dures. Ses lèvres restaient pincées. Il lui paraissait aussi mystérieux et terrifiant que les Highlands eux-mêmes.

Si elle avait un instant espéré trouver en lui un allié, elle risquait d'être déçue. Parce que cet homme n'avait absolument rien de doux. Elle ne parvenait pas à l'imaginer en train d'aider une fillette triste à sauver un oisillon. Non. Sa

1. Petite sacoche portée à l'avant du kilt.

main si ferme se serait sans doute refermée sur l'animal pour l'étouffer...

Elle n'avait plus qu'un espoir : agir avec lui comme elle le faisait avec son père. Appelant à elle tous ses pouvoirs de raisonnement et de calme négociation, elle déclara :

— Je suis au regret de vous dire que je suis déjà fiancée. C'est bien dommage, je vous l'accorde, mais cela nous empêche d'envisager la moindre union.

— Oh non, cela n'empêche rien, ma jolie, répondit-il d'une voix grave.

Elle reconnut son accent, mais le timbre avait changé. Ses paroles vibraient dans sa poitrine d'une manière assez déplaisante.

Il était venu chez elle en conquérant, et voilà qu'il l'envahissait comme il avait envahi le hall de sa présence intimidante.

— Votre père a une dette envers moi, reprit-il. Une dette que son argent ne suffira pas à rembourser.

— Je ne comprends pas...

— Personne ne vous demande de comprendre. Vous n'avez qu'à faire ce qu'on vous dit.

La raison et la négociation ne lui seraient d'aucun secours ! Cet homme ne lui apporterait aucune réponse satisfaisante et toute cette histoire lui paraissait encore plus absurde. Il n'était qu'un jeune garçon, un domestique, lorsqu'il avait quitté le manoir. Comment pouvait-il revenir maintenant et prétendre exercer un quelconque moyen de pression sur son père ?

— Je ne suis pas certaine de vous suivre, reprit-elle, aussi patiemment qu'elle put. Vous voyez, vous n'étiez qu'un serviteur, quand vous viviez ici. Vous pouvez donc imaginer mes difficultés à lier cela... à votre venue, aujourd'hui.

— J'ai sauvé la peau d'un homme riche, pendant la guerre. Ses parents ont su se montrer très reconnaissants.

Ils m'ont offert ce que votre père m'avait promis et ne m'a jamais donné.

— Quoi ?

— J'ai travaillé pour lui des années durant. J'ai sué sang et eau sans jamais être payé. Je n'étais qu'un enfant sans le sou, perdu dans un pays qui me rejetait à cause de mes origines. J'avais peu d'opportunités en arrivant, et encore moins après un an, quand j'ai fini de dépenser l'argent envoyé par ma mère. J'ai donc parlé à votre père pour exiger mes gages et il m'a promis un navire marchand si je passais trois années de plus à son service.

— C'est... Je ne vois pas mon père offrir une telle récompense à un simple garçon d'écurie !

— Il ne l'a pas fait, justement.

Lachlan se fendit d'un sourire rapace.

— Il a menti. Il m'a renvoyé sans rien, après des années de promesses non tenues. J'ai travaillé dur *pour rien*. Je ne pouvais pas rentrer chez moi et, quand j'ai enfin pu quitter ce domaine, j'ai compris que j'avais gâché des années de ma vie. Pendant ce temps, ma mère était morte de chagrin.

Cette fois, son expression se fit cruelle, dangereuse.

— Et le pire, c'est que je n'ai rien pu faire pour la sauver.

— Je suis désolée pour votre mère. Vraiment, répondit Penny. Je sais ce que c'est : ma mère aussi est morte.

— Est-ce que vous essayez de faire appel à ma compassion ? Parce que c'est peine perdue, ma jolie. Je n'en ai aucune.

— C'est faux ! Vous étiez *bon* !

Et sa bonté avait été la chose la plus importante aux yeux de Penny, à l'époque. Elle avait été la seule lumière de sa vie cloîtrée.

— Le garçon que vous avez connu est mort.

Ce jugement, implacable, résonna dans le hall. S'il s'était mis en colère, s'il avait trahi la moindre émotion, ses paroles auraient sans doute été moins terrifiantes. Mais c'était le vide qu'elle lisait dans ses yeux et son masque figé, aussi immuable qu'une falaise de craie, qui la glacèrent le plus.

— Il est mort quelque part, sur un champ de bataille de Belgique, reprit-il sèchement. L'homme que je suis devenu n'attend plus qu'une chose avant de rentrer chez lui pour se faire pardonner : la vengeance. J'ai eu mon navire, mais je l'ai payé moi-même. Le prix du sang. Et je suis devenu riche, ce qui veut dire que je détiens le pouvoir, à présent. Votre père, lui, n'a plus rien. J'ai racheté toutes ses dettes. Hélas pour vous, vous êtes mon prix.

— Mais... Pourquoi ? Si vous êtes riche, quelle différence cela fait-il ?

— Ma mère est morte. Je réclame votre vie pour prix de la sienne.

Une vague de terreur la traversa.

— Vous ne comptez tout de même pas... Vous n'allez pas...

— Votre cadavre ne me servirait à rien.

Cette fois, Penny perdit toute notion de contrôle ou de stratégie.

— Franchement, s'écria-t-elle, je ne vous servirais à rien vivante non plus ! Mon père me répète bien assez que je suis inutile. Je n'ai que ma beauté, et c'est un réconfort bien mince...

Il la dévisagea froidement. Peut-être avait-elle commis une erreur en parlant de sa beauté. De toute manière, cet unique avantage n'avait plus la moindre importance à ses yeux.

Elle s'éclaircit la voix et poursuivit :

— La seule utilité que mon père m'a trouvée provenait de mes fiançailles avec le duc de Kendal.

— Si Kendal vous a jugée assez bien pour lui, j'imagine que je pourrai me satisfaire de ce que vous êtes, moi aussi.

Sa voix avait pris une intonation brusque et inattendue. Elle n'était pas certaine de comprendre ce qu'il sous-entendait.

Tout ce qu'elle savait, c'était que son estomac se nouait et que ses poils s'étaient soudain dressés sur ses bras.

Elle ravala son trouble tant bien que mal.

— Je ne sais pas s'il a envisagé nos fiançailles en ces termes. Sa sœur m'aime beaucoup, par contre, ainsi que sa mère et…

— Je me moque des détails d'une union qui ne sera jamais célébrée.

— Dans ce cas, peut-être aurez-vous la bonté de me parler des détails de la *nôtre*.

Il s'avança, menaçant.

— Vous avez raison sur un point : votre père était très fier de vous voir promise à un duc. C'était sa plus grande réussite et un moyen pour lui de rembourser toutes ses dettes. J'avoue que je suis ravi de pouvoir le priver de tout cela.

— Je ne suis donc qu'un moyen de vous venger ? Un pion ? Vous n'avez pas un seul instant pensé aux projets que je pouvais avoir. Au fait que je m'apprêtais à épouser un homme que j'apprécie. Tout cela n'a aucun sens. Vous…

Elle hésita, cherchant un moyen d'éveiller une humanité qu'il ne possédait peut-être même plus.

— Vous avez *sauvé un oiseau* !

— C'est la seconde fois que vous m'en parlez. J'avoue que je n'ai pas gardé beaucoup de souvenirs de vous, mais je n'ai pas oublié vos bavardages incessants et j'espérais retrouver une femme plus silencieuse.

— Je ne *bavarde* pas ! protesta-t-elle. L'oiseau était important pour moi.

Elle n'arrivait plus du tout à garder ses émotions enfermées au fond d'elle, toutes ses frustrations refaisaient surface. L'oiseau, le Lachlan qu'elle avait connu, tout cela avait constitué le seul espoir de sa vie.

Elle était fatiguée de voir des lueurs danser devant elle, des promesses de bonheur qui restaient toujours hors de portée et disparaissaient en un clin d'œil.

— Vous m'avez *aidée* à sauver cet oiseau, répéta-t-elle. Je suis venue vous trouver aux écuries, pendant votre travail.

J'avais trouvé un oisillon qui était tombé du nid et vous m'avez aidée à le soigner.

— Et vous donnez à cet incident beaucoup trop d'importance, répliqua-t-il. Je n'étais qu'un domestique qui faisait de son mieux pour satisfaire sa maîtresse et éviter qu'elle aille se plaindre de lui à son père. À l'époque, j'étais encore convaincu de pouvoir aider ma famille, mon clan. J'avais encore un cœur. Seulement, vous vous rendrez vite compte de ce que la guerre peut faire à un homme : elle l'endurcit, le transforme jusqu'à ce qu'il ne se reconnaisse plus lui-même. Il ne s'agit pas que des combats. La lutte pour survivre change les hommes en bêtes sauvages, capables des pires atrocités.

Ce discours se teintait de tant de dureté, de désolation, que Penny frissonna. Mais elle n'allait pas renoncer pour autant. Elle soutint le regard de Lachlan, les dents serrées.

— Je ne comprends pas comment le garçon qui a pu m'aider autrefois est devenu barbare au point de me contraindre à un mariage que je ne désire pas.

— Vous ne savez pas encore à quel point je peux être barbare. Et si vous croyez que je me soucie plus de vos sentiments que du destin de cet oiseau, vous vous trompez.

Son visage était fermé, dur, et sa voix semblait chargée de menaces qu'elle ne comprenait pas vraiment. L'estomac noué, elle sentit la tension monter en elle par vagues et s'étendre à tout son corps.

— Je ne me soucie que de deux choses, ma jolie, reprit-il, et vos sentiments n'en font pas partie.

Il avait les yeux verts, d'une teinte profonde et dénuée de toute chaleur. Quand elle l'avait aperçu dans le hall, Penny avait immédiatement reconnu le garçon d'autrefois. À présent, elle avait l'impression de se retrouver face à un inconnu.

Un étranger.

Il avait raison : l'ami qui l'avait aidée à sauver l'oiseau n'était plus là. L'ami à qui elle avait tant tenu pendant son enfance. Le garçon qu'elle avait pleuré après son départ. Jamais elle n'aurait cru se retrouver dans une situation plus inhumaine que celle dans laquelle elle avait grandi... Apparemment, elle avait eu tort.

Était-elle une fille ingrate ?

Son père l'avait habillée et nourrie. Il ne l'avait pas chassée de sa maison. Il ne l'avait pas frappée. Elle était très seule, certes, mais on ne meurt pas de solitude.

— Est-ce que vous comptez m'emmener en Écosse pour m'épouser dès notre arrivée ? demanda-t-elle, le menton dressé pour ne pas avoir l'air effrayée.

Pour ne pas trahir la terreur qui l'étouffait.

Elle avait déjà eu affaire à des chiens sauvages et elle savait très bien qu'au premier signe de faiblesse, on se faisait mordre.

Elle ne voulait pas courir ce risque avec lui.

Et elle ne voulait pas lui apporter la satisfaction d'avoir réussi à l'effrayer. À l'évidence, il haïssait son père. Sa vengeance serait sans doute encore plus douce si elle tressaillait devant lui, si elle pleurait.

Elle ne pouvait contrôler qu'une chose, pour l'instant : les émotions qu'elle choisissait de montrer et celles qu'elle gardait enfouies en elle.

Néanmoins, en dépit de ses efforts, la panique se frayait un chemin dans sa poitrine, comme un serpent hostile.

Elle savait si peu de choses sur le mariage et ce qui en découlait. Elle se souvenait à peine des conversations entre ses parents. Sa mère lui avait toujours semblé pâle et réservée. Aussi esseulée que sa fille. Jamais Penny n'avait surpris le moindre geste tendre entre eux. De nombreuses jeunes filles de son âge arrivaient à percer une partie du mystère de la vie conjugale en voyant leurs parents entretenir des relations – en bien ou en mal. Mais Penny n'avait même pas eu cette chance.

Depuis ses fiançailles, elle avait pensé que le duc saurait

l'édifier. Qu'il ferait preuve de patience avec elle et qu'il l'aiderait à comprendre à la fois ses devoirs de duchesse *et* ses devoirs d'épouse.

Par contre, elle n'avait pas confiance en Lachlan Bain pour faire cela.

Qu'allait-il attendre d'elle ? Et quand se passerait *la chose* ?

Tout son corps se mit à frissonner.

Ses connaissances en matière de relations entre les hommes et les femmes étaient plus que limitées. Elle avait toujours dévoré les livres, intriguée par ce point mystérieux. Hélas pour elle, la bibliothèque de son père était pauvre en la matière. Tout ce qu'elle avait pu trouver tenait en quelques mentions du mot « copulation ». Entre les chevaux. Les poules et les coqs. Et, très rarement, toujours à mots voilés, entre des humains.

Le peu qu'elle savait la mortifiait. Elle aurait tout aussi bien pu ne rien lire du tout.

— Non, dit-il, ce n'est pas ce que j'avais en tête. Je n'ai pas envie d'attendre que l'on publie les bans et je pensais me procurer une licence spéciale. Nous allons pouvoir nous marier immédiatement.

— Mais... Pourquoi ?

— Je veux vous épouser devant un prêtre pour que notre union soit légale en Angleterre. Pour qu'on en parle dans tout le pays.

— Je pense que vous sous-estimez les conséquences d'une fuite à deux...

Pourquoi avait-elle dit cela ? Elle n'avait strictement aucune envie de s'enfuir avec lui !

— Bien au contraire. Mais je tiens à ce que votre père soit témoin de notre mariage. Dans l'église même où vous auriez épousé Sa Grâce.

Étrangement, dans sa bouche, le titre honorifique du duc

prenait des allures d'insulte. Son accent le transformait en juron abject.

Penny fronça les sourcils, sous le choc.

— Vous prenez cela comme un jeu.

— Peut-être. Un jeu de stratégie. Comme les échecs.

— Je n'ai pas envie d'être une pièce d'échecs.

— Croyez-vous vraiment qu'un pion choisit d'être déplacé à sa guise ? Non. Il obéit. Et c'est ce que vous êtes : un pion.

Dire qu'elle avait trouvé la froideur de son père humiliante... Lachlan Bain venait en quelques mots de lui prouver qu'elle pouvait se sentir encore plus insignifiante – et ce n'était pas la qualité première qu'elle cherchait chez un époux.

— M'accorderez-vous le droit de lui parler ?

— À votre père ?

— Au duc.

— Votre temps vous appartient encore. Si vous tenez à lui parler, vous êtes libre de le faire.

— Quelle générosité de votre part.

Le toast qu'elle avait avalé l'écœurait, à présent.

Est-ce que les Écossais mangeaient des toasts ? Elle n'en savait rien. Malgré toutes ses lectures, elle ne s'était jamais intéressée à la gastronomie écossaise. Elle n'avait pas pensé avoir un jour besoin de cette information. Quelle erreur !

— Mangez-vous des toasts ? demanda-t-elle sans réfléchir, d'une voix plaintive.

Le sujet n'aurait sans doute pas dû lui paraître aussi important, vu les circonstances...

Pourtant, cela lui sembla soudain capital.

Le masque de granit se fendit pendant une seconde pour trahir un instant de surprise. Si Penny n'avait pas été aussi tétanisée, elle aurait pu s'en réjouir.

— Des toasts ?

— Je ne sais pas grand-chose de l'Écosse. La bibliothèque de mon père n'est pas très fournie sur ce sujet.

— Oh non, pas de toasts, répondit-il. Juste du porridge et des *haggis*[1].

Penny sentit une nausée lui monter à la gorge.

Elle regretta de ne pas avoir suffisamment savouré son petit déjeuner, surtout si ce genre de petits plaisirs devaient disparaître de sa vie.

— Je suis sûre que je vais devoir m'adapter à beaucoup de choses...

— Oh ! je vois que vous vous êtes déjà trouvés, intervint une voix derrière elle.

Penny fit volte-face et découvrit la silhouette de son père, campée devant la porte du salon. Il lui apparut soudain comme un étranger. Ils n'avaient jamais été proches et elle savait qu'il ne la portait pas vraiment dans son cœur, mais à force de vivre sous le même toit, une certaine intimité s'était développée. Et venait de disparaître.

Cet homme la vendait pour rembourser ses dettes.

Il la plaçait dans une position intenable. D'un seul coup, sa vie n'avait plus la moindre valeur, à part pour le sauver, *lui*.

Ses fiançailles avec le duc de Kendal avaient servi le même projet, bien sûr. Aux yeux de son père, c'était *sa* réussite. La seule raison qui justifiait l'existence de sa fille.

Mais au moins, elle avait eu envie d'épouser le duc.

Elle ne voulait pas de ce nouveau mariage, en revanche. Pas le moins du monde.

Malheureusement, cette brute écossaise avait raison. Même si elle refusait, elle ne pourrait plus épouser Kendal. Celui-ci était très à cheval sur les convenances. Sa réputation était immaculée, pas seulement parce qu'il jouissait d'une belle situation, mais parce qu'il était profondément intègre.

Jamais personne n'avait pu faire courir de rumeurs sur lui, dénicher des enfants cachés, lui découvrir une passion pour le jeu ou d'autres vices.

1. La panse de brebis farcie est un plat traditionnel écossais.

Si Penny était traînée dans la boue, si sa réputation et son nom étaient entachés, le duc lui fermerait sa porte.

Quoi qu'il advienne, elle ne pouvait plus sauver leur relation.

Il ne lui restait plus qu'à ravaler sa déception, à baisser les yeux pour qu'aucun de ces deux hommes ne devine sa détresse, et à donner un consentement qui paraissait acquis pour Lachlan.

Faire cela détruisit le peu d'orgueil qui lui restait.

Elle appartenait à son père, comme un meuble. Elle ne pouvait plus se permettre d'en douter. Lachlan avait parlé de jeu d'échecs, et elle devait bien admettre qu'elle aurait été beaucoup plus heureuse d'être utilisée dans une autre partie que celle-ci.

Mais quand on est un pion, on n'a pas la liberté de choisir, et celle dont elle avait parfois rêvé n'avait été qu'une illusion.

Tout ce qui lui restait était sa fierté. Ce coffret secret qu'elle avait enfoui en elle pour cacher ses larmes.

Elle ne pouvait pas céder maintenant.

Elle ne pouvait pas pleurer. Les sanglots ne lui avaient rien apporté de bon à la mort de sa mère ; ils n'avaient fait qu'attiser la colère de son père. Aujourd'hui, alors qu'elle avait fêté ses vingt-deux ans, rien ne semblait avoir changé.

Pendant quelques mois de bonheur, elle avait rêvé d'un avenir meilleur à Bybee House. Une vie trop belle pour être sienne. De fait...

Mais cet espoir n'avait pas duré longtemps, au regard de sa vie de frustrations et d'amertume.

Elle savait comment se protéger. Elle savait comment puiser dans les livres les informations dont elle avait besoin et y trouver un baume à sa solitude. Elle s'était rendue utile en sauvant les animaux du domaine.

Elle savait arpenter sa prison avec élégance et noblesse.

Bref, elle savait survivre. Et elle survivrait à Lachlan Bain comme elle avait survécu au reste.

— Dans ce cas, la chose est décidée, dit-elle à mi-voix. J'accepte votre généreuse demande en mariage.

3

Le père de Penny lui avait dit qu'il parlerait lui-même au duc, mais elle avait besoin de voir ce dernier en personne. Elle lui devait une explication. Alors qu'elle approchait de sa demeure, elle songea pour la première fois qu'il pourrait refuser de la recevoir. Néanmoins, elle n'osait pas reculer. En début de soirée, et sans chaperon – ce qui aurait anéanti sa réputation, si elle en avait encore eu une à sauver –, elle avait pris le chemin de Bybee House.

Le cœur en miettes.

Elle avait l'impression de mourir à petit feu. C'était ici qu'elle avait pensé vivre. Pendant que le duc lui faisait la cour, elle avait eu le temps d'imaginer son existence future entre ces murs.

C'était la plus vaste demeure qu'elle ait jamais vue. Nichée dans un creux entre deux collines verdoyantes, entourée par des lacs poissonneux et bordée par une forêt riche en gibier, son parc garni de potagers, de vergers et de belles roses anglaises, la maison possédait assez de ressources pour nourrir tous les hameaux environnants.

Sa façade de grès était élégante sans être écrasante. De grands piliers flanquaient la porte d'entrée à la manière d'un temple grec. D'ailleurs, le maître de maison était digne des dieux antiques.

Il faisait toujours chaud, à l'intérieur, et les grandes pièces étaient bien plus confortables que chez Penny. Le hall d'entrée ouvrait sur un immense escalier orné de fresques. Des corps éthérés habillaient le plafond et les murs. Elle avait toujours été un peu intimidée en entrant ici. Si l'homme qu'elle aurait dû épouser était un dieu, il vivait entouré d'anges...

De nombreuses fêtes étaient organisées dans la demeure, mais le duc n'en était clairement pas l'instigateur. Il n'aimait pas vraiment recevoir du monde, ne s'y pliant que pour maintenir son statut et faire plaisir à sa famille.

Son père était mort depuis longtemps. Hugh Ashforth avait hérité du titre à vingt ans et avait entrepris de redonner ses lettres de noblesse à un nom entaché par la vie de débauche de l'ancien duc. Il vivait à présent avec sa mère, sa très jeune sœur et sa pupille.

Penny s'était beaucoup rapprochée d'elles. C'était la première fois qu'elle fréquentait autant de femmes. Et c'était leur présence qui lui avait tant donné l'impression qu'elle pourrait être chez elle ici. En famille.

Jamais encore elle n'avait connu une telle sensation d'appartenance. Hélas, c'était terminé.

Elle ravala sa crainte de provoquer un scandale en se présentant à Bybee House après la tombée de la nuit. Quelle importance ? Le scandale la talonnait déjà et elle ne pouvait pas y échapper.

Lachlan avait raison.

Annuler ses fiançailles avec un duc pour épouser un simple soldat – écossais de surcroît – était le meilleur moyen pour elle de se rendre tristement célèbre à Londres, voire dans tout le pays.

Rien de tout cela n'aurait eu d'importance à ses yeux si elle avait été la seule touchée. Mais elle était fiancée au duc de Kendal. Son nom donnerait plus d'ampleur aux rumeurs. Elle était désolée qu'il soit impliqué dans cette affaire. Car c'était une évidence : il serait touché, lui aussi.

Le pire, c'était qu'elle n'avait aucune explication satisfaisante à lui donner, pas sans mettre en lumière le caractère odieux de son père. C'était bien pour éviter ce genre de choses qu'on lui faisait épouser Lachlan, après tout.

Néanmoins, elle tenait à faire ses adieux. Dire au revoir à un homme qui n'avait jamais osé prendre sa main nue entre les siennes. Un homme qui avait réussi à lui donner l'impression d'avoir de l'importance, ne serait-ce qu'un peu.

Un homme qui lui avait fait entrevoir un avenir plus doux, plus civilisé et plus chaleureux que tout ce qu'elle avait connu.

Elle ravala un sanglot. Sa gorge était restée nouée pendant toute la journée, comme si elle était malade. Mais ce n'était sans doute que la marque de son désespoir.

Dès qu'elle eut frappé, on la fit entrer dans le hall et on l'annonça.

Le duc était chez lui – sans doute était-ce une bonne chose. Il aurait très bien pu être parti pour traiter ses affaires londoniennes.

Avait-elle espéré que ce soit le cas ? Voulait-elle surtout avoir l'occasion de dire adieu à ses amies, la sœur du duc et sa pupille ?

Son cœur battait fort dans sa poitrine, assourdissant. Elle resta un moment seule dans ce hall qui aurait dû devenir sien. Le regret l'empoigna tandis qu'elle posait les yeux sur ce décor familier.

Le magnifique sol de marbre, les murs bleu clair. C'était si beau... Elle ignora les fresques imposantes, craignant le jugement des anges peints.

Plus rien de tout cela n'avait d'importance. Elle n'habiterait pas ici. Elle n'épouserait pas le duc.

Celui-ci finit par apparaître. Il était grand, vêtu avec goût. Une veste bleu foncé sur une chemise blanche. Un pantalon de daim et les plus belles bottes que Penny ait jamais vues. Même chez lui, il était toujours impeccable.

Ce n'était pas étonnant, venant d'un tel homme. Il prenait grand soin de son image. Un homme de son rang pouvait recevoir de la visite à tout moment.

Cependant, son beau visage était dur, aujourd'hui. Son regard était plus sévère et plus froid que d'habitude.

Elle comprit immédiatement.

Son père l'avait précédée.

— J'avais besoin de vous parler...

— Sans chaperon ?

Sa désapprobation était évidente.

Entouré par les anges du plafond, il formait un tableau terrible. Même dans les meilleurs jours, Penny avait du mal à soutenir son regard. À présent qu'elle l'avait déçu, c'était presque impossible.

Elle prit une profonde inspiration et ravala sa peur.

— Je ne voulais pas déranger Mrs McCready, donc je suis venue seule. C'est important, je ne voulais pas attendre.

— Mais *je* trouve le respect des convenances important. Toujours. Même dans une telle situation.

Il se tourna vers le salon entrouvert.

— Beatrice, peux-tu venir et te rendre témoin de notre conversation ? Tu es déjà cachée là pour nous écouter, de toute manière.

Penny entendit un pas timide, puis vit apparaître Lady Beatrice Ashforth, les mains jointes et le regard fuyant. Sans doute n'était-ce qu'un masque : Beatrice n'était pas du genre timoré...

La première fois que Penny l'avait rencontrée, la jeune femme était couverte de terre dans un champ qu'elle explorait sans la permission de son frère. Le duc n'aimait pas que sa famille agisse dans son dos.

D'un tempérament maladif, Beatrice avait passé sa vie enfermée, protégée. Les médecins défilaient devant elle et on lui interdisait le grand air, la fatigue ou l'exercice. Mais la jeune femme n'aimait pas obéir.

Néanmoins, elle restait très loyale envers son frère.

— J'ai parlé à votre père, reprit le duc froidement.

Quel changement, chez celui qui se montrait encore si poli, la veille. Si attentionné.

Dire qu'il n'avait jamais osé la toucher, elle sa fiancée, à part pour prendre sa main gantée quand elle descendait de voiture. On avait presque l'impression de se retrouver face à un autre homme.

— J'imagine qu'il vous a expliqué...

— Votre aventure avec le soldat écossais ? lâcha-t-il, les lèvres pincées. Oui.

— Mon... *Quoi ?*

Il avait réussi. Son père avait détruit d'un coup sournois sa réputation, sans se soucier un seul instant du mal qu'il lui faisait. S'il avait avoué la vérité au sujet de ses dettes, elle aurait été emportée avec lui par la vague du scandale, bien sûr... Mais là, il ne s'agissait que d'elle. Il l'humiliait pour ne pas se salir lui-même.

Jamais elle n'aurait cru son père cruel. Elle s'était trompée. Était-il désespéré à ce point ? Comment avait-il pu la sacrifier ainsi ?

Pourquoi ne la protégeait-il pas ?

Il l'avait logée et nourrie, mais les sentiments de sa propre fille ne comptaient pas pour lui.

Quand elle avait pleuré sa mère, il l'avait enfermée dans sa chambre, la condamnant à faire son deuil seule. Ce qui se passait aujourd'hui lui rappela amèrement ces heures sombres.

— Ne vous inquiétez pas, ajouta le duc. Je n'ai aucune envie de malmener votre réputation. Votre mariage avec cet homme le fera bien assez tôt.

Ainsi, il ne serait pas souillé par les ragots, lui non plus.

Il n'avait rien dit de tel, bien sûr, mais l'aveu flottait dans le silence. Tous les hommes impliqués dans cette histoire trouveraient un moyen d'en sortir la tête haute.

Le pire qui pouvait frapper le duc était donc de prononcer le mot « aventure ». Un terme dangereux, lubrique, que Penny ne connaissait que par ses lectures.

Et il la croyait coupable de cela !

C'est ce qui arrive, quand on est une pièce d'échecs...

— Je vous souhaite une bonne soirée, dit-il avant de tourner les talons.

Elle ne put que le regarder s'éloigner, guetter le bruit de ses pas sur les dalles de marbre. Son dédain s'attarda derrière lui comme une odeur écœurante.

Un morceau du cœur de Penny disparut avec lui.

La vie dont elle avait rêvé s'évanouissait sous ses yeux.

Elle n'aurait même pas été surprise de voir les murs du manoir s'écrouler autour d'elle.

Mais bien sûr, ils restèrent debout. Pire encore : son amie était toujours là.

Une amie qui n'en était peut-être plus une...

Penny se tourna vers Beatrice, qui n'avait pas bougé. Elle était pâle. Ses grands yeux trahissaient son trouble – et sa douleur. Sa colère. Beatrice avait été proche d'elle depuis des mois. Hélas, c'était terminé aussi. Les mensonges du père de Penny avaient anéanti leur intimité. Et elle allait devoir laisser le duc croire à cette histoire obscène pour ne pas ruiner la vie de son père.

Mais Beatrice *devait* savoir la vérité. Beatrice, qui avait à peine profité de sa Saison, étouffée par sa mère et son frère trop protecteurs. Comme elle avait été fragile pendant son enfance, toute sa famille la traitait à présent comme une fleur délicate. Penny savait que son amie leur en voulait, qu'elle avait envie de mener une vie plus normale. C'était bien pour cela qu'elle explorait les sous-bois en cachette. Penny comprenait ce désir. Elle était de nature rebelle, elle aussi.

Longtemps, elle avait cru que cette ressemblance les rapprochait, bien qu'elles n'en aient jamais parlé. Penny avait eu peur d'aborder le sujet. Elle n'avait pas voulu trop en dire avant son mariage de peur que son fiancé la juge sévèrement.

Mais tout cela n'avait plus aucune importance.

De toute manière, ce n'était pas du duc de Kendal qu'elle avait besoin, à présent. Elle avait besoin de l'amitié de Beatrice. Elle se rendait soudain compte que c'était cela qui la faisait le plus souffrir. Beatrice était la première femme avec qui elle avait pu se lier. Elle avait été si seule que la présence d'une personne de son âge avait été une libération.

— Je devais lui parler, murmura-t-elle.

— Tu ne mérites pas qu'il t'adresse la parole, répondit froidement Beatrice. Tu ne dois plus le voir. Jamais je ne te pardonnerai d'avoir piétiné son orgueil de la sorte.

— C'est faux ! Mon père me place dans une position intenable !

— Et je suis certaine que ton aventure avec cet Écossais n'a rien à voir avec cela...

Jamais encore Penny n'avait vu son amie aussi furieuse.

— *Mon aventure* ?

La vérité n'était sans doute pas moins humiliante, surtout après l'accord que son père avait conclu. Même si elle parvenait à prouver sa moralité, elle ne pourrait pas cacher la muflerie de son propre père. Seulement, elle ne pouvait pas laisser son amie croire qu'elle avait trahi le duc.

— Je n'ai *jamais* eu d'aventure. On m'a vendue. Pour rembourser les dettes de mon père qui, de toute évidence, préfère sacrifier ma réputation plutôt que la sienne.

Un long silence s'éleva. Beatrice ne paraissait pas convaincue.

— Est-ce vrai, Penelope ?

— Je n'ai aucune raison de te mentir. Et je ne pouvais pas avouer cela à ton frère. Lachlan Bain… Il connaît des secrets sur mon père, sait tout de ses dettes. Il pourrait le détruire. Il pourrait lui arracher le manoir et son honneur d'un seul mot. Ma réputation ne s'en relèverait pas non plus.

Elle avait l'impression de se tenir au bord d'un précipice.

— Voilà, tu sais tout. Je doute que ton frère m'aurait épousée, en fin de compte. La vérité aurait forcément fini par éclater. Par Lachlan ou par un autre. Ton frère n'aurait pas pu unir son nom à ce scandale. J'imagine que rien n'aurait pu me sauver…

— Un père n'est-il pas censé protéger ses enfants ? murmura Beatrice, plus pâle que jamais.

— Je ne sais pas.

— Moi non plus. Mais Hugh a toujours veillé sur nous.

Penny acquiesça, la gorge nouée. Le duc l'aurait-il un jour autorisée à l'appeler par son prénom ?

Elle ne le saurait jamais. Elle ne prononcerait jamais ce nom. *Hugh.*

Cette simple syllabe la brûlait.

— Personne ne m'a jamais protégée.

Pas même le duc, qui se souciait avant tout de sa famille, de sa réputation. Elle l'avait aimé, et il ne l'avait pas défendue. Il avait cru au mensonge de son père parce que c'était plus facile.

Penny avait pourtant été si certaine de son amour. Comment expliquer cette sensation de sécurité qu'elle avait ressentie auprès de lui, sans cela ? Comment expliquer qu'il ait voulu l'accueillir sous son toit ? Il venait de lui retirer toute son affection. Définitivement.

Tous les hommes qu'elle connaissait ne se souciaient que d'eux-mêmes, et jamais d'elle.

— Est-ce qu'il va te faire du mal ? demanda timidement

son amie. Parce que si c'est le cas, je me moque de la réputation de ton père. Hugh ne permettra pas qu'on te maltraite !

La naïveté de Beatrice avait quelque chose de charmant. Hélas, Penny avait vu tant de froideur dans les yeux du duc…

— Il ne te laissera pas enlever par un barbare !

— Cet homme… Je le connais un peu. Quand il était jeune, il travaillait chez nous. Il a beaucoup changé depuis, mais je ne pense pas qu'il lèvera la main sur moi.

En fait, elle n'en savait rien.

Elle repensa à sa présence imposante dans le hall, à sa silhouette si menaçante, avec son épée et son kilt d'étranger. Il ne lui ressemblait en rien.

Elle ne pouvait pas être sûre que ce nouveau Lachlan Bain ne lui ferait aucun mal.

Mais le garçon qui l'avait aidée à sauver l'oiseau… Lui n'aurait pas pu la faire souffrir. Peut-être existait-il encore, bien enfoui. Elle priait pour que ce soit le cas.

— Je t'en supplie, dis adieu à Eleanor pour moi. Et… Explique-lui la situation. Je ne supporterais pas que vous me haïssiez, toutes les deux. C'est pour cela que je t'ai tout dit. Je n'ai jamais eu d'amies avant vous et je vous aime beaucoup. De toutes les choses que je regrette, maintenant que mon mariage avec ton frère est annulé, votre amitié est l'une des plus importantes.

D'un seul coup, Beatrice la serra dans ses bras.

— J'aimerais tant pouvoir faire quelque chose ! Je pourrais toujours en parler à Briggs.

Le duc de Brigham était un ami de Hugh - presque un frère, apparemment. Sa réputation était plutôt… sulfureuse. En tout cas, à chaque fois que Penny l'avait vu, il avait su la faire sourire. Mais ces hommes… Seul le prince régent était au-dessus d'eux.

Jamais ils ne comprendraient la position dans laquelle

elle se trouvait. Ou les difficultés de son père. Leur rang les protégeait – comme en attestaient les rumeurs qui couraient sur le duc de Brigham. On s'amusait de ses vices. On ne les jugeait pas avec un dédain cruel.

— Il n'y a plus rien qui puisse me sauver, soupira-t-elle, les yeux humides. Mon honneur est en miettes. Où pourrais-je aller, maintenant ?

L'émotion l'étouffait, mais elle refusait de se laisser aller. Il était hors de question qu'elle cède au malheur.

— Nous pourrions peut-être...

Penny poussa un profond soupir, qui ne suffit pas à la calmer.

— Cela te coûterait ta réputation, peut-être même celle d'Eleanor. Je ne veux pas que vous preniez de tels risques pour moi.

Elle aurait aimé demander de l'aide. Mais c'était impossible. Sa conscience ne le permettrait pas. Il fallait qu'elle se concentre sur le peu de bien que sa vie recelait encore.

— Il me suffit de savoir que tu es prête à me soutenir, dit-elle, de savoir que j'ai au moins une amie.

— Écris-moi. Promets-le-moi.

— Je te le promets – si le courrier existe, là où je vais.

Son amie serra ses mains dans les siennes et Penny fit de son mieux pour ne pas penser qu'elle ne savait rien de sa future maison. Si seulement on avait pu l'abandonner à sa morne existence solitaire... Elle avait placé tant d'espoirs dans son mariage avec le duc. Elle aurait fait partie de sa famille, d'un tout.

À présent, son avenir était soumis à la volonté d'un homme qu'elle ne connaissait pas.

Un homme qui pourrait tout aussi facilement décider de lui faire du mal ou de la coucher dans son lit.

À la vérité, elle ne savait pas quelle option l'effrayait le plus...

Il avait été facile d'obtenir une licence spéciale. L'argent ouvrait bien des portes.

Enfant, Lachlan avait été riche. Il ne s'en était rendu compte que lorsque la fortune du clan avait été volée par son père. Mais la richesse ne signifiait pas la même chose en Écosse et en Angleterre. À moins que sa perspective de petit garçon ait été biaisée. Il n'avait jamais manqué de rien en grandissant. S'il avait faim, on le nourrissait. S'il avait besoin de vêtements, il les obtenait. La chaleur, un foyer, il avait eu tout cela.

Cela n'avait été qu'en mûrissant, alors que son père était de moins en moins présent au château, préférant dépenser son argent en boissons et en prostituées à Édimbourg, qu'il avait compris.

Heureusement, plus rien de tout cela n'avait d'importance, maintenant. Il avait tout l'argent dont il avait besoin pour accomplir son projet vite et bien. On ne serait pas obligé de publier les bans, et Lachlan en était heureux. Il voulait que l'humiliation du comte d'Avondale soit publique, certes, mais il avait aussi hâte de rentrer chez lui.

Chez lui.

Il venait de passer des années à explorer le monde. Il s'était battu dans des pays étrangers. Sa fortune provenait autant de son commerce que du sang versé. Mais pendant tout ce temps, il n'avait jamais remis un pied dans les Highlands.

Après la mort de sa mère, revenir n'avait plus eu d'intérêt.

Il savait que son père ne changerait pas. Qu'il continuerait à détruire le nom autrefois respectable de leur clan, un nom qui appartenait à la mère de Lachlan et que son père ne s'était approprié que par le mariage. Un nom foulé aux pieds pendant trop longtemps. Le peu qui était resté au clan après la révolte[1] avait été dilapidé aux quatre vents.

1. Au cours de son histoire, l'Écosse s'est rebellée plusieurs fois face à la domination anglaise, notamment en 1715 et en 1745.

Le loyer que le père de Lachlan avait imposé aux fermiers chargés de nourrir tous les habitants avait atteint des sommets criminels. Tout cela pour qu'il puisse se pavaner devant l'aristocratie anglaise. Lachlan se doutait bien qu'une partie de ces gens risquait de le considérer comme un traître. Pas seulement à cause du sang qui coulait dans ses veines, mais parce qu'il avait combattu pour les Anglais contre Napoléon. Parce qu'il avait porté un uniforme anglais.

La révolte s'était déroulée avant sa naissance, mais certains s'en souvenaient encore – dans les moindres détails. Son père n'avait pas été de ceux-là. Il avait adopté avec bonheur tous les vices de la haute société anglaise.

Lachlan tenait à réparer ce qui avait été détruit. Mais était-ce seulement possible ?

Quoi qu'il en soit, il allait rentrer, de l'argent plein les poches et une épouse à son bras.

Il se demanda, comme il l'avait souvent fait ces derniers temps, si la présence d'une Anglaise au château n'allait pas causer des problèmes. Il ne lui restait plus qu'à espérer que son clan apprécierait qu'il oblige une *Sassenach*[1] à vivre chez eux, à *leur* manière. Car en épousant une Anglaise, ne leur prouvait-il pas qu'il aurait pu rester là-bas s'il l'avait voulu ? Surtout si son épouse avait du sang bleu ?

Cette femme serait son trophée. C'était une évidence. Et il le ferait comprendre au clan.

De toute manière, il n'avait *aucune* intention d'avoir une descendance. Ni avec elle ni avec une autre.

Il n'y aurait pas d'enfants et son sang mourrait avec lui.

Il réparerait les torts de son père, puis il rendrait le clan à la famille de sa mère sur son lit de mort. Son cousin, Callum, avait tenu les rênes pendant son absence, même avant la mort de l'ancien *laird*. Il était normal que lui, ses enfants et leurs enfants après eux reprennent la tête.

1. Saxon/Saxonne. Nom péjoratif pour désigner les Anglais.

Le seul problème qui restait à régler était l'absence cruelle de ressources au village.

Lachlan avait appris à gérer sa fortune en mettant sur pied sa flotte marchande. Il était bien assez riche pour remplir les caisses du clan. Et les poches des habitants.

Mais après cela...

Après cela, le nom des Bain devait s'éteindre.

Il était le seul enfant survivant de sa fratrie. C'était un signe, non ?

Tous ses frères étaient morts bébés, les aînés comme les cadets. Mais lui était toujours là.

Il avait surmonté les maladies de l'enfance et les horreurs des combats dans un seul but.

Et il accomplirait son destin.

Le jour du mariage, ce fut avec une grande satisfaction qu'il pénétra dans l'église anglaise vêtu de son tartan. Certes, le rejet des coutumes et des vêtements écossais n'était plus aussi vif qu'autrefois, mais Lachlan se souvenait d'une époque pas si lointaine où il aurait été méprisé pour cela. Son pays entier portait encore les traces d'une guerre qu'il n'avait pas connue mais dont il avait subi les conséquences en grandissant.

Sa loyauté n'avait jamais été tournée vers l'Angleterre. Son sang venait des Highlands.

Il monta donc fièrement les marches du parvis et ouvrit en grand la porte de l'église.

Le prêtre était déjà là.

— Où est ma promise ? demanda Lachlan.

— Elle n'est pas arrivée, répondit l'homme. Et quand elle sera présente, je tiens à m'assurer qu'elle consent librement à cette union.

— Quel concept insane ! Faisons-nous quoi que ce soit

librement, mon père ? Ou bien nous contentons-nous de céder aux ordres des puissants ?

Lachlan savait bien d'où venait la vraie puissance. L'argent. L'avidité. Ses motivations, aujourd'hui, étaient peut-être nobles, mais il n'était pas supérieur à son père, moralement.

Il était juste plus en colère.

Il était furieux d'avoir été témoin de l'humiliation de sa mère, qui avait poussé celle-ci à se tuer. Furieux d'avoir vu le comte d'Avondale faillir à ses promesses et l'empêcher de rentrer chez lui à temps pour la sauver.

La colère guidait ses pas. L'injustice des riches et des puissants qui détruisaient des vies par caprice.

Non. Lachlan n'était pas meilleur. Il en voulait aux hommes comme son père et cela se voyait dans tout ce qu'il entreprenait.

Soudain, la porte s'ouvrit une seconde fois et sa fiancée apparut. Elle portait une robe de soie bleue et ressemblait à une porcelaine fragile. Sa coiffure était simple et attirait les regards vers le creux de son cou et les élégantes courbes de son corps.

Lachlan ne remarqua pas tout de suite le comte, qui se tenait un peu en retrait. La distance entre eux était lourde de sens...

— Vous êtes venue, dit-il.

— Oui. Vous m'avez clairement fait comprendre que je n'avais pas le choix.

Le prêtre s'interposa :

— Consentez-vous réellement à ce mariage, mon enfant ?

— Je suis *là*, répondit-elle froidement. Je ne suis pas venue pour écouter la messe.

Sans savoir pourquoi, Lachlan fut heureux de voir que sa vivacité restait intacte.

— Voilà, dit-il au prêtre. Vous avez sa confirmation.

Le comte ne parlait pas. Si Lachlan avait cru impossible

de le mépriser davantage, il s'était trompé. Le seul argument qu'Avondale avait avancé contre ce mariage était l'importance pour lui de ses liens avec le duc de Kendal. Il n'avait pas un instant mentionné Penelope. Son bonheur. Sa sécurité.

Le père de Lachlan ne s'était pas non plus soucié de son fils, mais il était un homme, lui. Né pour se battre, pour résister.

Une fille méritait plus de protection que cela.

Une fille méritait que son père s'inquiète de son bien-être, au moins un peu. Qu'il s'inquiète pour elle.

Comme le comte n'intervenait pas, le prêtre céda et commença à prononcer les paroles sacrées.

Petit garçon, Lachlan avait assisté à des mariages dans ses contrées natales, mais jamais en Angleterre. Comme à son habitude, il en étudia tous les détails. On le prenait souvent pour une brute stupide et il était fier de prouver aux Anglais qu'il était, en fait, une brute *cultivée*.

Lady Penelope prononça clairement ses vœux, d'un air de défi. Comme si elle refusait de montrer la moindre faiblesse. Il la respecta un peu plus pour cela.

Il avait acheté un anneau très simple et, le moment venu, il le passa à son doigt. Ses mains étaient étonnamment douces. Vulnérables.

Quelle créature déterminée ! Et en même temps...

Si facilement brisée.

— Par cet anneau, je fais de vous ma femme. Par mon corps, je vous honorerai. Je place tous mes biens terrestres devant vous, dit-il solennellement.

Une émotion furtive traversa le regard de sa promise. Quelque chose qui ressemblait à un choc, suivi bien vite par un frisson de peur. Comprenait-elle ce qui était en train de lui arriver ? Comprenait-elle que son destin était scellé ? En dépit de sa bravoure, elle tressaillit devant lui.

Il n'aurait pas dû se concentrer sur elle. Il aurait dû contempler le visage du comte, car ce n'était pas la peur et la haine de sa femme qu'il cherchait à provoquer. Non. C'était celles de son père. Mais il fut incapable de se détourner de ces grands yeux bleus. Elle était la véritable conséquence de sa vengeance.

Il la traiterait bien, évidemment. Il ne le lui avait pas dit clairement, mais il y tenait.

Faire du mal aux femmes n'était pas dans sa nature, et toute sa colère n'y pourrait rien changer. La vie dans un château écossais ne ressemblait peut-être pas à celle que Penelope aurait connue dans le manoir du duc, mais elle ne manquerait de rien.

Une seule chose lui serait refusée : des enfants.

Sa petite main reposait encore dans la sienne et il fut surpris par l'émotion insidieuse qui montait en lui.

Il était un homme. Il avait des désirs et il les assouvissait comme il réglait tous ses problèmes. Sous forme de transaction. L'argent changeait de mains et le plaisir était partagé. Mais quand il payait une prostituée, ce n'était pas pour trouver de la douceur dans ses bras. C'était pour obtenir un soulagement simple, immédiat.

Cela n'avait rien à voir avec des mains fines ou délicates.

Et encore moins avec les yeux qui le dévisageaient, ouvrant une fenêtre sur sa vie passée.

Il avait le devoir de consommer son mariage et il comptait bien le faire. Seulement, une jeune vierge comme elle n'aurait aucune idée de ce qu'il fallait faire pour donner du plaisir à son époux. Elle était peut-être jolie, mais elle n'avait reçu aucune éducation sur ce point.

Il serait sans doute obligé de chercher son plaisir ailleurs. Ce n'était pas grave. Les vœux qu'il avait prononcés n'étaient qu'une formalité.

Tandis qu'il réfléchissait à tout cela, la cérémonie s'acheva. Ce mariage était consacré devant Dieu et, plus important, était inscrit dans les registres.

Ce qui voulait dire que cette union serait reconnue par la société anglaise.

La fille d'Avondale lui appartenait officiellement.

Il jeta un coup d'œil au comte et vit la défaite alourdir ses traits. Cela suffit à offrir à Lachlan un instant de triomphe. Lady Penelope Hastings était sienne.

Elle ne serait plus un pion dans le jeu de son père, mais ferait partie du clan MacKenzie. Lachlan se moquait bien de ce que ses gens penseraient de son épouse *sassenach*. Il les obligerait à l'accepter, si nécessaire. Penelope était sienne, le paiement d'une dette contractée par un homme et un pays qui avaient essayé de lui arracher son honneur, sa fierté. Tout ce qu'il était.

Elle était son butin.

Elle représentait la solde de quinze années d'exil et il allait enfin pouvoir rentrer la tête haute.

Maintenant qu'il avait obtenu son dû.

Rien ne pouvait sans doute faire plus de mal au comte, qui tenait sa lignée en si haute estime et qui avait auparavant trouvé un prétendant si noble pour sa fille – un miracle, étant donné sa situation financière catastrophique.

Lachlan venait de lui dérober tout cela.

Et il allait aussi lui arracher sa fille. Littéralement.

— Le voyage sera long, jusqu'aux Highlands, annonça-t-il dès la fin de la cérémonie.

— Mais... Mes... Mes affaires ? balbutia sa jeune épouse.

— J'ai acheté tout ce dont vous pourriez avoir besoin. Vos nouvelles malles sont déjà dans la voiture.

Il avait bien l'intention de l'emporter immédiatement, avec plus de panache que ce que le duc aurait pu inventer à sa place.

Il n'était plus un petit garçon. Avondale n'avait aucune autorité sur lui, pas plus que l'Angleterre tout entière.

Sa femme ne bougea pas un muscle, comme si elle s'était

soudain changée en pierre. Elle ne se tourna pas vers son père. Le comte n'aurait de toute manière pas levé le petit doigt pour elle et elle n'était sans doute pas assez bête pour le supplier.

— Votre voiture vous attend, mon épouse, dit Lachlan.

Elle ne bougea pas davantage.

— Votre voiture vous attend peut-être, mais je ne compte pas faire de même, reprit-il, agacé, avant de la soulever de terre.

Elle ne pesait rien pour lui. Il était toujours aussi stupéfait de la découvrir si douce, si éthérée.

Elle lâcha un petit cri étranglé et s'accrocha un instant à lui avant de se laisser aller, aussi molle qu'une poupée de chiffon, les bras pendants et le visage déformé par la rage.

— Je sais marcher ! protesta-t-elle tandis qu'il l'emportait vers le parvis de l'église.

— Peut-être, mais vous ne sembliez pas décidée à le faire.

— Bien sûr que si !

— J'en ai eu assez de vous attendre, grommela-t-il en ouvrant la porte brutalement avant de sortir dans la lumière dorée du matin.

La voiture était là, avec ses deux beaux chevaux noirs, son cocher et son valet. Quand il vit son maître apparaître, le domestique se précipita au-devant de lui pour ouvrir la portière. Lachlan déposa Penelope sur la banquette et elle se tassa dans le coin le plus éloigné, comme si elle voulait mettre le plus de distance possible entre eux.

— Vous avez attendu dix secondes ! lâcha-t-elle avec colère.

— Non, répondit-il d'une voix qu'il ne reconnut pas lui-même. J'ai attendu pendant *quinze ans*. Il est hors de question que je patiente un instant de plus.

4

Penny se pelotonna dans le coin de la voiture fermée. Elle contempla l'habitacle, pas assez grand à son goût, ainsi que son époux, assis juste en face d'elle.

Cet étranger à qui on avait accordé sa main.

Elle était seule avec lui. Jamais encore elle ne s'était retrouvée seule avec un homme qui ne soit pas un parent. Et voilà qu'elle était enfermée dans ce véhicule avec *lui*, Lachlan Bain. La panique monta en elle et elle fit de son mieux pour la maîtriser.

Elle tenta de visualiser la petite boîte à bijoux et d'y enfermer sa terreur à double tour.

Sa peur de l'inconnu qui s'étendait devant elle.

Sa peur de la nuit de noces et… de ce qui allait changer pour elle, maintenant qu'elle avait épousé cet Écossais à la place du duc.

Il avait un côté sauvage. Si masculin. À la fois étranger, impressionnant et indomptable.

Oui, tout ce qui attendait Penny à partir de maintenant lui était inconnu.

D'un seul coup, un doute terrible la saisit.

— Est-ce que vous avez fait empaqueter quoi que ce soit, chez mon père ?

Il la dévisagea un instant, avec une pointe de dédain.

— C'était inutile. J'ai acheté tout ce dont vous pourriez avoir besoin.

— Mais ma… La boîte à bijoux de ma mère. Je veux l'emporter dans notre nouvelle maison.

— Cela ne me concerne pas. Il est hors de question que nous fassions demi-tour pour récupérer des babioles chez votre père.

— Cette « babiole », comme vous dites, est le seul souvenir que j'ai de ma mère ! protesta Penny.

Elle ferma un instant les yeux, les poings serrés.

Elle n'avait pas peur de fondre en larmes : de toute manière, pleurer ne lui apporterait rien et elle avait appris depuis longtemps à réprimer ses sanglots.

Mais ses yeux la brûlaient et elle sentait l'impuissance l'envahir.

Elle ne pouvait rien contre cet homme. Ainsi que son père aimait tant le répéter : *il n'y avait rien à faire.*

On l'emportait loin de tout ce qu'elle avait connu et elle ne pouvait absolument rien faire pour l'empêcher. Elle ne pouvait pas lutter contre cet homme. Et même si elle réussissait à lui échapper, par miracle, où pourrait-elle aller ? Le duc de Kendal ne lui ouvrirait pas sa porte. Son père… Son père avait été prêt à détruire sa réputation pour se protéger. Elle ne pourrait plus jamais lui demander la moindre faveur. Son orgueil le lui interdisait.

Qu'elle le veuille ou non, son destin était à présent lié à Lachlan Bain. Lui seul la protégerait. Elle n'avait personne d'autre.

Elle n'avait même plus le coffret à bijoux de sa mère pour la réconforter…

— Où allons-nous ?

— Dans les Highlands, répondit-il, comme si sa question était la chose la plus absurde qu'il ait jamais entendue.

— Je ne parlais pas de la destination de notre voyage. Je voulais dire : où allons-nous *ce soir* ?

Ce soir.

Ce mot résonna un instant, inquiétant, et Penny chassa ses craintes.

Pendant combien de temps cet homme comptait-il la torturer ainsi ? Pendant combien de temps agirait-il de cette manière avec elle ?

— Nous ferons escale dans une auberge. J'espère que vous trouvez cette voiture confortable, car le voyage jusqu'en Écosse sera long...

— Je sais, répondit-elle. Je n'y suis jamais allée, mais j'ai conscience de la durée du trajet.

— Je croyais que la bibliothèque de votre père était pauvre en ouvrages sur mon pays.

— En effet. Mais elle est plutôt bien fournie en livres sur les trajets en diligence et en cartes géographiques.

— Passionnant...

— Pas vraiment, mais quand on a déjà lu tout le reste, on n'a plus trop le choix.

Ces heures de lecture passées lui donnaient au moins une vague idée de la route qu'ils allaient prendre, des dangers qui pouvaient les attendre en chemin et de la distance qu'ils devraient parcourir. Ce n'était qu'un maigre réconfort, certes, mais compte tenu de tout ce que Penny ignorait de son propre avenir, ces quelques connaissances lui paraissaient essentielles.

Un fossé de plus en plus large se creusait entre son époux et elle. Elle ne savait même plus ce qui l'inquiétait le plus : se trouver enfermée dans cette voiture avec lui ou bien tout le mystère qu'il apportait dans son sillage.

Mystère. C'était bien le mot ! Et elle ne connaissait qu'un seul moyen de résoudre ce problème.

Poser des questions pour en apprendre plus.

— Est-ce vrai que vous ne mangez pas de toasts ? Parce que ce n'est vraiment pas difficile à préparer, vous savez. On pique le pain avec une fourchette, et...

— Je sais comment faire griller un morceau de pain sur le feu, coupa sèchement Lachlan.

— Vous avez dit que vous n'en mangiez pas.

— Étrangement, je ne cesse pourtant d'en parler, depuis quelque temps.

— Cela ne me semble pas une conversation déplacée.

— À moi, si.

Et sur ce jugement définitif, le silence revint dans la voiture. Penny commençait sérieusement à croire que son époux lui avait menti au sujet de la nourriture.

— Vous n'avez pas besoin d'être si méchant, lui fit-elle remarquer.

— Rien ne m'oblige à être gentil non plus.

Elle pinça les lèvres. À quoi bon tenter de discuter avec lui ? Autant parler à une pierre ! Heureusement pour elle, elle avait plutôt une bonne expérience dans le domaine. Elle avait passé sa vie à parler aux pierres et aux animaux du parc, quand aucun domestique n'avait de temps pour elle. Bref, à tout ce qui l'écoutait sans jamais répondre...

— Je ne sais pas, dit-elle donc. Un peu de gentillesse rendrait le voyage plus agréable.

Lachlan ne dit rien. Très vite, Penny se tourna vers la fenêtre et regarda le paysage défiler sous ses yeux, bercée par le balancement de la voiture. C'était assez apaisant, tant qu'elle ne pensait pas à ce qui l'attendait au bout de cette route. Au bout d'un moment, elle ferma les yeux et se mit à somnoler.

Quand elle se réveilla, elle découvrit que la nuit était presque tombée. La voiture, elle, ne roulait plus.

On s'était arrêté devant un grand bâtiment de pierre

blanche orné d'une enseigne qui annonçait : *Auberge de la Vieille Couronne*. Mais à cette heure-ci, le panneau aurait tout aussi bien pu afficher le mot « fatalité » en grand. Peut-être était-ce un peu théâtral, mais Penny sentit immédiatement sa gorge se nouer. On ne pouvait pas être trop théâtral dans une telle situation.

La porte de la voiture fut ouverte et le valet tendit la main, sans doute pour l'aider à descendre. Lachlan fut plus rapide et sauta du marchepied le premier. Le valet se figea un instant, surpris et clairement choqué par le comportement de son maître.

Il finit par s'écarter, laissant Lachlan tendre la main à Penny.

Elle eut du mal à se convaincre d'accepter son aide. Devant sa courte hésitation, son époux la saisit par la taille et la fit sortir de la voiture sans le moindre effort. Sa puissance était troublante. Elle enveloppait Penny, faisait battre son cœur plus vite. Il était si grand, si large d'épaules, et la soulevait comme si elle ne pesait pas plus lourd que le moineau blessé qu'elle lui avait apporté, tant d'années plus tôt...

Une pointe d'espoir perça de nouveau au fond d'elle. Elle en avait peur, presque autant qu'elle avait besoin de s'y raccrocher.

Peut-être que le garçon d'autrefois n'avait pas tout à fait disparu.

Parce qu'il y avait une sorte de douceur sous cette force. Parce que les grandes mains de Lachlan l'avaient soulevée dans les airs mais ne lui avaient pas fait de mal.

Elle leva les yeux sur lui mais il se détourna.

Elle dut ravaler sa déception, une fois de plus.

— Venez, lâcha Lachlan avant de se diriger vers la porte.

Penny le suivit.

Il donna quelques ordres en entrant dans la salle, comme

s'il était encore face à ses troupes, et l'aubergiste, un petit homme courbé, obéit tel l'un de ses soldats.

L'établissement semblait propre, meublé de tables en bois sombre et peuplé d'une foule de voyageurs. Les poutres qui soutenaient le plafond étaient de la même couleur que les meubles, donnant au décor une impression de confort chaleureux et protecteur.

— Je n'ai jamais séjourné dans ce genre d'endroit, avant...

Lachlan parut surpris.

— Jamais ?

— Non. J'ai très peu voyagé. Nous sommes parfois allés jusqu'à Londres, mais le trajet ne prend que trois heures, alors nous n'avons pas eu besoin de dormir en route. Et quand mon père visitait la capitale, il louait toujours une maison pour nous.

Sans doute était-ce pour cela qu'ils n'y allaient plus depuis deux bonnes années. Leur famille ne pouvait sans doute plus se permettre ce genre de dépenses.

L'aubergiste les précéda dans un escalier étroit, puis le long d'un couloir. Ce fut à cet instant que Penny commença à sentir les murs se refermer sur elle. On l'introduisit dans une petite chambre. Une fois campée au milieu de cette pièce réduite, remplie par la présence intimidante de son époux, elle fut saisie de vertige, comme si le monde se mettait à tanguer autour d'elle.

Un lit était installé contre le mur du fond, bien trop petit à ses yeux, et fait du même bois que tout le reste. Il y avait aussi une chaise et une petite table.

— Je vais m'occuper de mes hommes et des chevaux, annonça Lachlan. Je vais aussi vous faire monter une collation.

Sur ce, il sortit et elle put de nouveau respirer à son aise.

Allait-elle obtenir un sursis, ce soir ?

Non, sans doute pas. Mieux valait ne pas rêver : Lachlan n'avait aucune raison de la ménager.

Elle savait vaguement ce que l'on attendait d'elle. Elle avait déjà eu une courte conversation sur ce point avec la duchesse – une conversation frustrante, qui lui avait apporté plus de questions que de réponses. Un jour, Penny lui avait demandé ce qui se passerait lors de sa nuit de noces. Elle avait été nerveuse, et la tension avait toujours eu le don de l'aider à surmonter sa timidité.

La mère du duc avait paru surprise, puis elle s'était assise auprès d'elle et l'avait dévisagée avec bonté.

— Vous étiez vraiment petite, à la mort de votre mère, n'est-ce pas ? avait-elle demandé.

Penny avait acquiescé, l'estomac noué.

— J'imagine qu'elle n'a pas eu le temps de vous parler de ce genre de choses. De vous expliquer vos futurs devoirs conjugaux.

— J'ai essayé de me renseigner, mais les domestiques ont refusé de me répondre. Et j'ai trouvé peu de détails dans les livres, donc j'avoue que je suis curieuse de savoir…

— Tout se passera bien, ma chère, l'avait interrompue la duchesse en lui serrant la main pour la rassurer. C'est le cours naturel des choses et, bien que la connaissance puisse vous rassurer, elle ne vous sera pas nécessaire.

— Vraiment ?

Elle avait été choquée de voir que la personne la plus à même de l'instruire jugeait l'effort inutile.

— J'ai pourtant l'impression d'avoir encore beaucoup de choses à apprendre et j'aimerais être préparée, quand le moment viendra.

Elle avait toujours aimé cumuler les informations, le savoir. C'était son unique source de pouvoir et elle en voulait un peu à son père de ne pas avoir acquis de livres sur le sujet.

La duchesse lui avait encore tapoté la main. Ses joues avaient rosi, trahissant son malaise.

— Eh bien, ma chère, vous savez que les hommes… Les

hommes sont des créatures physiques et ils abordent le devoir conjugal avec le bénéfice de l'expérience.

Penny avait été profondément agacée par cette injustice, mais elle n'en avait évidemment rien dit.

— Bref, avait repris la duchesse en baissant la voix, mon fils saura quoi faire. Si jamais vous vous sentez gênée, contentez-vous de penser à quelque chose d'agréable pour passer le temps. Après tout, vous allez accomplir vos devoirs d'épouse, et c'est une perspective réjouissante. Vous n'aurez qu'à penser aux aménagements que vous prévoyez pour cette demeure devenue vôtre.

Penny n'avait pas trouvé ce petit discours rassurant – pas le moins du monde.

Et elle avait encore plus peur maintenant, parce qu'elle n'arrivait pas à trouver de pensée agréable en présence de Lachlan Bain. Il n'y avait pas de beau manoir à réaménager et, du reste, ce genre de réflexions n'auraient pas suffi à lui faire oublier sa force, sa masculinité si imposante.

Elle n'aimait pas se retrouver sans plan face à l'inconnu.

D'un seul coup, elle faillit éclater de rire. Quel plan aurait-elle bien pu avoir de toute manière ? On venait de la marier à un homme qu'elle n'avait connu qu'enfant. Un étranger. Elle partait pour l'Écosse alors qu'elle prévoyait depuis des mois de s'installer dans le domaine voisin de celui dans lequel elle avait grandi.

Elle avait prévu de devenir duchesse, et voilà qu'elle était enchaînée à un… un barbare.

Il n'allait pas hésiter à exercer son droit conjugal et elle ignorait ce que cela impliquait réellement. Comment aborder la situation sans rester passive ? Elle n'en savait rien.

Il avait tout pouvoir sur elle, et bien que Penny ait développé un don rare pour l'endurance silencieuse, elle restait terrifiée.

Elle ne s'était plus sentie aussi vulnérable depuis son

enfance. De toutes ses raisons d'enrager, ce soir, celle-ci était peut-être la pire.

Elle se mit à faire les cent pas, nerveusement, les mains jointes. Soudain, une fille de cuisine se présenta à la porte et déposa sur la table une assiette de ragoût accompagnée de vin épicé. Puis elle se retira sans un mot, sur une courte révérence.

En dépit de ses angoisses, Penny était affamée. Le ragoût et les épaisses tranches de pain lui mirent l'eau à la bouche.

Hélas, dès qu'elle eut terminé son repas, celui-ci se mit à peser comme une pierre au fond de son estomac. Elle recommença à arpenter sa chambre, ne sachant quoi faire. Devait-elle se préparer pour dormir, tant que Lachlan était absent ?

Bien sûr, elle n'avait pas de chemise de nuit.

Elle n'avait rien pour se couvrir et était censée partager sa chambre avec un homme ! La honte lui monta aux joues, la figeant sur place.

Elle ne pouvait pas retirer sa robe, ne garder que sa fine chemise et détacher ses cheveux en sachant qu'il la verrait... Qu'il verrait tout d'elle.

D'un seul coup, la lourde porte s'ouvrit sans que l'on frappe, et Lachlan apparut sur le seuil. Sa silhouette massive paraissait presque trop large pour l'ouverture. Il portait une petite malle sur l'épaule.

— Fatiguée ? demanda-t-il.

— Un peu, oui, répondit-elle d'une voix étranglée.

Elle avait presque l'impression qu'on lui avait jeté un sort pour l'empêcher de bouger. Ses pieds pesaient aussi lourd que du plomb et lui interdisaient tout mouvement.

Quand Lachlan entra, elle voulut s'écarter loin de lui mais en fut incapable.

— Je vous avais bien dit que j'avais fait envoyer des affaires ici pour vous, annonça-t-il en posant la malle près d'elle. Il y a des vêtements pour le voyage, et une chemise de nuit. Je me suis dit que vous pourriez en vouloir une.

— Je suis très bien comme cela, pour le moment.

Elle serra les poings. D'un seul coup, sa robe lui parut trop lourde, mal taillée. Sa peau se mit à la démanger. Non, elle n'était pas « très bien ». Mais aucune chemise de nuit, même la plus douce, ne pourrait l'aider.

Lachlan haussa les épaules.

— Si vous le dites.

Il traversa la chambre d'un pas lourd et ne s'arrêta qu'une fois arrivé devant le lit, dos à elle. Il commença alors à se déshabiller. La flamme de la lampe à huile posée sur la table de chevet vacilla. La lumière dansa sur ses muscles nus quand il ôta sa chemise blanche.

Penny fut incapable de se détourner.

Elle aurait dû, pourtant. À moins que… ? Cet homme était son époux, après tout. C'était cela, le mariage. Quand il aurait terminé, il lui enlèverait sa robe et il… il s'étendrait sur elle, comme elle avait parfois vu les animaux le faire. Cette pensée la fit frissonner de terreur.

Peu lui importait ce qu'elle s'était dit, la chose allait arriver et elle l'avait toujours su. Ce lit était, de fait, un lit conjugal. Elle ne pourrait pas échapper aux vœux qu'elle avait prononcés ce matin. Elle n'était plus une enfant, elle savait comment marchait le monde.

Elle connaissait quelques détails sur « la chose », malgré tout, ainsi que sur son objectif – appliqués aux animaux, du moins. Sans doute était-ce à peu près pareil pour les humains. Mais son esprit n'arrivait pas à transposer à son propre corps les réalités qu'elle connaissait chez les étalons et les juments.

Bien sûr, le devoir d'une épouse était de donner naissance à des enfants. Elle devait se montrer soumise aux souhaits de son mari, même si – comme c'était le cas pour elle ce soir – elle ignorait tout de ses demandes.

En fait, une jeune femme bien née comme elle n'était jugée désirable qu'en fonction de son innocence. C'était ce que les hommes attendaient de leurs épouses, des futures mères de leurs enfants. La vie entière d'une femme de son rang se résumait à cet acte physique. Si jamais qui que ce soit vous suspectait d'avoir perdu votre virginité avant le mariage, votre réputation était ruinée. Et si une femme ne trouvait pas d'époux, elle était condamnée à vendre son corps à un protecteur.

Et malgré tout cela, on jugeait inapproprié d'apprendre aux demoiselles le détail de l'acte qui déterminait ainsi leur destinée !

Tout cela était profondément injuste. Penny fut soudain frappée par cette simple constatation. Si sa mère avait encore été en vie, elle aurait demandé à celle-ci pourquoi on la gardait ainsi dans l'ignorance.

Mais sa mère était morte. Et, comme son père aimait tant à le dire : *il n'y avait rien à faire.*

L'homme qui lui tournait à présent le dos était son époux. Et cette nuit de noces était le prix de sa protection.

Pour une fois, Penny ne pouvait pas échapper au problème à force de réflexion. Elle ne pouvait pas enfermer ses émotions à double tour.

Car une chose était pire que la peur qu'elle ressentait : elle était fascinée par cet homme. Par son mystère. Par le tournant soudain et inattendu qu'il avait donné à sa vie bien rangée.

Sans lui, elle aurait aussi été mariée à la fin du mois, mais à un autre homme. Certes, certaines de ses questions allaient très vite trouver une réponse, mais les choses se passeraient sans doute différemment avec Lachlan qu'avec le duc.

Mais qu'en savait-elle, après tout ? Elle ne connaissait rien des hommes.

À part le fait qu'elle s'était sentie en sécurité avec le duc et pas ici. Parce que la sauvagerie de Lachlan irradiait autour de lui comme une aura. Et elle, élevée bien à l'abri dans son manoir, n'était pas préparée à affronter cela.

Il représentait tout ce qu'on lui avait appris à fuir. Tout ce qu'elle avait réprimé au fil des ans. Elle avait passé sa vie à longer une voie toute tracée, une voie bien droite, invisible, et à ne s'en détourner que lorsque son père n'était pas là pour la réprimander.

Quand elle sentait monter en elle une émotion trop violente, elle la cachait. Quand elle était envahie par une énergie trop bruyante, elle l'étouffait.

Mais Lachlan Bain, lui, n'avait sans doute jamais renoncé à quoi que ce soit.

Il se retourna d'un seul coup, sans toucher au kilt qui lui couvrait les hanches et les cuisses. Penny put voir son torse entier, ses épaules larges, tous les muscles façonnés par ses années passées au front. Étrange, comme un tel spectacle pouvait être fascinant.

Le spectacle d'un attribut physique si simple : des muscles.

Lachlan était un homme, donc par définition plus fort qu'elle. Il travaillait de ses mains, ce qui lui avait permis de développer cette force.

Rien d'étonnant à cela. Pourtant, la réaction du corps de Penny n'avait rien à voir avec tout cela. Si son estomac se nouait et si ses jambes se mettaient à trembler, c'était uniquement parce qu'elle *aimait* ce qu'elle voyait.

Comment pouvait-elle à la fois apprécier cet homme et le craindre ?

Encore une fois, elle fut incapable de bouger.

— Avez-vous besoin d'aide pour vous changer ?

La voix de Lachlan se fit bien plus douce que ce que Penny avait pu entendre jusque-là.

— Je...

— Vous aviez une femme de chambre, chez votre père, n'est-ce pas ?

— Oui, répondit-elle.

— Et c'était elle qui vous aidait généralement à vous préparer pour la nuit ?

— Bien sûr.

La robe qu'elle portait était fermée dans le dos par une rangée de minuscules boutons. La retirer sans aide allait être à la fois difficile et fort peu gracieux...

— Dans ce cas, permettez-moi de la remplacer.

Sans attendre sa réponse, Lachlan traversa la chambre, s'approchant beaucoup trop de Penny à son goût, et ouvrit la malle. Il en tira une simple chemise de nuit blanche et un magnifique peigne d'ivoire, bien plus coûteux que tout ce qu'elle avait possédé jusque-là.

— Asseyez-vous, ordonna Lachlan en lui indiquant la petite coiffeuse que l'on avait placée contre le mur du fond.

D'un seul coup, les pieds de Penny acceptèrent de lui obéir. Ils la portèrent lentement jusqu'à la petite chaise où elle s'assit sans protester.

Elle le voyait derrière elle, dans le miroir. Sa silhouette paraissait plus immense que jamais. Elle voyait aussi le reflet de sa propre terreur dans ses yeux écarquillés, soulignés par de larges cernes comme si quelqu'un l'avait frappée.

Quand Lachlan la toucha, elle sursauta. Ses lèvres s'entrouvrirent et, l'espace d'un instant, elle méprisa la femme qui la dévisageait dans le miroir. Une femme si fragile, si facilement choquée par ce qui lui arrivait.

Seulement, la main de Lachlan était douce. Il ne cherchait clairement pas à lui faire peur.

Comprenant cela, elle parvint enfin à se détendre un peu. Il ne prononça pas un mot en retirant les épingles qui maintenaient sa coiffure. De longues boucles dorées tombèrent lentement sur ses épaules.

— Oh oui, murmura Lachlan d'une voix rauque. Je me doutais bien que vos cheveux seraient magnifiques.

Avait-il dit cela pour elle, ou pour lui-même ? Comme il ne semblait pas attendre de réponse, Penny ne dit rien. Lachlan empoigna ensuite le peigne fin, qui paraissait trop délicat pour être manipulé par une main aussi large. Le guerrier garda néanmoins sa force brute sous contrôle et commença à démêler avec soin les mèches blondes.

Une pointe de douleur, réelle, palpable, traversa Penny et fit battre son cœur plus fort. Depuis quand n'avait-on pas été aussi tendre avec elle ? Elle avait bien eu une gentille gouvernante, pendant un temps ; une femme à la voix calme et apaisante. Mais elle n'aimait pas penser à elle car son départ lui avait brisé le cœur.

La gouvernante avait claqué la porte quand on avait cessé de payer ses gages. Ainsi, toute l'affection que Penny avait connue depuis la mort de sa mère avait été achetée. Rien n'avait été sincère.

Et maintenant, son père avait... Il avait remboursé une dette en la monnayant, *elle*. Quel retournement de situation – surtout quand elle voyait avec quelle douceur Lachlan la traitait à présent !

Elle s'était attendue à le trouver dur. Irascible. Froid.

Il était si grand... Il aurait pu la tuer à mains nues, s'il l'avait voulu. Ne lui avait-il pas déjà montré sa colère ? Ne lui avait-il pas dit qu'il haïssait son père ?

Décidément, il ne cessait de la surprendre – tout comme ses propres réactions la surprenaient. Une sensation de déchirement s'éveillait dans sa poitrine, comme si l'on essayait de l'écarteler.

Cet homme risquait de détruire tous les remparts qu'elle avait bâtis autour d'elle. Mais elle était plus forte que cela. Il le fallait. Elle avait déjà pleuré toutes les larmes de son corps quand sa mère était morte.

Puis Lachlan était entré dans sa vie. Un simple garçon d'écurie au service de son père.

À son départ, elle avait gardé les yeux secs. Elle avait déjà appris à taire ses sentiments. Mais il lui avait fait découvrir quelque chose qu'elle n'avait pas encore connu : l'amitié. Âgée de neuf ans à peine, elle avait vécu sa disparition comme un nouveau deuil.

À présent, il ne revenait la voir que pour briser ses rêves, abattre les protections qu'elle avait créées en partie à cause de lui. Ne pouvait-elle donc pas lutter ? Se révolter ?

Elle ne voulait pas de sa tendresse.

Cela avait eu de l'importance autrefois, mais il l'avait privée de sa présence.

Ses raisons importaient peu. Elle n'avait pas eu assez de valeur à ses yeux, alors pourquoi devrait-elle se soucier de lui ?

— Je l'aimais, murmura-t-elle soudain, un peu trop vite. Je tenais à vous le dire.

L'image du duc se dessina un instant devant ses yeux et la calma un peu.

Jusqu'à ce qu'elle se souvienne qu'il n'était plus son allié. Il ne se battrait pas à ses côtés.

Sa maison ne serait plus un sanctuaire pour elle.

Sa famille ne l'accueillerait plus comme une des leurs.

— Cela ne me concerne pas, répondit Lachlan. Ce n'est pas votre amour que je réclame, ce soir.

— Et vous n'êtes pas fâché d'apprendre que mon cœur appartient à un autre ?

— J'ai du mal à croire que vous pourrez penser à un autre homme, tout à l'heure. Et ce n'est pas non plus l'amour qui vous fera crier de plaisir...

Ses paroles éveillèrent un feu brûlant au creux des reins de Penny. Qu'est-ce que le plaisir pouvait bien avoir à faire avec tout cela ? Elle avait compté sur la vanité et la possessivité masculines pour rendre Lachlan jaloux en lui parlant de ses sentiments pour le duc.

— Mon cœur appartient à Hugh, insista-t-elle.

Prononcer ce nom à voix haute lui parut presque impertinent.

— Peut-être, mais votre corps m'appartient. À moi et rien qu'à moi.

Comment pouvait-il être aussi rustre, alors qu'il la coiffait avec tant de douceur ? Penny le dévisagea, choquée, tandis qu'il poursuivait son travail avec une lenteur délibérée.

Elle haïssait cela. Elle voulait le mettre en colère.

Il était plus facile de garder la tête haute face à un homme qui s'emportait...

— Vraiment magnifique, dit-il en séparant sa chevelure en deux pour la faire passer sur ses épaules et la laisser retomber devant sa poitrine.

Il entreprit ensuite de déboutonner sa robe. L'étoffe du corsage se détendit peu à peu, puis glissa sur les hanches de Penny, dévoilant son corset. Une des barrières qui la protégeaient venait de tomber.

Son cœur se mit à battre plus vite. Le sang tambourinait sous la peau de sa gorge.

Elle lutta pour s'agripper à sa rage, mais la peur... et quelque chose qui ressemblait étrangement à de la curiosité commençaient à prendre le dessus.

— Est-ce que vous savez ce qui se passe entre un homme et une femme, pendant la nuit de noces ? demanda Lachlan d'une voix étrangement cassée.

— Je sais tout ! répondit-elle en redressant le menton fièrement.

Elle garda les yeux fixés sur son reflet, sans oser le regarder. Il était hors de question qu'elle laisse la faiblesse gagner.

— *Tout ?* répéta-t-il avec une pointe de moquerie. C'est beaucoup.

— Je vous l'ai dit : j'aime un autre homme.

La renverrait-il, si elle parvenait à le convaincre que sa réputation était entachée ? Après tout, c'était bien la pire chose qui puisse arriver à une demoiselle. Quoi que l'on fasse, il ne fallait jamais prendre le moindre risque de ce côté-là, de peur de voir fuir tous les prétendants.

Hélas, Lachlan ne réagit pas.

— Je vois, dit-il. Dans ce cas, j'espère bien que vous saurez m'enseigner des choses. J'ai côtoyé des filles de joie parmi les plus expérimentées d'Angleterre, mais même elles ne savaient pas tout...

Penny frissonna, traversée par une vague de malaise.

Les mains de Lachlan passèrent devant elle et délacèrent son corset. Fermement, il l'écarta, ne lui laissant que sa chemise.

Puis ses paumes rudes lui caressèrent le haut des bras, faisant glisser ce dernier vêtement de ses épaules. La poitrine de Penny n'était plus cachée que par le rideau doré de ses cheveux. Tout son dos, lui, était nu. Elle sentait la chaleur du corps de son époux contre sa peau, un peu comme si elle s'était approchée du feu.

— Passons un marché, vous et moi, murmura-t-il. Je ne vous punirai pas pour vos mensonges et je ne vous traiterai pas comme vous semblez vouloir être traitée. Parce qu'il est clair que vous n'êtes qu'une vierge effrayée qui ne sait rien des forces qu'elle peut mettre en mouvement.

— Et quelle serait ma part du marché ? demanda-t-elle dans un souffle étranglé.

— Votre corps.

Non. Il ne pouvait pas exiger cela d'elle aussi vite ! C'était impossible !

— Nous ne nous connaissons même pas, protesta-t-elle.

Hélas, elle n'avait pas la force de lui demander plus clairement d'attendre quelques jours avant de la soumettre à ses désirs. Elle savait ce qu'était le devoir conjugal et ce que l'on attendait d'elle. Cet homme n'était peut-être pas l'époux dont elle avait rêvé, il n'en était pas moins le sien.

Elle ne pouvait pas négocier avec lui. Pas sur ce point.

De grandes mains râpeuses se refermèrent sur sa taille et elle dut résister à l'envie de s'enfuir en courant. Ou au désir inexplicable de se couler contre lui. Il lui fallut rassembler toute sa volonté pour ne pas bouger d'un pouce.

— Au contraire, dit-il, nous nous connaissons bien, puisque je vous ai aidée à sauver un oiseau.

Elle ne sut pas quoi répondre.

Aucun homme ne l'avait jamais touchée de la sorte. Aucun homme n'avait posé les doigts sur sa peau nue.

À présent, ces rudes mains de guerrier effleuraient les parties intimes de son corps. Un vertige lui monta à la tête.

Sans se presser, il la fit se relever. Puis il repoussa ses vêtements le long de ses jambes et les laissa se froisser autour de ses pieds.

Après cela, il fit quelque chose d'inattendu.

Il gémit.

Sa voix fit vibrer son torse, tout contre le dos de Penny. Elle sentit ce tremblement jusque dans sa propre chair.

Son corps devint glacé, puis brûlant. La honte l'envahissait.

Elle se sentait exposée et plus terrifiée que jamais.

Elle avait peur de regarder son reflet dans le miroir et d'y découvrir une femme nue. Ses cheveux dissimulaient peut-être sa poitrine, mais plus rien ne couvrait le reste de son corps. Elle ne voulait pas non plus croiser le regard de Lachlan. Il devait avoir l'air immense, féroce, derrière elle.

Il se rapprocha un peu plus. Elle devina la fermeté de ses muscles contre elle. L'une de ses mains était restée posée sur sa taille. Il la fit glisser sur sa peau, vint lui caresser le ventre.

D'un seul coup, Lachlan l'attira à lui.

Il était si fort. Il avait la peau si chaude… Il se pencha pour lui déposer un petit baiser à la base de la nuque.

Un petit cri de surprise échappa à Penny et elle sentit une flamme s'étendre à partir de l'endroit où il avait posé les lèvres, comme un feu de prairie qui naît d'une seule étincelle.

Elle se sentait perdue. La tête lui tournait. Ces grosses mains lui caressaient la peau. Il l'embrassa de nouveau, un peu plus bas.

Penny avait des fourmis partout. Les sensations déferlaient trop vite pour qu'elle les reconnaisse.

Les paroles énigmatiques de son époux résonnèrent soudain à ses oreilles. Il avait prononcé le mot « plaisir ».

Jamais encore on ne lui avait dit qu'une telle chose pouvait être retirée de cet acte bestial. Pas pour les femmes, en tout cas. Les hommes, eux, ne pouvaient être tenus pour responsables de leurs désirs ; mais même dans leur cas, s'agissait-il plus de plaisir ou d'un simple instinct primitif à assouvir ?

Lachlan avait parlé de plaisir comme s'il s'attendait à ce qu'elle en ressente avec lui. Comme si c'était une chose importante à ses yeux.

D'ailleurs, la pression de ses paumes sur son ventre, la caresse de ses lèvres dans son cou n'étaient pas si désagréables, en fin de compte.

Au contraire.

Elle sentait ses tétons se durcir et une tension naître au creux de ses cuisses. Elle leva enfin les yeux vers le miroir et surprit le regard de Lachlan fixé sur elle. Une flamme sombre animait ses yeux verts. Elle en fut choquée et se détourna bien vite. Hélas, ce fut encore pire : elle vit pour la première fois le reflet de son propre corps. Ses cheveux blonds tombaient en cascade sur sa poitrine, exposant sa taille fine recouverte par une large main tannée. Sa toison pâle était exposée, juste en dessous.

Son cœur battait la chamade, comme s'il essayait de se libérer de sa cage.

— Peut-être que vous ne saviez pas tout, en fin de compte, murmura Lachlan.

Elle ne dit rien. Elle laissa ses bras puissants l'enlacer et l'attirer dans leur étreinte contre son torse nu. Il la souleva soudain de terre comme si elle ne pesait rien.

— Vous êtes ma femme, ajouta-t-il d'une voix possessive.

Il la porta jusqu'au lit et la déposa au milieu du matelas. Le moment était venu. C'était cela. Cet acte sauvage et brut qu'elle avait déjà vu accomplir par les chevaux de son père.

Mais non. Lachlan ne s'étendit pas sur elle. Au contraire, il recula et la contempla un moment.

Elle lutta contre l'envie de se couvrir. Oh ! comme elle méprisait cette peur qui la hantait ! Elle ne voulait pas montrer à cet homme à quel point elle se sentait vulnérable. Il fallait qu'elle ravale cette émotion comme elle avait toujours ravalé les autres. Elle devait penser à des choses agréables, rester passive, ne pas réagir. Ce serait certainement mieux que fondre en larmes – un danger qu'elle sentait plus présent que jamais.

Lachlan se débarrassa de son kilt avec des gestes méthodiques. Il ne portait rien en dessous.

Son membre viril était dressé, large et droit. Penny comprit qu'il devait la pénétrer, mais comment son corps allait-il le supporter ?

Cela paraissait impossible. Ce ne pouvait pas...

Pourtant, la duchesse ne lui avait-elle pas dit qu'une femme n'avait rien à faire, à part s'allonger sur le dos ?

Que son époux *saurait*, lui ?

Jamais elle n'avait entendu parler de femmes déchirées de part en part pendant leur nuit de noces. Elle ne courait sans doute pas plus de danger qu'une autre.

Seulement, Lachlan était écossais. Il était tout à fait possible que les siens aient une physionomie plus impressionnante que les autres hommes. Un corps de femme anglaise était-il fait pour supporter tant de... virilité ?

Quand il s'allongea à son tour, ce fut pour se placer à côté d'elle. Il souleva une mèche de ses cheveux et la laissa glisser entre ses doigts. Ce n'était pas ce à quoi Penny s'était attendue. Il la contemplait en silence, avec une sorte de passion. Elle aurait préféré qu'il fasse ce qu'il avait à faire et qu'il en finisse vite.

Cela lui aurait semblé plus facile. Cet instant qui s'éternisait, cette attente, la torturaient. Elle gardait encore son innocence, certes, mais ses questions n'avaient toujours pas de réponses. Elle sentait qu'elle approchait de la vérité sans vraiment l'entrevoir, sans la comprendre encore.

— Posez vos mains sur moi, dit-il.

— Je...

Il lui prit le poignet et en dirigea lui-même la paume jusqu'à son torse. Sa peau était chaude et elle sentit son cœur battre dessous. Sa poitrine était recouverte d'un fin duvet de poils. Elle entendait presque son propre cœur battre en même temps que le sien. Pourtant, il ne pouvait pas être nerveux. Pourquoi la pulsation qu'elle sentait sous ses doigts était-elle aussi rapide que celle qui résonnait à ses oreilles ?

Il gémit de nouveau, puis se pencha sur elle.

Leurs lèvres ne s'étaient pas encore rencontrées. Penny n'avait jamais été embrassée par aucun homme, auparavant.

La bouche de Lachlan était ferme et assurée sur la sienne. Ses mouvements lents, tentateurs, l'instruisaient mieux que des mots. Il se pencha un peu sur le côté, puis fit la chose la plus étrange au monde : il glissa la langue entre ses lèvres.

Elle s'écarta vivement.

— Je ne pense pas que les gens fassent cela ! s'écria-t-elle, sous le choc.

Il lâcha un petit éclat de rire, un peu étranglé.

— Oh si. Croyez-moi.

— Mais… *Pourquoi* ?

— Laissez-moi vous montrer.

Il se pencha de nouveau sur elle, l'embrassa, et elle ne s'écarta pas quand elle sentit sa langue l'effleurer, cette fois. Son baiser prit un rythme de danse, de valse. Penny se sentit perdre pied.

Sa peau était en flammes. Elle transpirait, comme si elle avait de la fièvre.

Mais elle n'eut pas le temps d'y penser, parce que Lachlan referma la main sur son sein, caressant du pouce son téton raidi.

Ce mouvement fit naître en elle une impatience dont personne ne lui avait parlé. Était-ce ce qu'il avait voulu dire en parlant de plaisir ?

— On m'a dit que…

Elle essaya de reprendre son souffle.

— … que je devais penser à mes tâches domestiques pendant que ces choses se passent.

— Je croyais que vous aviez l'intention de penser à votre homme.

Son homme ? Il fallut plusieurs secondes à Penny pour comprendre de qui il parlait, car le seul homme qui occupait son esprit, pour le moment, était avec elle dans ce lit. Celui qui traçait sur son corps des signes magiques et mystérieux du bout des doigts.

— Sa mère m'a conseillé de penser à mon devoir.

— Je préférerais que vous pensiez à moi, répondit-il.

Il l'embrassa une troisième fois, avec moins de douceur et beaucoup plus de passion.

Tout ce qu'il faisait, toutes les sensations qu'il faisait naître en elle n'auraient pas dû être possibles. Dans le lit conjugal, les femmes faisaient leur devoir. Rien de plus.

C'étaient les hommes qui étaient censés avoir des appétits charnels.

Et pourtant, elle avait faim de lui.

Oui, cela résumait bien la situation. Son corps avait faim, et cela se manifestait très bas, dans un endroit beaucoup trop intime.

Lachlan laissa sa main descendre le long de son ventre pour la glisser entre ses cuisses. Elle se cambra sur le matelas pour lui échapper. Hélas, il était plus fort qu'elle. Il caressa du bout des doigts la fente féminine qu'elle avait là. Son geste lui parut étonnamment aisé. Elle comprit : elle était mouillée.

Sans savoir pourquoi, elle eut soudain honte d'elle-même.

Lui, par contre, paraissait satisfait. Ses gestes étaient sûrs. Il traça des cercles appuyés avec son pouce et tout bascula autour de Penny. Elle se sentit emportée par le rythme païen qu'il faisait naître sous sa peau. Elle n'arrivait plus à lui résister. Elle n'avait plus honte de sentir son corps accueillir un inconnu ainsi, d'une manière qu'elle n'aurait jamais pu envisager. Quelque part, au milieu des brumes qui l'enveloppaient, elle comprit que tout ce qu'on lui avait dit sur les femmes était un mensonge.

Ceci était la raison qui les poussait à leur perte.

Ceci était la cause de toutes ces histoires de réputation. Il ne s'agissait pas d'un rendez-vous imprudent et malheureux dans une alcôve sombre. Non. Il s'agissait de la passion qui attendait, tapie sous les draps. Elle n'avait pas envisagé cela : on lui avait toujours dit que les femmes étaient insensibles à la tentation...

Mais les mains de Lachlan étaient la preuve du contraire, tout comme sa bouche trop sensuelle.

Ses muscles incarnaient la tentation. Ils n'étaient pas qu'un simple attribut physique. Ils étaient magiques.

Une masculinité ensorcelante qui réveillait la femme en elle.

Tout cela allait beaucoup plus loin que les conventions sociales ou les corps bruts.

Une sensation inconnue et délicieuse monta en Penny et elle sentit ses hanches se mettre en mouvement, épouser les gestes de Lachlan, pourchasser cette sensation furtive.

Elle avait l'impression d'être un arc bandé à l'extrême. La tension augmentait, augmentait, jusqu'à ce qu'elle ne puisse plus tenir.

D'un seul coup, la délivrance arriva. Et elle s'y abandonna.

Un grand cri s'éleva dans la pièce. Il lui fallut un moment pour comprendre qu'il venait d'elle. C'était *elle*, la créature désespérée et gémissante qu'elle entendait, lointaine. C'était elle qui s'agrippait à Lachlan comme s'il était la seule ancre capable de la retenir. Elle se brisa de l'intérieur. Parviendrait-elle seulement à redevenir elle-même, après cela ?

Son époux ne dit rien. Il se contenta de poser sur elle ses yeux hantés. Puis il glissa la main un peu plus loin entre ses cuisses et elle sentit l'un de ses doigts la pénétrer. C'était étrange, mais pas douloureux. Quand il ajouta un second doigt, par contre, elle sentit son cœur s'emballer et eut du mal à respirer.

— Je préfère m'assurer que vous êtes prête pour moi, murmura Lachlan d'une voix rauque.

Un frisson terrifié traversa Penny. Lachlan se redressa et s'étendit au-dessus de son corps. Elle sentit l'extrémité de ce membre masculin si imposant remplacer ses doigts, contre ses chairs sensibles. Elle faillit protester à haute voix, mais il donna un puissant coup de reins et la douleur lui arracha un cri.

C'était bien à cela qu'elle s'attendait. Tout ce qui s'était passé entre eux avant n'avait été qu'une plaisanterie cruelle. C'était pour cela que les femmes faisaient mieux de fermer les yeux et de penser à leurs corvées domestiques. Parce que rien n'aurait pu préparer Penny à la douleur aiguë provoquée par cette invasion soudaine.

Des larmes lui gonflèrent les paupières.

Des larmes.

Elle lutta pour les retenir, refusant d'offrir à cet homme la satisfaction de la voir pleurer à cause de lui.

Pourquoi donc les femmes se laissaient-elles *perdre* ?

Était-ce à cause des promesses susurrées par les caresses de leurs amants et démenties par leur membre viril ? Penny se tortilla sous lui pour le combattre. De toutes ses forces. Mieux valait cela que des sanglots. Elle refusait de pleurer.

Il poussa un petit grognement apaisant, comme s'il essayait de calmer un cheval rebelle. Penny s'agita de plus belle : elle n'était pas un cheval et elle refusait qu'on la calme !

— Ne vous en faites pas, chuchota Lachlan. Cela ira mieux ensuite.

Non. C'était un mensonge. Elle en était certaine. Il resta un long moment immobile. Son corps pesait lourd et ses grandes mains lui enserraient les poignets, l'empêchant de bouger. Elle commença peu à peu à sentir les larmes contre lesquelles elle avait tant de mal à lutter reculer. Et avec elles, la douleur disparut.

Au bout de quelques instants, elle s'était déjà un peu habituée à la présence de ce corps étranger en elle.

Puis, sans qu'elle comprenne pourquoi, une autre sensation commença à monter de son ventre.

Ce n'était pas du plaisir, comme avant, mais l'impression étrange d'être liée à cet homme.

Elle ne se souvenait même plus de la dernière fois où quelqu'un l'avait étreinte dans ses bras. Elle n'avait plus connu cela depuis des années, avant que Lachlan la soulève de terre pour la porter jusqu'au lit. À présent, il l'enveloppait. Il était en elle.

Elle avait passé tant de temps seule. Si seule. Elle avait vu son mariage avec le duc comme la clé qui la libérerait enfin. Elle avait été impatiente d'appartenir enfin à cette nouvelle maison remplie de femmes merveilleuses à qui elle pouvait parler, à qui elle pouvait se confier. Des femmes capables de la comprendre et qui ne l'obligeraient pas à enfermer ses émotions à double tour au fond de son cœur.

Comment pourrait-elle encore souffrir de la solitude, avec son nouvel époux ?

Il était impossible d'être physiquement plus proche d'une autre personne. Plus rien ne les séparait. Rien. Même leurs souffles se mêlaient tandis qu'il la contemplait en silence.

Il lui donnerait des enfants.

Cette simple pensée l'emplit de joie.

Bien sûr, elle avait déjà été heureuse à l'idée de porter un jour les enfants du duc, d'avoir une famille à elle. Mais il y avait aussi eu sa mère, sa sœur... Des personnes qui satisfaisaient déjà en partie ce besoin d'appartenance chez elle. Lachlan, lui...

Elle avait été certaine d'être condamnée à une vie d'atroce isolement et n'avait même pas pensé aux enfants.

Elle aurait au moins cela. Ce lien. Elle pourrait au moins devenir mère.

Son cœur se serra soudain.

Elle avait perdu sa maman quand elle était toute petite et ne pourrait plus jamais sentir ses bras tendres se refermer sur elle.

Mais elle pourrait au moins tenir son enfant contre son sein. Elle pourrait lui offrir du réconfort, prendre soin de lui, l'aimer.

Elle lui donnerait toute la tendresse dont elle avait manqué, toutes ces émotions qu'elle avait toujours gardées pour elle.

Pour la première fois, elle songea que ce mariage, qu'elle n'avait pas choisi, n'allait pas être la prison qu'elle avait crainte.

D'un seul coup, Lachlan prit son visage entre ses mains et l'embrassa.

C'était agréable. Agréable, sensuel et si tendre qu'elle se laissa aller. Elle s'abandonna à lui. Ses baisers étaient réellement merveilleux...

Elle n'avait pas compris, tout à l'heure, mais cela commençait à venir. Cette impatience, ce besoin d'être aussi proche de lui que possible.

Quand il recommença à bouger en elle, elle fut surprise de ne plus ressentir la moindre douleur.

Au lieu de cela, elle fut envahie par une lente pulsation, plus intense que celle qu'elle avait ressentie l'instant d'avant.

Lachlan prit de nouveau son visage et l'embrassa avec fièvre, avant de presser son front contre le sien. Ses mouvements devinrent plus rapides, moins contrôlés. Sa tendresse s'évanouit. Étrangement, cela parut... meilleur.

Parce que cette union entre eux n'était ni tendre ni douce. C'était un acte primitif, animal, la chose la plus intime que deux êtres puissent partager. Penny se cambra pour mieux accueillir chaque coup de reins, accompagna sans honte le moindre de ses mouvements.

Sans honte.

Lui était-il déjà arrivé de ressentir cela, dans sa vie ?

Non.

Elle avait toujours lutté contre sa nature, contre tout ce qu'elle était.

Elle avait passé toute sa jeunesse à chercher des moyens de disparaître. Tous les élans qui lui venaient instinctivement étaient à bannir dans la vie qu'on l'obligeait à mener. Elle était la fille d'un homme qui aurait voulu l'oublier... Qui aurait préféré qu'elle meure à la place de sa mère, même s'il ne l'avait jamais dit aussi clairement.

Tout ce qu'elle était. Tout ce qu'elle ressentait était teinté de honte.

Mais pas ce soir. Pas avec *lui*.

Quand elle sentit un cri de plaisir lui monter à la gorge, elle n'essaya pas de le retenir. Lachlan frissonna tout contre elle. Son souffle était chaud dans le cou de Penny, à croire que lui aussi ressentait le même soulagement, la même chaleur qui s'étendait maintenant en elle. Pendant quelques secondes, il la serra fort contre lui, l'embrassa sur le front avec une tendresse inattendue – et trop brève. Avant même qu'elle ait eu le temps de savourer cet instant, il la relâcha.

— Dormez, dit-il en se relevant.

Son départ, si soudain, eut la violence d'une insulte.

— Quoi ?

Bouleversée, encore submergée par les sensations, elle le dévisagea sans comprendre ce qui se passait.

— Je dois m'assurer que tout est prêt pour demain. Nous partons à l'aube. Dormez.

— Mais… vous ne restez pas ?

— Vous n'avez pas besoin de moi.

Il rassembla ses vêtements et elle ne put que le regarder faire depuis le lit.

La honte revint de plus belle. Elle se sentit minuscule, maladroite. Si elle avait fait les choses comme il fallait, il aurait sans doute eu envie de rester avec elle, non ?

Une bouffée de colère lui monta à la gorge. Pourquoi se souciait-elle de tout cela, après tout ? Pourquoi voulait-elle qu'il reste ? Elle ne le connaissait pas et elle ne ressentait rien pour lui. Ce qui s'était passé entre eux n'était pas…

Ce n'était pas comme apprendre à se connaître.

En tout cas, ce ne serait pas suffisant pour lui faire oublier une vie passée dans la honte et la solitude. Quelle idiote elle avait été de penser le contraire ! Même pour un instant.

Il l'abandonna là et elle se roula en boule sous les couvertures en faisant de son mieux pour rassembler les morceaux brisés de son cœur.

Elle avait été ignorante de tout.

Personne ne lui avait dit que l'acte physique entre un homme et une femme pouvait vous faire monter dans les étoiles et vous renvoyer au fond du gouffre l'instant d'après.

Qu'un seul moment d'intimité profonde pouvait vous laisser plus seul que jamais.

Elle méprisa Lachlan pour cela. Plus encore qu'avant.

Parce qu'il lui avait montré ce qu'était le plaisir. Et il avait ensuite saisi cette nouvelle chose fragile et balbutiante qu'il avait fait naître en elle pour la briser sous ses yeux. Il l'avait exposée, l'avait rendue vulnérable. Il avait même failli la faire pleurer.

Mais Penny était forte et elle savait comment se protéger en toutes circonstances.

Hélas pour elle, Lachlan était un ouragan. Contre lui, elle se retrouvait sans défense.

Elle aurait préféré qu'il soit cruel.

Elle aurait préféré qu'il rende cette nuit de noces dure et douloureuse.

Il avait fait naître des sensations nouvelles en elle.

Des sensations trop intenses pour être contenues et qu'elle ne pouvait pas enfouir dans son cœur pour les cacher.

D'un seul coup, elle se rendit compte qu'il s'était retiré de manière à éviter de la mettre enceinte, tout à l'heure.

Une obscurité nouvelle, plus amère encore, l'enveloppa.

Il lui avait volé quelque chose sans lui laisser la moindre chance d'obtenir quoi que ce soit en échange.

Elle resta allongée un long moment sans bouger, les yeux secs et le cœur battant tristement dans sa poitrine.

Sa dernière pensée, avant de sombrer dans le sommeil, fut que Lachlan l'avait rendue incapable de garder ses émotions sous clé, dans son petit coffre secret. Si tel était bien le cas, comment survivrait-elle à leur mariage ?

Elle n'en savait rien.

5

Lachlan pensait ne plus avoir de conscience depuis longtemps, mais sa nouvelle femme lui avait donné l'impression d'être une brute. Il avait simplement voulu consommer leur union rapidement. Hélas, sa détermination n'avait pas résisté aux grands yeux clairs de Penny. Quand il avait passé la porte de la chambre et l'avait vue là, l'air perdue, tout un flot de sensations qu'il n'avait encore jamais éprouvées s'était déversé en lui.

Cette femme était pourtant un instrument de vengeance et rien de plus. Cependant, loin de son père et de tout ce qu'il représentait, elle lui apparaissait plus comme une personne qu'un pion, et il n'avait retiré aucune satisfaction de son expression apeurée.

Des hommes aguerris avaient déjà tremblé en sa présence et il avait pris des dizaines de vies sur les champs de bataille. Il n'avait pas besoin d'effrayer les jeunes femmes pour se sentir plus viril.

Il avait préféré de loin donner du plaisir à sa jeune épouse.

Et après tout, pourquoi pas ? Elle était sienne, non ? Cela faisait bien longtemps qu'il n'avait pas connu de femme, entre son dernier voyage et sa hâte de se rendre chez le père de Penny à son retour. Pourquoi ne pas partager un moment agréable avec elle, au lieu de lui prendre sa virginité le plus vite possible et d'en finir ?

Certes, il avait l'habitude d'aborder le sexe comme une simple transaction entre un homme et une femme, mais une transaction qui devait rester équitable. Les femmes pouvaient tout à fait ressentir du désir et éprouver la même satisfaction que lui au lit. Il avait toujours répugné à les en priver. Certaines catins étaient trop rompues pour s'abandonner comme cela avec un client, mais c'était leur choix. Il ne leur imposait rien.

D'ailleurs, la plupart de celles qu'il avait rencontrées avaient été heureuses de s'accorder un petit moment de plaisir et lui-même était toujours plus satisfait ainsi.

Alors, pourquoi ne pas offrir la même opportunité à sa femme ? Pourquoi la condamner à ne pas découvrir le plaisir ? De toute évidence, cette notion de jouissance physique lui était totalement inconnue ; elle n'avait même pas cru que ce soit possible de l'éprouver, avant.

Seulement, alors qu'il la serrait contre lui, Lachlan avait senti quelque chose se réveiller dans sa poitrine et c'était ce qui l'avait poussé à descendre aux écuries. Peut-être que l'air froid de la nuit lui ferait du bien.

L'un de ses hommes, William, dormait par terre, enveloppé dans une couverture et la tête roulant sur le côté. Lachlan le secoua doucement de la pointe de sa botte.

Le jeune homme se réveilla en sursaut et bondit sur ses pieds.

— Capitaine ?

Ils avaient servi ensemble au front et avaient appris à ne dormir que d'un œil. À force de passer des années sur les champs de bataille gelés, au milieu des cadavres et des forces ennemies, on apprend à se réveiller à la moindre alerte.

— Tu vas retourner chez la jeune femme, ordonna Lachlan. Je vais te donner une liste d'affaires à y récupérer. Rejoins-nous à la prochaine auberge.

William se tenait au garde-à-vous et acquiesça avec une

grimace. Pour fatigué ou agacé de se voir confier cette mission qu'il fût, il ne se permit cependant aucune remarque.

Lachlan avait su gagner la loyauté de ses hommes au combat et, après, il avait offert du travail à tous ceux qui n'avaient plus ni maison ni famille. Certains étaient restés sur ses navires, d'autres rentraient en Écosse avec lui.

Ils trouveraient sans peine leur place au sein de son clan – il s'en assurerait lui-même et l'avait juré à tous ceux qui avaient dû quitter les Highlands comme lui pour chercher fortune ailleurs. La pauvreté et les guerres de territoires avaient détruit de nombreux clans et certains de ses soldats n'avaient plus de foyer...

Lachlan refusait de les abandonner en Angleterre. Unis avec lui dans les combats, à verser leur sang tout comme lui pour un roi qui n'était pas le leur, ils étaient devenus siens. Sa responsabilité. Et il les aiderait à retrouver leurs racines.

— Bien, capitaine, finit par dire William.

— Quand nous serons rentrés, je serai ton *laird*, lui rappela Lachlan. Pas ton capitaine.

— Bien, *laird*, répéta le jeune homme en inclinant la tête.

Lachlan lui donna ensuite ses instructions, puis passa plus de temps que nécessaire à examiner son cheval – celui qui allait le porter jusqu'en Écosse. L'équipage de la voiture changerait à chaque auberge, mais il garderait sa monture.

Son trouble, si tenace, venait-il du fait qu'il n'avait encore jamais connu de vierge ?

Il préférait les femmes expérimentées, désabusées. Leurs âmes se comprenaient mieux.

Des femmes qui avaient connu peu de bonheur et qui savaient à quel point le monde pouvait se montrer cruel. Avec elles au moins, il pouvait connaître quelques instants de chaleur et de plaisir.

Mais Penny semblait attendre autre chose de lui, et il ne

savait pas quoi. Pourtant, une part de lui se sentait obligée de lui donner cette chose. Pourquoi ?

Elle n'avait rien d'une jeune femme fragile et larmoyante. En cela, elle le surprenait : pas une seule fois, depuis la cérémonie, elle n'avait fait preuve de la moindre faiblesse.

Il y avait aussi eu quelque chose de spécial, dans la manière dont elle avait réagi à ses caresses. Son choc, sa honte. Elle ne savait pas que son corps était capable de lui faire ressentir tout cela – ce fut évident dès le premier instant.

Et Lachlan n'y était pas resté insensible. Il avait eu l'impression que ce plaisir était d'une certaine manière nouveau pour lui aussi. Et il ne voulait pas de cela.

Il n'avait rien demandé.

Il n'avait pas envie d'avoir pitié de son épouse.

Ou de se soucier de son oiseau blessé.

Ou même de son coffret à bijoux.

Il se mit à réfléchir à des plans et des stratégies dont il n'avait nul besoin jusqu'à ce que la fatigue étouffe sa conscience. À ce moment seulement, il reprit le chemin de la chambre. À ce moment seulement, il s'autorisa à s'allonger près d'elle, restant au-dessus des couvertures pour ne pas céder à la tentation.

Il la protégerait, l'arme à la main si nécessaire. Il la défendrait face à n'importe quel ennemi. Ce qu'il ne savait pas encore, c'était s'il aurait la force de la protéger contre lui-même.

Penny se réveilla tôt, encore plus fatiguée que lorsqu'elle s'était couchée. Son corps était perclus de courbatures à des endroits étranges et, quand la servante lui apporta un broc d'eau chaude, la honte lui brûla les joues. On aurait pu croire que cette femme savait qu'elle aurait besoin de se laver.

Bien sûr qu'elle le savait…

Cette sensation désagréable de brûlure perdura pendant toute sa toilette – intime – jusqu'à ce qu'elle s'habille.

Elle remarqua un peu de sang sur son linge humide et jeta un coup d'œil aux draps. Là aussi, il y avait quelques taches sombres.

Un flot d'émotions l'étouffa. Elle se sentait soudain si seule… Et Lachlan n'était pas là. Elle savait qu'il était revenu dans la nuit. Elle avait senti son poids sur le matelas et avait attendu qu'il la touche de nouveau, mais il avait gardé ses distances.

Pendant des heures, elle avait oscillé entre veille et sommeil. Quand elle s'était enfin levée, réveillée par les premiers rayons du soleil, elle avait constaté qu'il était déjà parti.

Elle fouilla dans la malle qu'il avait prévue pour elle et en tira une robe bleue, un nouveau corset et une chemise blanche.

Elle parvint, non sans quelques contorsions, à boutonner sa robe. Il y avait aussi un bonnet avec un ruban bleu assorti à la robe et un épais manteau de laine de la même teinte.

Elle se coiffa avec simplicité, réutilisant les épingles qu'elle avait portées la veille, puis s'examina dans le miroir. Était-elle différente ? Elle ne vit aucune marque de ce qui s'était passé entre eux sur son corps, mais elle les sentit dans sa chair.

Comme si une flamme était passée sur sa peau.

Dès qu'elle fut prête, répondant à un signal imaginaire, la porte s'ouvrit.

Il apparut, aussi grand et intimidant que d'habitude. Déjà prêt à reprendre la route.

Si leur intimité de la nuit l'affectait, il n'en montra rien. Comment était-elle censée passer la journée dans la voiture fermée, si près de lui, après tout cela ? Elle avait encore l'impression de sentir son corps pressé contre elle, bien que plusieurs pas les séparent à présent.

Une tension naquit entre ses cuisses. Jamais encore elle

n'en avait autant voulu à sa propre chair, qui semblait si bien répondre à la présence de son époux. Elle se rappela obstinément la douleur et la solitude qui avaient suivi ces minutes de plaisir.

Son corps, lui, semblait n'avoir gardé en mémoire que les bons côtés.

De mauvaise grâce, elle songea de nouveau que c'était pour cela qu'on voyait tant de femmes se perdre.

On lui avait pourtant toujours enseigné que les femmes étaient des êtres innocents. Elles seules mettaient les enfants au monde. Elles étaient plus pures que les hommes. Elles possédaient dès la naissance cette grâce que leurs compagnons n'auraient jamais. C'était à elles de calmer les ardeurs des hommes.

Quelle sottise ! Comment était-elle censée le calmer, lui, quand elle ressentait les mêmes désirs en elle ?

— Nous devons partir, déclara-t-il.

Ce furent ses premières paroles depuis son départ si abrupt, la veille. Penny ne savait pas à quoi elle s'était attendue. Elle n'avait aucun droit sur lui. Alors, pourquoi était-elle si déçue, si seule et si vide ? Jamais on ne lui avait dit que le mariage serait quelque chose de spécial et, à l'époque où le duc de Kendal la courtisait, elle avait surtout chéri la perspective d'avoir enfin des amies auprès desquelles vivre. Étrange, étant donné qu'elle avait trouvé le duc bel homme. Certes, elle souffrait de ne plus le voir, mais ce n'était pas *lui*, la cause de cette souffrance. C'était le deuil de tout ce que leur mariage aurait pu lui apporter d'autre.

Le deuil de ce qu'il avait représenté pour elle.

Une vie de douceur et de confort comme elle n'en avait jamais connu. Une maison accueillante remplie de personnes qui se souciaient les unes des autres, au lieu d'un vieux manoir toujours glacial qui hébergeait un père et une fille incapables de communiquer.

Si elle avait rêvé de son avenir, c'était en songeant à toutes ces choses entourant son mariage, et pas à ce que son époux attendrait d'elle, dans leur lit. Elle avait pensé à sa vie, au sein de cette nouvelle famille, sans envisager un instant le genre d'intimité qui reliait un mari à sa femme.

Elle ne connaissait pas Lachlan. Et pourtant, lui seul l'avait vue nue. Elle avait touché son corps d'une manière qui lui avait jusque-là paru inenvisageable.

C'était... perturbant.

Lorsqu'elle eut remballé toutes ses affaires, on la fit monter de nouveau dans la voiture. Cette fois, Lachlan ne la rejoignit pas.

— Que faites-vous ? demanda-t-elle en passant la tête par la fenêtre de la portière.

— Je voyage à cheval. Je n'aime pas rester assis pendant des heures sans rien faire.

— Vous allez me laisser seule toute la journée ?

— Vous n'avez qu'à trouver un moyen de vous occuper.

— Je vous rappelle que je n'ai rien pour m'occuper. Vous ne m'avez pas laissée prendre d'affaires chez moi en partant ! Je n'ai même pas de livre.

— Il me semble que la femme à qui j'ai demandé de remplir votre malle y a glissé de la broderie.

Penny aimait broder, mais elle refusait de lui accorder cette satisfaction.

— J'aurais préféré des ouvrages de botanique sur la faune et la flore d'Écosse, grommela-t-elle.

— Vous n'aurez pas besoin de livres. Je pourrai vous instruire.

— Mais vous ne serez pas dans la voiture avec moi.

— Et nous ne sommes pas encore arrivés en Écosse.

Sur ce, il se détourna, mettant fin à la discussion.

Ce jour-là, ils couvrirent plus de chemin que la veille. Lorsque la voiture s'arrêta enfin dans la cour d'une auberge, Penny était épuisée et elle avait les nerfs à fleur de peau. Lachlan ne l'aida pas à se déshabiller, se contentant d'envoyer une bonne pour l'assister. Penny n'en eut pas vraiment besoin, d'ailleurs.

Elle éteignit toutes les lampes, à l'exception de celle que l'on avait posée près de la porte, et se coucha.

Hélas, elle ne trouva pas le sommeil. Son mari allait-il la rejoindre ? Elle était fatiguée, mais constata avec colère qu'une partie d'elle restait en alerte, attendant qu'il monte.

Comment pouvait-elle fermer les yeux en sachant qu'elle allait peut-être goûter de nouveau aux délices étranges de la nuit précédente ? En espérant, sans être sûre de rien ?

L'amour physique avait été une expérience bouleversante, un peu comme si on avait décousu toutes les pièces qui la constituaient avec de petits ciseaux. À présent, elle attendait qu'on referme les coutures.

Était-ce réellement d'une nuit de répit qu'elle avait besoin ? Ou bien des mains de Lachlan sur sa peau ?

Elle lui en voulait d'avoir pris en si peu de temps tant de place dans son esprit.

Elle n'avait pas choisi ceci. Elle ne l'avait pas choisi, lui.

Mais il la consumait tout de même. Il avait brisé ses défenses sans qu'elle s'en aperçoive et elle avait horreur de se sentir si nue. Il fallait qu'elle reprenne sa vie en main.

Le silence avait toujours été son ennemi, elle le sentait maintenant plus que jamais.

Soudain, la porte s'ouvrit et il apparut. Elle frissonna, incapable de se contrôler.

Il commença à se déshabiller dans la lumière dansante de la petite lampe. La flamme créait des jeux d'ombre sur son corps de guerrier.

Penny avait été tellement dépassée par les événements

de la veille qu'elle l'avait regardé sans vraiment se rendre compte de ce qu'il était. Un peu comme lorsqu'on essaie de regarder le soleil.

Il avait des cicatrices. Des sillons, creusés dans sa chair, qui témoignaient de blessures au combat. Son torse était large, sa taille étroite, et ses cuisses gonflées de muscles. Et puis il y avait… le reste de son anatomie. À présent qu'il l'intimidait moins, elle se rendait compte de sa beauté brute.

Elle avait vu des peintures représentant des hommes nus, bien sûr, mais leurs membres virils étaient petits, cachés. Pas le sien. Le sien était… *Épanoui*, songea-t-elle, faute de trouver un meilleur mot.

Elle aurait voulu lui demander les noms. De tout. Oui, c'était ce dont elle avait le plus besoin. Elle voulait un livre, une encyclopédie de son corps qui accompagnerait chaque illustration de termes appropriés et de définitions.

C'était comme cela qu'elle apprenait.

C'était comme cela qu'elle avait engrangé tout son savoir jusqu'à présent. N'était-ce pas raisonnable de vouloir un livre pour le comprendre, lui aussi ? Pour comprendre ce qui se passait entre eux ?

Il ne prononça pas un mot, s'approcha du lit et s'allongea près d'elle. Elle attendit encore.

Il ne bougea pas. Il ne se glissa pas sous les couvertures. Elle lui jeta un petit coup d'œil à la dérobée et vit qu'il était étendu sur le dos, un bras ramené devant ses yeux.

Il restait offert à ses regards, nu. De toute évidence, il n'avait pas honte de lui montrer son corps. Peu à peu, Penny s'agita. Elle n'arriverait jamais à dormir tant qu'elle serait consciente de sa présence si près d'elle. Tant qu'il resterait là et qu'elle ne saurait pas à quoi s'attendre. De nouveau, elle ressentit comme la veille la tension monter entre ses jambes et l'envahir.

— Lachlan ? murmura-t-elle.

— Non, répondit-il froidement, comme s'il était en colère.

— Non, quoi ?

— Je ne suis pas d'humeur à être doux, ce soir, Penelope. Dormez.

Une bouffée de frustration lui monta à la gorge.

— Je ne comprends pas ce que vous voulez dire.

Il grommela et, en un éclair, se retrouva au-dessus d'elle, le regard luisant.

— Vous faites beaucoup cela, chuchota-t-elle. Grogner comme une bête...

— C'est vous qui me poussez à le faire.

— Je ne comprends pas non plus ce que cela veut dire.

— Raison de plus pour me laisser dormir.

— Je... Je n'arrive pas à fermer l'œil, avoua-t-elle.

Sans prévenir, il l'embrassa et elle sentit les larmes lui monter aux yeux. Parce que enfin, après toutes ces heures de solitude dans la voiture, elle ressentait quelque chose. Une vague de puissance et de force. Elle avait passé la journée à se lamenter, le cœur vide et misérable depuis qu'il avait quitté son lit. À présent, il l'embrassait de nouveau et toutes les possibilités de la veille revinrent l'envelopper de chaleur. Son baiser consumait sa colère, comme par magie. Il effaçait sa peur et ses doutes.

Lachlan repoussa les couvertures sans douceur et retroussa la chemise de nuit de Penny avant de se caler entre ses cuisses. Elle sentit la fermeté de son membre sur sa peau et perçut son premier mouvement de hanches. Elle était de nouveau humide. La chair chaude de Lachlan glissait sur la sienne sans obstacles, attisant le désir qu'elle avait déjà éprouvé la veille.

Il la pénétra bien plus vite, cette fois, mais ce ne fut pas douloureux. Une courte tension la crispa, puis ses muscles se détendirent d'eux-mêmes. Il lui fit l'amour vite, avec des gestes saccadés. Ses mains s'étaient refermées sur sa taille et, quand il lui mordilla la lèvre, le choc lui envoya un éclair de plaisir dans tout le corps.

Elle avait l'impression d'être un bibelot en verre filé, consciente qu'il la briserait bientôt. Mais c'était tellement différent de sa journée passée dans le morne silence de la voiture ! Elle se sentit soudain puissante, en dépit de sa vulnérabilité évidente, parce qu'il était de nouveau là. Avec elle. Elle tenta de retenir la montée du plaisir, craignant un peu de retrouver l'étrange et triste solitude de la veille. Mais très vite, elle fut incapable de se contrôler. Le souffle de Lachlan, son corps, ses baisers. Les battements sauvages de son cœur et ses murmures graves, rauques, si étranges aux oreilles de Penny, finirent de l'embraser.

— Penny, murmura-t-il à son oreille.

Dès qu'elle entendit son nom, cette supplique qu'elle ne comprenait pas vraiment, les digues se rompirent.

Elle cria de plaisir, s'agrippant à ses épaules. Puis, soudain, elle le sentit se retirer pour s'épandre sur les draps.

Elle aurait voulu lui demander pourquoi. Hélas, ses mots et ses pensées se brouillaient. Cette fois, il ne quitta pas la chambre. Il se rallongea sur la couverture, à bonne distance d'elle, et s'endormit.

Comment... Comment pouvait-il... ? Comment pouvait-il dormir, juste après avoir partagé cet instant si intense avec elle ?

Sans doute ne ressentait-il rien. C'était la seule conclusion possible. Leur union physique n'avait rien changé en lui.

Elle seule était différente. Et cela fit naître en elle une sensation de solitude plus amère encore que tout ce qu'elle avait connu jusque-là.

Quand elle ouvrit les yeux, le lendemain, il était de nouveau parti. Comme la veille. Une fois de plus, il la fit monter dans la voiture seule et se mit en selle. Et de nouveau, l'intimité qu'elle avait ressentie s'évapora complètement.

Elle avait peut-être eu beaucoup d'inquiétudes au sujet du mariage, mais elle comprenait maintenant que ses angoisses avaient été futiles. Elle n'avait même pas su à quoi s'attendre, que craindre !

À présent, ce qui la préoccupait le plus était cette foule de sensations qu'elle ne savait pas nommer. Et son époux, capable de l'emplir de joie pour tout lui arracher ensuite.

Ce n'était pas la vie dont elle avait rêvé.

— Tu étais stupide de penser que tu avais le droit de rêver tout court, dit-elle à voix haute dans la voiture vide.

D'un seul coup, une part d'elle se rebella. Non, elle n'était pas stupide. Elle ne le deviendrait que si elle cédait sans se battre.

Si elle voulait que les choses changent, il lui faudrait agir.

6

Elle ne le repoussa jamais. Durant les trois nuits qui suivirent, elle le laissa retrousser sa chemise pour prendre son plaisir en elle.

Le simple fait de la regarder emplissait Lachlan d'un poids étrange et il était heureux de pouvoir s'en débarrasser en gardant ses distances pendant leurs journées de voyage. Elle dans la voiture et lui à cheval, c'était très bien. Pourquoi se sentait-il à ce point lié à cette Anglaise ? Cela n'avait aucun sens !

Lorsqu'il la rejoignait dans leur chambre, le soir, il était envahi par des sensations qu'il n'avait encore jamais éprouvées. Des sensations qui l'excitaient et – plus étrange encore – qui faisaient battre son cœur plus vite.

C'était comme si Penny était devenue maîtresse de sa chair et de son sang.

Il ne pouvait pas le permettre.

C'était à lui de tenir les rênes. Il ne la laissait donc jamais le toucher, soucieux de garder le contrôle à chaque instant. Même si une partie de lui mourait d'envie de la déshabiller pour explorer chaque recoin de son corps.

Seulement, elle était son épouse, pas une prostituée. Et les choses qu'il avait envie de faire avec elle n'avaient pas leur place dans un lit conjugal. Il fallait bien admettre que son éducation en la matière s'était limitée à ses expériences dans les maisons closes. Il était encore très jeune lorsqu'il s'était engagé dans l'armée, et c'était ainsi que les soldats découvraient l'amour. L'une des femmes qu'il avait rencontrées dans l'un de ces lieux lui avait appris qu'on ne pouvait pas attendre les mêmes choses de la part de professionnelles et des délicates débutantes de la bonne société.

Surtout si elles étaient anglaises.

Au fil des ans, il avait pu confirmer cela en écoutant ses compagnons d'armes parler. Même ceux qui avaient des épouses trouvaient un peu de réconfort entre deux batailles dans les bras des catins.

Lachlan avait souvent pensé à son père et à sa réputation, pendant tout ce temps. À la manière dont ce dernier avait traité les femmes et à la fragilité de sa propre mère.

La seule conclusion qu'il avait pu en tirer était que la prostituée qui l'avait mis en garde avait eu raison. Il y avait une frontière infranchissable entre les professionnelles et les épouses.

Sa propre hypocrisie le fit grincer des dents. N'avait-il pas toujours pensé qu'une femme auprès de qui il prenait son plaisir devait y goûter aussi ?

Penny jouissait à chaque fois. Tout comme lui.

Mais on ne salissait pas une femme bien née avec certains gestes déplacés, c'est tout.

Pourtant, n'as-tu pas forcé cette même femme bien née à t'épouser ?

Ce genre de mariage était une pratique courante. Quand ce n'était pas une union contrainte, elle était au moins arrangée, basée sur un besoin rationnel, partagé, et pas sur les sentiments.

Lachlan n'avait aucune raison de se sentir coupable.

Le matin du quatrième jour, il installa comme d'habitude sa délicate épouse dans la voiture et se mit en selle.

Mais son petit minois apparut à la fenêtre, l'air déterminé.

— Je suis lasse de voyager là-dedans, dit-elle.

— Et pourtant, il nous reste plusieurs journées de route devant nous.

— J'aimerais monter à cheval, aujourd'hui.

— Je n'en ai pas pour vous.

— Alors, je monterai avec vous, insista-t-elle.

Lachlan serra les dents, agacé.

— Le confort ne sera pas le même qu'en voiture, répliqua-t-il.

— Eh bien vous n'aurez qu'à m'y remettre quand vous serez fatigué de moi. Ou quand je serai fatiguée de vous, si cela vient d'abord.

Ils n'avaient pas beaucoup parlé depuis leur départ. Seuls leurs corps communiquaient chaque soir. Néanmoins, Lachlan savait très bien qu'en acceptant, il serait contraint de l'entendre babiller toute la journée au sujet de toasts, d'oiseaux, ou d'autres sottises encore.

Pourquoi ne refusait-il pas tout net ? Sa faiblesse l'exaspéra.

— Dépêchez-vous, ordonna-t-il en mettant pied à terre pour l'aider à descendre de voiture.

Il ouvrit la portière, souleva Penny et la plaça devant lui sur la selle. Les fesses si rondes et si parfaites de celle-ci se calèrent contre son entrejambe.

Cela seul lui promettait des heures de torture avant le soir.

Elle se coulait à la perfection contre son corps. Jamais il n'avait eu l'occasion de monter avec une femme de cette manière et il n'avait pas songé à la situation dans laquelle il se retrouvait maintenant.

Il avait cependant vu juste au sujet du babillage : elle n'arrêta pas.

— Je crois que c'est un pin d'Écosse, s'écria-t-elle à un moment.

Depuis leur départ, elle lui avait déjà montré cinq arbres en clamant leur nom...

— Vraiment ?

— Oui. En tout cas, c'était ainsi qu'il était appelé dans l'un des articles de Gilbert White.

— Avez-vous réellement passé autant de temps à vous éduquer au sujet des pins ?

— Mon père n'avait pas de fictions, dans sa bibliothèque. Donc j'ai passé des années à collecter toutes sortes d'informations. Sur les plantes, les animaux, les aqueducs...

— Impressionnant panel.

— Le panthéon grec, aussi. La religion en général. Mais il y avait hélas un sujet qui n'était pas du tout abordé dans ses livres.

— Mis à part celui de l'Écosse, vous voulez dire ?

— Oui. En effet.

Elle laissa échapper un petit bruit qu'il ne sut pas interpréter. Un raclement de gorge, comme si elle hésitait à poursuivre – ou comme si elle faisait semblant, en tout cas. Il ne la connaissait pas depuis longtemps, mais il n'avait pas l'impression qu'elle était femme à retenir sa langue.

— Sa bibliothèque était très pauvre en termes d'anatomie humaine. Ainsi que d'autres... sujets pratiques. J'ai beaucoup de questions.

Elle se tortilla devant lui, réveillant d'un seul coup son désir.

— Vraiment ?

Elle se tut un instant, puis tourna la tête sur le côté. Il pouvait apercevoir son profil élégant et ses pommettes roses en partie camouflées par l'arrondi de sa coiffe.

— Comment l'appelez-vous ?

— Je vous demande pardon, ma belle, mais je ne suis pas certain de savoir de quoi vous parlez.

Il croyait le deviner. L'objet en question n'était-il pas calé contre les fesses de la dame ? Elle hésita, cherchant ses mots comme un stratège en pleine bataille.

— Votre... Je veux dire... Je connais le terme biologique... En latin...

— *Une queue*, répondit-il, préférant la brutalité à ce petit jeu de devinettes.

Elle sursauta.

— C'est vrai ?

Sa tête se tourna de nouveau dans sa direction en faisant voleter le ruban bleu de son bonnet.

— Comme un animal ?

— Oui.

D'un seul coup, Lachlan eut une envie folle de rire. Pas pour se moquer d'elle, mais juste à cause de la situation dans laquelle il se trouvait soudain. Depuis quand n'avait-il pas ri de bon cœur sans avoir bu ? Des années, sans doute.

— C'est fascinant, murmura-t-elle en se cambrant un peu plus pour se serrer contre lui. Une queue...

Elle fit jouer le mot sur sa langue, comme pour le goûter. L'innocence de sa voix, prononçant un terme aussi vulgaire, avait quelque chose d'excitant.

— Faites attention quand vous dites cela, la prévint-il. Qu'une femme prononce ce mot en public, et le ciel nous tombera sur la tête. Vous causeriez un scandale, dans certains cercles.

— Ah bon ? J'avoue que je ne suis pas outillée pour savoir ce qui est scandaleux ou non. J'ai grandi tellement à l'écart, tellement protégée, que je ne suis peut-être pas aussi facilement choquée que je le devrais. La réputation d'une dame englobe tant de choses, vous ne trouvez pas ? On dit qu'une femme peut être déshonorée simplement en montant dans une voiture fermée avec un homme ou en se promenant sur un sentier sombre sans chaperon. C'est presque aussi grave que de... euh... copuler.

— Vous m'en direz tant.

— Oui.

Elle s'interrompit, se racla la gorge une nouvelle fois, puis revint à la charge.

— D'ailleurs, comment appelez-vous *cela* ? Est-ce encore une histoire d'animaux ?

Cette fois, il aurait franchement éclaté de rire si elle ne s'était pas tenue si près de lui. S'il n'avait pas senti la tentation des hanches de Penny contre ses cuisses.

— Il existe beaucoup de mots pour cela .

— Dites-moi.

Elle avait l'air tellement curieuse, tellement enjouée, qu'il eut soudain une terrible envie de la faire descendre de cheval, de dire à ses hommes de rester à distance et de l'entraîner dans le premier bosquet venu pour passer des heures à enrichir son vocabulaire de toutes les manières possibles.

L'intensité même de ce désir l'arrêta.

Car là où il n'y avait pas de contrôle, le chaos régnait.

Et Lachlan n'aimait pas le chaos.

Il se redressa tant bien que mal.

— Le premier mot qui me vient en tête est « baiser ». Mais ce n'est pas non plus un terme que l'on emploie dans la bonne société.

Elle eut un petit murmure songeur.

— Attention : n'allez pas le crier sur tous les toits, reprit-il.

— Pourquoi pas ?

— Ce n'est pas convenable pour une lady.

— Mais l'acte l'est ? Pour une femme mariée, je veux dire. Dans ce cas, pourquoi ne pourrais-je pas en parler ?

— Ne me dites pas que vous êtes innocente à ce point !

Il savait, bien sûr, que les jeunes femmes comme elle étaient mises à l'abri du monde et de ses vulgarités. Qu'elle avait été vierge. Mais comment pouvait-elle en savoir si peu et, en même temps, répondre avec tant de naturel à ses caresses ?

— Je ne sais pas, murmura-t-elle. J'ai l'impression qu'il me manque beaucoup de connaissances. Au sujet de la société en général. De la vie. Par exemple, je ne savais pas que l'union charnelle entre un homme et une femme pouvait être si agréable. Ou si terrible.

Il se raidit.

— Terrible ?

— Oh ! c'est merveilleux tant que cela dure. Mais je ne comprends pas pourquoi vous ne...

Elle crispa les épaules et Lachlan devina qu'elle fronçait les sourcils, les yeux fixés sur la route devant eux.

— Je ne connais pas le mot pour cela non plus, soupira-t-elle finalement.

— *Orgasme.* C'est ainsi qu'on appelle le plaisir. La « petite mort ».

— Oh oui, c'est bien l'impression que cela donne ! Comme si votre corps entier risquait de se briser à chaque instant. Comme si on était à la fois écrasé et reconstitué juste après.

Il ne sut pas quoi répondre à cela. Il n'aurait pas dû être à ce point... satisfait.

Jamais il n'aurait pensé avoir une conversation aussi franche avec son épouse sur ce genre de sujet. Non pas qu'il manquât de pratique en la matière. Les hommes qu'il connaissait ne se privaient pas d'en parler et les catins n'avaient aucune raison d'en rougir.

Mais il ne pensait pas qu'une femme éduquée comme Penny l'avait été puisse aborder le sujet. Elle avait réellement l'air fascinée.

Il se souvint de son insistance à parler de l'oiseau blessé, le premier jour. Elle était tenace, c'était une évidence.

— Je sais comment on... fait un enfant, dit-elle après un court silence. J'ai lu beaucoup de livres sur l'élevage. Je suppose que les humains fonctionnent comme les animaux pour ce genre de choses. Et puis, l'une de mes gouvernantes m'a bien mise en garde contre les dangers des hommes. Alors, pourquoi ne voulez-vous pas faire un enfant avec moi ?

— Je refuse de prolonger ma lignée. C'est une décision que j'ai prise bien avant de me marier.

Inutile de lui cacher la vérité plus longtemps. Après tout, il ne lui devait rien. Il ne l'avait épousée que pour enlever quelque chose à son père, pas pour lui offrir autre chose, à elle. Lui expliquer pourquoi il ne voulait pas avoir de descendance ne lui coûtait rien.

— Mon père était le chef de mon clan, une position qu'il a obtenue en épousant ma mère. Le nom de MacKenzie est le sien. *Était* le sien. Mon père n'a dû cette position honorable qu'à la confiance que mon grand-père plaçait en lui. La confiance de beaucoup de gens, en fait. Mais il était faible. Tandis que le clan agonisait, il s'est installé à Édimbourg pour y dépenser l'argent de ses gens en poursuites frivoles. Des femmes, des maisons de ville... Il voulait s'acheter une apparence plus noble. Comme un *Sassenach*.

— Qu'est-ce que c'est ?

— Un étranger. Un Anglais. Et c'est ce qu'il est devenu. Il a abandonné son clan et les Highlands, après tout ce que les Anglais nous ont fait subir.

— Mais vous avez combattu aux côtés de l'Angleterre. Pendant la guerre.

— Oui, admit-il. Et je recommencerais s'il le fallait, car le monde n'a pas besoin de fous assoiffés de sang. Ce genre d'hommes, je les combattrai toujours, quitte à m'allier à mon ennemi pour les vaincre. Mais ne vous y trompez pas : je nourris une relation compliquée avec votre pays, et mon allégeance ira toujours à l'Écosse d'abord. À mon clan. Mon père a échangé son honneur contre un peu de confort. Il a imposé des loyers indignes à ses fermiers et a dépensé tout leur or. Il s'est servi d'eux. Si je rentre chez moi, maintenant, c'est pour réparer le tort qu'il a fait. Il est hors de question que je transmette un sang faible à des enfants.

— Vous pensez que votre sang est faible à cause des

actions de votre père ? Si nous sommes tous condamnés à vivre comme nos parents, alors je mourrai bientôt. Ou bien je deviendrai comme mon père, ce qui n'est pas vraiment mieux.

— Ma mère a eu beaucoup d'enfants et ils sont tous morts.

— Tous ? demanda-t-elle dans un souffle étranglé. Vous avez perdu tous vos frères et sœurs ?

Il y avait une pointe de tendresse dans sa voix, et Lachlan fit tout son possible pour l'ignorer.

— La plupart d'entre eux, je ne m'en souviens même pas.

James était le seul à avoir vécu assez longtemps pour qu'on lui donne un nom. Assez longtemps pour que Lachlan se souvienne de ses cris et de son petit visage rougeaud. Ses minuscules poings crispés qu'il agitait dans les airs en pleurant. La fièvre l'avait emporté. Très vite.

— C'est une histoire tragique… Je suis désolée pour vous.

— Le monde est dur, répondit-il froidement. La vie et le bonheur ne sont pas des acquis. J'ai survécu, et c'est sans doute pour une bonne raison.

— Et vous ne pensez pas que cette raison puisse justement être d'avoir une descendance ?

— Mon but est simple : rendre les terres du clan aux habitants. Restaurer l'équilibre.

— Vous m'avez donc arrachée à… à la main d'un duc, à une maison remplie de gens que j'aime et à une vie de mère pour… pour m'emmener dans un pays que je ne connais pas et où je serai condamnée à vivre seule ?

Seule, avec lui.

Cependant, elle ne le précisa pas.

— Les bébés meurent, ma jolie, répondit-il simplement. C'est bien la seule leçon que j'ai tirée de mon enfance.

— Je ne comprends pas. Pourquoi me faire subir une chose pareille ?

— Cela n'a rien à voir avec vous.

Il la sentit se tasser un peu plus sur la selle.

— Bien sûr que non. Rien ne me concerne. Je ne suis qu'un pion, c'est cela ? Je n'ai droit ni à mes toasts ni à mon coffret à bijoux. Rien de tout cela n'a d'importance, tant que *vous* tenez votre petite vengeance. Vous allez rendre à votre clan sa gloire et vous vous moquez du fait que j'aurais pu épouser l'homme que j'aime. Vous vous moquez du fait que je puisse vouloir… que vous me parliez après vous être servi de mon corps, le soir. Vous vous moquez que je puisse désirer un jour tenir un enfant dans mes bras. Que je puisse avoir envie de devenir épouse *et* mère, comme le veut la nature.

— Je ne connais pas la pitié, Penny, déclara-t-il en dépit de la pointe d'amertume qui lui transperça soudain le cœur. Tous vos beaux discours ne servent à rien.

— La beauté est une telle malédiction ! Mon père pensait que ce serait ma gloire, que cela me permettrait d'épouser le duc. Mais ma beauté ne me sert à rien, puisque vous m'auriez contrainte au mariage même si j'avais été laide. Tout ce que vous vouliez, c'était faire souffrir mon père.

— C'est vrai. Mais si vous aviez été laide, vous épouser aurait été lui accorder une faveur. Dans la situation actuelle, c'est une insulte. Que sa splendide fille soit salie par un barbare comme moi…

— Ravie d'avoir pu vous être utile, cracha-t-elle.

— Comment pouvez-vous avoir une langue aussi acérée ? Vous avez été couvée toute votre vie, et pourtant, vous ne semblez pas me craindre.

— Pourquoi aurais-je peur ? Que pourriez-vous bien m'arracher d'autre ? Je n'ai plus rien !

Ses paroles réveillèrent quelque chose en lui dont il ignorait l'existence.

— Vous aurez un château.

— Un château ?

— Oui. Le clan possède un vrai château, pas une simple

forteresse médiévale. Mon père s'est servi de son argent pour le moderniser. Je pense que vous saurez l'apprécier : il y a là tout le confort d'un foyer derrière de hauts murs fortifiés.

— Sans amis. Sans enfants. Vous me faites passer d'un mausolée à un autre, un monument en l'honneur de péchés que je n'ai même pas commis. En effet, quelle *chance* j'ai !

Lachlan talonna son cheval.

— Il y a toujours des enfants qui courent partout, chez moi. Je suis sûr que vous pourrez trouver un bébé à câliner, si c'est ce qui vous chagrine.

Elle ne répondit rien et Lachlan eut soudain une envie absurde de revenir à leur conversation au sujet des parties du corps et du vocabulaire de l'extase. N'importe quoi valait mieux que cela, que savoir qu'il l'avait déçue et en souffrir.

Qu'avait-elle de si spécial pour faire naître de telles émotions en lui ? Il savait monter à cheval. Il savait planifier des itinéraires et conduire son bateau à bon port. Il savait s'organiser, attendre et agir. Il ne faisait *pas* dans l'émotion.

Mais cette femme remuait en lui des choses nouvelles, comme la marée faisait patiemment bouger d'énormes rochers au fil des ans, et il ne voyait pas comment une telle chose était possible.

— Je peux vous promettre ceci, dit-il. Votre vie ne sera pas malheureuse.

De cela, au moins, il était certain. Elle ne finirait pas comme sa mère, qui avait été humiliée par son époux et qui avait perdu presque tous ses enfants. Bien sûr, le père de Lachlan était à blâmer pour cela, mais lui-même portait une part de responsabilité. La culpabilité l'avait suivi sur tous les champs de bataille, depuis des années. Elle s'illustrait dans toutes les femmes qu'il n'avait pu sauver. Il avait peut-être épousé Penny pour se venger, mais il ne la traiterait jamais avec cruauté.

— Vous ne connaîtrez pas la tristesse, reprit-il fermement.

Ma mère s'est tuée, Penny. C'est là que le malheur l'a conduite. C'est là que *mon père* l'a conduite. J'ai vu au combat des choses qui vous briseraient. J'ai vu ce que l'horreur fait aux hommes, quelle folie s'empare d'eux. Au lieu de protéger les plus vulnérables, ils… se servent de leur force contre eux. Ils oublient qu'ils sont humains et deviennent des animaux. J'ai vu des hommes perdre tout espoir et décider que la mort était préférable à la vie qu'ils connaissaient. Ce genre de désespoir est un gouffre sans fond. Le gouffre dans lequel est tombée ma mère. Vous ne comprenez peut-être pas mes motivations, mais vous pouvez au moins me croire sur parole : ce destin ne sera *pas* le vôtre. Je vous promets que chacune de mes décisions est réfléchie, pour le mieux.

Il s'était presque attendu à ce qu'elle réplique avec amertume, mais elle resta muette. Un long moment.

— Je suis désolée pour votre mère. Je suis désolée si les actions de mon père ont empiré la situation. Si elles ont rendu les choses plus difficiles.

— C'est le cas, répondit-il.

— Bien sûr que oui. S'il n'avait pas été en partie responsable, vous n'auriez pas tant voulu vous venger, n'est-ce pas ?

— Et que peut-on prendre à un homme qui n'a plus rien ?

— Sa fille, lâcha-t-elle dans un souffle. Et sa seule chance de s'allier à un duc.

— Vous voyez donc que je n'avais pas le choix.

— On a *toujours* le choix, protesta-t-elle. Mais on n'aime pas forcément les conséquences que cela entraîne. Vous avez donc fait le choix qui vous convenait le mieux. J'aurais pu m'enfuir avant notre mariage, vous savez. J'avais aussi le choix. La société aurait rendu ma survie très difficile, mais je pouvais le faire. La sœur du duc m'a proposé son aide, seulement, je ne pouvais pas mettre sa réputation en danger. Ma conscience me l'interdisait. Tout comme je ne pouvais pas impliquer le duc de Kendal. Il est peut-être puissant, mais il reste enfermé dans le carcan de la société et la foule n'aime rien tant que voir un noble tomber. Il tient à son intégrité, à son honneur. Comment aurais-je pu supporter de détruire tout ce qu'il a bâti ?

— Vous vous êtes donc sacrifiée pour la réputation de tous ces gens. Après cela, comment pouvez-vous vous plaindre de mes envies de vengeance ?

— Et vous, vous déformez mes paroles pour les retourner contre moi.

Elle avait l'air impressionnée par son aplomb – même si c'était à contrecœur.

— J'ai l'expérience du combat pour moi. J'ai été formé à la guerre.

— Et moi, à la broderie. On dirait bien que je suis en reste.

— J'en doute fort.

Quelque chose chez cette femme avait le don de l'atteindre en profondeur et il ne savait ni comment ni pourquoi.

La route s'étendait toujours devant eux, large et dégagée. De chaque côté, les prés se déroulaient en collines verdoyantes. Au loin, quelques rochers acérés brisaient la monotonie du décor, créant une mosaïque irrégulière jusqu'à la ligne d'horizon.

— À quoi pensiez-vous que votre vie allait ressembler, autrefois ? demanda soudain Penny.

— Êtes-vous vraiment obligée de parler ?

— C'est pour discuter que je vous ai demandé de voyager avec vous. Je n'aime pas le silence, il est trop lourd. Et j'en avais assez de rester seule.

— Pas moi.

— Était-ce votre rêve ? Vivre seul ? Dans ce cas, je dirais que vous avez sans doute commis une erreur en vous vengeant par un mariage.

— Beaucoup d'hommes voient peu leurs épouses.

— Bien sûr…

— Et vos rêves à vous ? reprit-il. Parlez-moi de cela, Lady Penelope. Si vous voulez que je me confie, vous devriez d'abord montrer l'exemple.

— Par où commencer ? Mon rêve le plus récent était d'épouser un duc pour vivre dans sa magnifique maison de campagne.

— Étrangement, j'ai du mal à croire que vous ne vouliez l'épouser que pour son titre et sa fortune.

Pourquoi en était-il si sûr ? N'importe qui aurait pu se laisser tenter par une telle reconnaissance sociale. Pourquoi Penny aurait-elle été différente des autres femmes ? Pourtant, il sentait que c'était bien le cas. Ce n'était sans doute pas le titre du duc qui l'avait séduite.

— Je suis lasse de rester toujours seule, répondit-elle. C'est pour cela que je me promenais tant dans le parc, autrefois. C'est pour cela que je cherchais de petits animaux à secourir. Je rêvais d'être semblable aux oiseaux et de pouvoir m'envoler très loin.

Lachlan ne cherchait pas à se plier aux désirs de cette femme. Il n'était pas l'époux qu'elle avait choisi. Mais la tristesse de celle-ci lui faisait mal et lui donnait envie de lui offrir quelque chose en compensation.

— Eh bien, ce cheval n'a peut-être pas d'ailes, mais il vous emmènera jusqu'en Écosse.

Elle redressa ses épaules voûtées et prit une profonde inspiration.

— Oui, j'imagine. Mais j'ai passé tant de temps à Bybee House. Je connais la mère du duc, sa sœur. Beatrice était l'une de mes meilleures amies, avant que l'on raconte au duc que je l'avais trahi. Il y avait aussi sa pupille. Des jeunes femmes si douces... Elles étaient mes premières vraies compagnes. Vous voulez connaître mes rêves ? Je rêvais de ne pas souffrir. De ne jamais ressentir... la peur ou la tristesse.

Ses paroles et son visage se confondaient avec de vieux

souvenirs. Ceux d'une femme que Lachlan n'avait pas pu sauver et qui était morte désespérée, terrifiée. Seule.

— Oui, ma jolie. On rêve tous de cela.

— Ne me dites pas que vous connaissez la peur.

— J'ai passé dix ans au front et, même si je me répétais que la mort est une chose que l'on doit accepter, accueillir en amie, je ne me suis battu que pour me défendre et protéger mes compagnons. La mort était courante, mais la guerre nous apprend surtout la force de notre instinct de survie.

Une sensation étrange lui serra le cœur.

— La pire chose que l'on puisse connaître, c'est voir une personne privée de cette volonté de vivre. Nous avons tous besoin de nous projeter dans l'avenir. Pour moi, il s'agissait de restaurer l'honneur de mon clan.

— Et de vous venger, répondit-elle avec un entrain moqueur.

— Oui.

— Je croyais savoir à quoi ma vie allait ressembler, puis le duc m'a demandée en mariage. D'un seul coup, j'ai pu rêver d'un plus bel avenir. Vous me l'avez arraché.

— Je vous ai privée d'un rêve, peut-être. Mais il y a toujours l'aventure. Elle se trouve bien souvent juste devant nous, sans que l'on puisse deviner où elle nous conduira, dit-il. On ne peut pas rêver de ce que l'on ne connaît pas encore.

— C'est ce que vous avez vécu, pendant toutes ces années ? Une aventure ?

Il acquiesça lentement.

— Les aventures ne sont pas toujours agréables. Je suis venu en Angleterre pour y faire fortune et j'ai réussi. Mais le chemin a été long et laborieux. Il m'a conduit sur les champs de bataille du continent et me ramène à présent vers ma terre natale où l'on ne se souviendra peut-être pas de moi, où l'on pourrait ne pas m'accepter comme chef. Cependant, la fortune est bien là, elle.

— Était-ce votre rêve ?

— Je suis né riche. Je n'ai pas eu besoin de rêver pour cela.

— Alors, que vouliez-vous vraiment ?

— Rien. J'ai tout eu, et puis plus rien. La notion de rêve a perdu tout son sens pour moi.

— Il ne restait plus que la vengeance ?

— Rêver, c'est facile. Se venger, par contre, demande de la réflexion.

— J'imagine que vous y avez beaucoup pensé.

— En effet.

Cependant, alors qu'il était perché sur son cheval avec son épouse pressée contre lui et la voiture vide qui brinquebalait derrière eux, il eut soudain l'impression que son plan ne s'était pas exactement déroulé comme prévu.

Aucune importance. Penny ne comptait pas, pas plus que les sentiments qu'elle faisait naître en lui. Son unique but était de rentrer en Écosse. Il n'avait pas à se soucier de la solitude de son épouse ou de ses regrets. Tout comme il n'avait pas besoin de mettre un nom sur tous les mystères qui entouraient celle-ci.

Elle n'était pas une simple demoiselle anglaise sans envergure et il aurait dû prendre cela en compte plus tôt. Néanmoins, s'il ne parvenait pas à se lasser d'elle comme il l'avait espéré, cela ne voulait pas dire pour autant qu'il devait repenser sa vie entière à cause d'elle.

Après tout, ils étaient mari et femme.

Penny lui appartenait légalement.

Et il protégeait ce qui était sien. Il veillerait à sa sécurité. Il n'était pas comme son père et ne maltraiterait pas les gens placés sous sa responsabilité. Quoi qu'il en soit, elle était sa propriété, un point c'est tout.

Il rentrait dans les Highlands avec une nouvelle fortune. C'était son triomphe.

C'était tout ce qui comptait à ses yeux et il n'avait pas l'intention de s'occuper de quoi que ce soit d'autre.

— Tiens, voilà un chêne, annonça soudain Penny, avec moins d'enthousiasme qu'avant.

Pendant le reste de la journée, Lachlan se contenta de l'écouter étaler des platitudes au sujet des arbres et des plantes, tandis que la pression des fesses de Penny contre ses cuisses le gardait perpétuellement en érection.

Une fois arrivé à l'auberge, il lui fit l'amour comme chaque soir et, quand il eut fini, s'endormit sans souci pour ce qu'elle pourrait en penser.

7

Plus ils progressaient vers le nord, plus le paysage changeait. Les verts se firent éthérés et Penny aurait pu sans peine imaginer des fées cachées derrière les rochers déchiquetés et austères, qui prenaient peu à peu des dimensions impressionnantes.

Elle n'aurait pas su qu'ils étaient passés en Écosse si Lachlan ne le lui avait pas annoncé.

Elle n'avait plus tenté de lui parler, pas comme le premier jour où ils avaient chevauché ensemble. Elle avait préféré garder un sourire de façade.

Elle ne s'était pas non plus servie du nouveau vocabulaire qu'il lui avait enseigné, mais avait gardé tous ces mots bien rangés dans sa mémoire pour plus tard. Car la connaissance, c'était le pouvoir, et elle allait bientôt avoir besoin de tout le pouvoir qu'elle pourrait rassembler…

La nuit, Lachlan n'avait pas changé de comportement avec elle. Elle connaissait toujours des moments d'extase entre ses bras, bien vite remplacés par le désespoir quand il avait terminé.

Peut-être était-ce ainsi que les choses se passaient.

Peut-être qu'il n'y avait pas de réponse à trouver. Peut-être que l'intimité entre deux époux ne faisait que soulever des questions – au moins pour la femme – sans jamais apporter de réponses.

Elle se sentait particulièrement vulnérable dans cette situation, et elle n'aimait pas cela. Elle avait passé sa vie à lutter contre la faiblesse sous toutes ses formes, pour ne jamais devenir une victime. Son père avait été si caractériel... Il n'avait jamais levé la main sur elle, heureusement, mais ses paroles avaient souvent eu la violence d'un coup. Les petits jeux d'isolement auxquels il la soumettait avaient testé sa résistance. Si elle n'avait pas trouvé un moyen de se protéger, de profiter des rares petits plaisirs qu'on lui accordait, elle aurait été détruite par cette existence morose.

Lachlan lui avait demandé comment elle avait développé un tel franc-parler. Elle ne pouvait attribuer cela qu'à son instinct de protection. Alors, pourquoi avait-elle tant de mal à contrôler son langage en présence de cet homme ? Pourquoi n'arrivait-elle pas à se cuirasser face aux sentiments qu'il faisait naître en elle ?

C'était si troublant.

Aujourd'hui, ils avaient prévu d'arriver sur les terres du clan MacKenzie. Lachlan l'avait prévenue que l'accueil ne serait peut-être pas des plus chaleureux. Il avait envoyé des hommes en avance et, si on leur avait réservé une réception sanglante, un des survivants serait sans doute déjà venu les prévenir.

À moins qu'ils n'aient tous été tués.

Il avait conclu sa mise en garde par un sourire amer et elle n'avait pas su dire s'il plaisantait ou non.

Les guerriers écossais avaient-ils le sens de l'humour ?

Plus elle passait de temps avec son époux, plus elle avait de mal à lire en lui.

D'un autre côté, ses propres sentiments étaient tout aussi troubles.

Mais aujourd'hui, elle était bien décidée à rester concentrée sur ce qui l'attendait : elle allait découvrir son nouveau foyer. Sa nouvelle maison.

Ces mots résonnaient à ses oreilles et elle ne savait pas encore ce qu'ils impliquaient vraiment. Pas tout à fait. Comment pourrait-elle appeler ce nouveau pays le sien ?

Le décor qu'elle voyait défiler était à la fois beau et tellement surprenant...

En approchant de leur destination, elle sentit Lachlan se tendre. Le vert de l'herbe se fit plus intense, les montagnes plus hautes et plus déchiquetées. Penny avait l'impression que son époux avait au moins raison sur un point.

Ils n'avaient rien de commun, elle et lui. Elle ne venait pas d'ici, et une chose était claire : pour ces gens, elle serait une étrangère.

Elle n'avait pas tout de suite compris ce qu'il avait voulu dire par là, mais la réalité lui apparaissait crûment, à présent. Ce lieu n'était pas qu'une région un peu plus au nord ; c'était un sanctuaire austère et dur. Tout en chevauchant, elle jeta un coup d'œil à Lachlan par-dessus son épaule. Lui venait bien de ce pays, mais il avait aussi passé de nombreuses années en Angleterre. Si elle le trouvait déjà intimidant et sévère... Que penser des gens qu'elle allait rencontrer là-bas et qui n'avaient jamais quitté leurs terres ?

Au bout de plusieurs heures, la route prit un virage serré et elle le vit. Un immense château se dessinait devant le bleu du ciel et les collines verdoyantes qui le soutenaient. Il était placé en hauteur, surplombant un lac. De petites maisons s'étalaient à ses pieds jusqu'au fond de la vallée.

— Nous y voilà, déclara Lachlan. Voici les terres du clan MacKenzie.

Il arrêta soudain son cheval et mit pied à terre pour la faire descendre à son tour.

— Que faites-vous ? demanda-t-elle.

— Montez dans la voiture.

— Pourquoi ?

— Au cas où nous serions accueillis par une volée de flèches.

D'un seul coup, la panique s'empara d'elle.

— Vous ne pensez quand même pas que cela pourrait arriver ?

Il la dévisagea d'un air grave.

— Je ne sais pas ce qui va se passer.

Elle vit bien que cet aveu lui coûtait. Ce n'était pas étonnant, de la part d'un homme qui aimait toujours tout anticiper.

Seulement, même Lachlan Bain était incapable de prédire ce qui arriverait dans cette vallée…

Troublée et inquiète, Penny obéit sans protester - pour la première fois depuis le début de leur voyage.

En approchant, elle vit se dessiner devant le château une rangée d'hommes en kilt. Ils portaient des épées et toutes sortes d'armes passées à leur ceinture ou serrées dans leurs poings. L'ensemble formait un groupe menaçant, froid. Pas du tout accueillant.

Mais personne ne tira de flèches.

C'était un réconfort, au moins.

— Je suis Lachlan Bain, fils d'Angus Bain, annonça son époux d'une voix forte. Me voilà de retour, comme promis. Je suis venu rendre sa gloire à ce clan et rembourser tout ce que mon père vous a volé. Je vais reprendre sa place de chef, ainsi que le veulent les lois de succession.

Soudain, en cet instant, Penny eut foi en lui. Elle fut convaincue qu'il était bien tout ce qu'il prétendait être. C'était important à ses yeux. Absurde, peut-être, mais elle se consolait un peu en songeant qu'il y avait un souci d'honneur dans ce qu'il lui avait fait subir. Même si elle n'était qu'un pion dans son jeu.

Il était guidé par la nécessité de protéger son clan. De venger l'humiliation que ces gens avaient dû endurer.

Elle n'avait certes pas demandé d'être entraînée dans

cette histoire mais, en le regardant à présent, elle le voyait apparaître pour la première fois dans toute sa splendeur. Il était… beau.

En face d'eux, les hommes restèrent impassibles. Finalement, l'un d'entre eux s'avança.

— *Laird*, dit-il en inclinant la tête.

Penny ne connaissait pas le protocole dans ce genre de situation, mais elle en savait assez pour mesurer l'importance de ce mot. L'un de ces inconnus, au moins, reconnaissait Lachlan comme chef.

— Mon père a abusé de ces terres et de vous tous, reprit son époux. Je vous donne ma parole que je redresserai tous les torts dont vous avez été victimes.

— Avec tout mon respect, intervint l'homme qui s'était avancé, comment saurons-nous que vous tiendrez parole ?

Il était grand, plus vieux que Lachlan, sans doute, mais son visage était déformé par tant de cicatrices qu'il était impossible de déterminer son âge.

— Si je vous trahis, exécutez-moi. Vous vous souvenez tous de mon enfance. Je suis parti pour faire fortune et j'ai réussi. Mon séjour en Angleterre ne s'est pas déroulé comme je l'espérais et j'apprends encore. J'ai une flotte de navires marchands sous mes ordres et j'ai laissé des hommes de confiance en charge de mes affaires à Londres. Croyez-moi, je suis un atout pour ce clan.

— Oui, répondit l'homme, je fais serment de vous tuer moi-même si vous ne tenez pas vos promesses, *laird*.

— Je n'en attends pas moins de vous tous. Mais ceci n'est pas mon procès. Je suis votre chef et je tiens à ce que l'on m'obéisse.

Il se redressa avec fermeté. Penny n'avait aucun mal à imaginer son expression. Dure. Intraitable.

— Mes ordres ne seront pas discutés. Un clan sans tête

ne saura jamais se diriger. Je refuse que cela nous arrive et qu'il y ait la moindre dissension dans vos rangs.

Penny vit deux hommes échanger un regard, au bout de la rangée, et son estomac se noua. Lachlan était un homme sévère et terrifiant, mais malgré cela, la loyauté de ces hommes ne lui serait pas facilement acquise.

— Cela fait bien longtemps, cousin.

L'homme du bout fit quelques pas. Tandis qu'il parlait, Penny n'eut pas de mal à retrouver quelques ressemblances entre son mari et lui, même si l'inconnu n'était ni aussi grand ni aussi imposant que Lachlan.

— Depuis toutes ces années, j'exerce le pouvoir en ton nom, poursuivit-il.

— Et je t'en remercie, Callum. Tes efforts ne seront pas oubliés. Sache que j'honore les liens du sang et tout ce qui m'appartient. Ma famille. Mon clan.

Il mit alors pied à terre et s'approcha de la voiture pour ouvrir la portière. Ses yeux verts croisèrent le regard de Penny. Il lui tendit une main qu'elle prit en tremblant pour sortir. Elle avait choisi pour leur arrivée une robe bien plus élégante que celles qu'elle avait portées pendant le voyage. Consciente qu'elle allait devoir se tenir devant les gens de Lachlan, subir leur examen attentif, elle avait tenu à adopter une allure de digne femme de chef.

Elle ne savait pas vraiment quelle toilette était la plus appropriée pour cela et avait pensé que sa robe jaune d'or assortie d'un fichu de mousseline blanche ferait l'affaire.

Appuyée sur le bras de son époux, elle fit quelques pas.

— Mon épouse, annonça-t-il. Lady Penelope Bain. Traitez-la avec tout le respect qui lui est dû.

Une sensation nouvelle lui emplit le cœur, s'ajoutant à la fierté qu'elle ressentait déjà pour lui. Elle apprécia qu'il l'ait présentée ainsi. Qu'ils soient… ensemble. Unis. Cette satisfaction la submergea tout entière.

Elle faisait partie de la vie de Lachlan. Elle était liée à lui.

— Vous nous ramenez une épouse *sassenach* et vous exigez du respect ? s'écria le grand homme aux cicatrices.

— Je demande pour elle le même respect que celui auquel ma naissance me donne droit, répondit Lachlan.

— Je crois surtout que vous êtes devenu un Anglais, cracha l'autre. Vous avez vécu là-bas pendant des années. Vous avez combattu pour leur armée.

— Je ne suis pas comme mon père. Je n'ai aucune affection pour l'aristocratie anglaise et je ne désire pas m'en faire des amis. Cette femme est le gage de mon engagement. Quand je suis arrivé en Angleterre, j'ai travaillé pour son père, qui m'avait promis un navire. Il a menti. Il m'a renvoyé sans me payer et sans nulle part où aller. C'est ce qui a tant retardé mon retour. Je me suis engagé dans l'armée anglaise et j'y suis devenu capitaine. Je suis un héros de guerre, ajouta-t-il avec un rire cynique. C'est grâce à cela que j'ai racheté ma liberté. *Notre* liberté. Une fois ma fortune en poche et le pouvoir à ma portée, je suis retourné voir cet homme et je lui ai enlevé son bien le plus précieux. Cette femme n'est pas la preuve que l'Angleterre m'a vaincu, mais que *je* l'ai conquise.

Penelope était sous le choc, tétanisée. Elle n'aurait pas été plus bouleversée s'il l'avait giflée devant tous ces gens. Il la présentait donc comme un trophée, un butin de guerre ? Elle n'aurait jamais cru qu'il puisse faire une chose pareille ! En dépit des battements affolés de son cœur, elle fit de son mieux pour garder la tête haute.

— Le château est prêt à vous accueillir, reprit le premier homme qui avait parlé. Nous en avons discuté quand votre argent nous est parvenu et nous avons pris notre décision à l'arrivée de vos hommes.

— Vous m'en voyez honoré, répondit Lachlan avec un petit salut de la tête.

Son visage ne trahissait pas la moindre émotion. Il semblait sculpté dans la pierre.

Ressentait-il seulement quelque chose ?

Cette scène était bien la plus étrange à laquelle Penny ait assisté. L'instant d'avant, ces hommes se dressaient entre Lachlan et le château comme des chiens de garde ; puis, sans prévenir, ils se plièrent à ses consignes.

Son époux se mit à aboyer des ordres, comme s'il était *laird* depuis des années et comme si sa position était parfaitement assurée. Comme s'il n'avait pas cru pendant un instant que ses gens allaient le tuer. Il exigea que l'on décharge leurs affaires, que l'on prépare leurs chambres, que l'on s'occupe des chevaux. Puis il prit Penny par le bras et la conduisit jusqu'à la grande porte.

Le château était immense, constitué de pierres imposantes qui frappaient le regard. Il ressemblait tellement à son époux. Bien sûr, elle avait vu des forts semblables à celui-ci, en Angleterre. Mais ce lieu avait un côté sauvage qui le différenciait de tout ce qu'elle avait pu connaître.

Il y avait aussi des hommes de pouvoir, dans son pays. Des guerriers. Des hommes forts et braves, aussi grands que larges d'épaules. Mais aucun ne ressemblait à Lachlan non plus.

Ils passèrent à l'intérieur et Penny fut stupéfiée par le décor. C'était bien différent de tout ce qu'elle avait pu imaginer… Du papier recouvrait les murs, comme dans les grands manoirs anglais, et d'épais tapis étouffaient le bruit des pas. Ce n'était absolument pas aussi froid et médiéval que la façade le laissait supposer.

— Vous devriez vous sentir comme chez vous, remarqua Lachlan avec une moue dégoûtée. Mon père était fasciné par les Anglais.

— J'avais cru comprendre, répondit-elle.

La grande salle était impressionnante. La pierre d'origine

était presque intacte et d'immenses tables occupaient l'espace. De grands portraits de famille étaient accrochés aux murs, rendant hommage aux ancêtres de Lachlan et au clan. Au-dessus de la plus grande table, on pouvait voir les armoiries des MacKenzie.

Comme pour rappeler à Penny que ces gens étaient différents d'elle. Qu'ils étaient une nation à part entière. Les murs eux-mêmes semblaient trahir leur orgueil et leur bravoure. Elle sentit aussi le poids de l'injustice flotter dans l'air.

Il était injuste que l'Angleterre ait envahi cette contrée.

Ce peuple était fier, ancien, chargé d'une histoire qui remontait à des temps immémoriaux. La cupidité avait tenté de détruire tout cela. Celle du père de Lachlan, certes, mais surtout celle des Anglais comme elle.

Elle comprenait bien pourquoi ces gens s'étaient tant méfiés en la voyant apparaître, et elle ne leur en voulait pas.

Ils avaient été conquis, asservis. Pendant un temps, on avait même banni leurs tartans, l'essence même de leur orgueil national.

Ils n'avaient retrouvé leur identité qu'en se battant aux côtés de leurs oppresseurs, d'une nation qui les avait trahis et dépouillés.

Elle eut soudain honte de se tenir ici. Une jeune femme anglaise dans un château écossais.

Néanmoins, elle n'appréciait pas que son époux l'ait présentée comme un trophée.

Le monde était injuste, mais elle n'était pas responsable de cela. Elle ne méritait pas d'être humiliée sans raison.

Rien qu'un pion...

L'espoir qu'elle avait pu ressentir pendant un moment avait été piétiné, brisé. Il n'en restait plus rien. Elle n'était qu'une sorte de prisonnière. Ce que Lachlan pouvait ressentir pour son clan, son château, sa famille, n'avait rien de commun avec ce qu'il ressentait pour elle. Elle avait été stupide de croire le contraire.

Elle attendit qu'il la présente aux domestiques, mais il n'en fit rien. Il se contenta de l'entraîner dans l'escalier, puis le long d'un couloir. Si une partie du château avait été modernisée, le reste appartenait encore au Moyen Âge. Ici, il n'y avait plus que de la pierre, froide et grise.

— Nos chambres, dit-il en s'arrêtant devant deux portes jumelles.

Il en ouvrit une.

— Le voyage a dû vous fatiguer. Je vais envoyer une servante pour vous aider à vous laver.

— Merci, répondit-elle d'une voix lointaine qu'elle ne reconnut pas. Je... Je pense que je vais en avoir besoin.

— Cette porte conduit à ma chambre, si jamais vous avez besoin de quoi que ce soit. Mais je suis sûr que les domestiques sauront répondre à toutes vos attentes.

Elle acquiesça.

— Très bien.

— Je descends au village.

— Oui, répondit-elle comme si elle comprenait très bien.

En fait, elle s'était contentée de ce simple acquiescement parce qu'elle ne savait pas vraiment quoi dire d'autre.

Sans un mot de plus, Lachlan tourna les talons et la laissa plantée au beau milieu de la chambre. Seule.

Elle explora la pièce prudemment. Comme il le lui avait promis, on y trouvait tout le confort moderne. La chambre était aussi grande que celle qu'elle aurait eue chez le duc. Un imposant lit sculpté aux motifs complexes, drapé dans d'immenses rideaux suspendus aux colonnes du baldaquin, occupait un mur. Les draps étaient de bonne qualité ; le couvre-lit, en velours satiné.

Une grande cheminée chauffait suffisamment la pièce pour

que Penny n'ait jamais froid. Il y avait aussi une méridienne, une petite table avec deux chaises. Et une bibliothèque en bois.

Une grande armoire était installée dans un coin. Quand elle l'ouvrit, Penny y découvrit toute une collection de robes – plus nombreuses encore que celles que sa malle avait contenues pendant le voyage. Plus de toilettes que ce qu'elle avait possédé durant sa vie entière. Lachlan avait dit qu'il avait fait envoyer des affaires chez lui pour préparer leur arrivée. Et il n'avait pas menti. Mais aucun de ces trésors n'appartenait réellement à Penny. Tous les meubles étaient beaux, luxueux, mais ils ne lui étaient pas familiers et elle se sentit encore une fois comme une étrangère.

Si elle finissait par se dissoudre et disparaître, personne ne s'en apercevrait.

Elle n'avait plus aucun but, aucun moyen logique de repousser sa peur, sa tristesse, sa solitude au fond d'elle comme avant. Ici, elle n'avait même plus besoin de garder la tête haute devant qui que ce soit.

Elle s'approcha de la coiffeuse, de l'autre côté de la chambre, contempla le charmant siège tendu de velours, puis la table au plateau de marbre fin. Soudain, ses yeux s'arrêtèrent sur un objet qu'elle connaissait bien. Un simple coffret à bijoux en bois. Celui qu'elle avait hérité de sa mère. Celui qui ne contenait plus que des galets ramassés dans le parc du manoir, des plumes. Des trésors qui n'avaient d'importance que pour elle et que son père n'avait pas pu revendre. Des trésors qui étaient chers à son cœur – et à personne d'autre.

Lachlan l'avait récupéré. Il avait pourtant prétendu le contraire, sur la route.

Il avait fait en sorte qu'elle ait sa boîte à bijoux dans sa nouvelle maison.

Si elle n'était qu'une conquête, une prisonnière de guerre destinée à apaiser la bataille qui faisait rage en lui depuis tant d'années, aurait-il vraiment pris la peine de faire une chose pareille pour elle ?

Elle n'en savait rien.

Elle s'assit devant la coiffeuse. Si seulement elle pouvait pleurer… Ses yeux la brûlaient, sa gorge se nouait. Mais aucune larme ne lui échappa. Elle avait passé sa vie à s'entraîner pour ne jamais laisser transparaître ses émotions et elle était devenue incapable de sangloter, même quand elle le voulait.

Elle détestait cela. Et, en cet instant, elle haït son époux et ses petites attentions.

Non, elle n'avait pas peur de sentir ses mains sur elle, mais du désespoir qu'il laissait toujours dans son sillage. Elle avait peur de ce désir sans nom qui l'envahissait. Ce besoin terrible qu'elle n'aurait jamais pensé ressentir un jour.

Elle resta immobile un long moment, les yeux trop secs. Puis elle prit une décision. Elle n'allait pas se contenter d'attendre sagement dans sa chambre que la servante promise arrive pour l'aider à se baigner. On ne l'enfermerait pas dans une pièce comme cela, juste pour l'oublier.

C'était à elle de montrer qu'elle n'était pas qu'une prise de guerre.

C'était à elle de décider ce qu'elle allait faire du reste de sa vie.

Les hommes avaient contrôlé trop longtemps son destin et restreint sa liberté.

Certes, Lachlan était son époux. Et certes, il avait pris à sa place certaines décisions concernant son avenir, sans lui laisser le choix. Mais elle était une femme et la tenue de la maison était son domaine officiel. Si elle était devenue duchesse à Bybee House, elle aurait pris la maisonnée en main. Elle aurait eu la responsabilité des domestiques et des tâches ménagères. Il n'y avait aucune raison pour que ce ne soit pas le cas ici.

Lachlan n'allait pas simplement l'abandonner dans une chambre et la laisser se morfondre.

Quelque chose, dans la présence de son coffret sur cette coiffeuse, lui redonna confiance. Il ne souhaitait peut-être pas qu'elle reste invisible, après tout...

Peut-être tenait-il un tout petit peu à elle, en dépit de sa sévérité. De toute manière, il ne pouvait pas prétendre qu'elle lui était complètement indifférente.

Elle avait bien senti leur lien, à chaque fois qu'il l'avait couchée sous lui.

Mais ce château était le sien. Il faisait partie de lui. Et elle l'avait compris dès l'instant où elle avait passé la porte. Les pierres étaient chargées d'histoire. Si elle parvenait à s'intégrer dans la vie de cette maison, elle aussi trouverait sa place dans l'histoire du clan MacKenzie – et dans celle de Lachlan.

Elle était bien décidée à y parvenir.

Et s'il y avait bien une chose à savoir d'elle, c'était qu'une fois sa décision prise, elle ne reculait devant rien. Elle se donnait tous les moyens d'atteindre son but.

Hors de question que ce soit différent, cette fois.

Lachlan visita chaque ferme du village. Le clan était constitué de gens fiers qui n'étaient pas forcément tous prêts à lui faire confiance en tant que *laird*, surtout après ses longues années d'absence au service des Anglais. Donc, quand il leur donnait de l'argent, il s'assurait de leur faire comprendre qu'il s'agissait d'une restitution. Pas d'un acte de charité. Pas d'une obole versée aux miséreux. Non, c'était *leur* bien qu'il leur rendait pour compenser les loyers honteux mis en place par son père, et tout ce que sa tyrannie avait coûté à chaque famille.

Lorsqu'il eut fini sa tournée d'inspection, il était épuisé. Penny et lui avaient déjà chevauché pendant de longues heures, mais il avait tenu à se présenter à tout le monde sans attendre. Il était soldat et la fatigue physique n'était en général pas un problème pour lui. Ce qui l'épuisait, c'était d'être revenu. Ici.

Le décor lui était encore très familier, et pourtant il avait l'impression de le redécouvrir, de poser les yeux pour la première fois sur ces collines, ces chemins. Campé au-dessus du loch, dans l'ombre du château, il comprit qu'il n'avait jamais vraiment cru pouvoir revenir.

Il s'était souvenu de ces lieux comme d'un rêve, imaginé par un gamin de quinze ans désespéré qui voulait encore croire que quelque chose lui appartenait dans ce monde, qu'il avait sa place.

Il avait de nombreuses maisons, à présent. Il avait amassé assez d'argent pour s'installer où il le désirait dans Londres. Mais ce n'était pas pareil. Son sang venait de ces terres du nord. Le clan était à lui. C'était l'air dont il avait besoin pour respirer. C'était sa vie.

Malgré toute la haine envers son père qu'il avait remâchée pendant son exil, cette sensation nouvelle ne faisait que grandir en lui. Comment aurait-il pu être fidèle à un autre endroit que celui-ci ?

Comment aurait-il pu se soucier de quoi que ce soit d'autre que cette terre sacrée, nourrie par les os de ses ancêtres enterrés ici ? Rien n'avait plus de poids que la terre. C'était la fierté du clan. Sa force. Son peuple. On pouvait acheter un titre, souper à Édimbourg avec la haute société, jouer les aristocrates, mais cela ne changeait pas le sang, ni l'héritage des générations passées. L'argent ne permettait pas d'acquérir un vrai foyer. Un lieu auquel on appartenait réellement.

C'étaient ses origines qui déterminaient cela. Le sang de sa famille maternelle, des MacKenzie. Et même si le corps de sa mère ne reposait pas en terre consacrée, elle était toujours là.

Elle faisait partie de cette terre.

Lachlan s'était fait escorter par ses hommes – des soldats qui avaient combattu sous ses ordres – et par quelques guerriers qui s'étaient érigés en protecteurs du clan, les chefs qui avaient tenu les rênes entre la mort de son père et son propre retour.

Ils n'étaient pas réellement ses compagnons, mais leur loyauté lui était acquise.

C'était tout ce qui comptait.

À présent, toute la troupe se dirigeait à cheval vers les maisons les plus éloignées. Hors du village, les masures étaient dans un état pitoyable. La pauvreté s'étalait sous leurs yeux. Les champs étaient nus.

La porte de l'une de ces maisons s'ouvrit et un homme en sortit d'un pas chancelant.

— Qu'est-ce que vous voulez ? grommela-t-il d'une voix pâteuse.

— Voici le nouveau *laird*, McLaren, annonça l'un des chefs, Glenn. Surveille tes paroles.

L'ivrogne eut une grimace.

— Le *laird* ? Oh oui, on a bien entendu parler de vous, ces derniers temps.

— Dans ce cas, vous savez déjà que je suis venu rendre sa gloire au clan.

— On ne peut pas rendre sa gloire à quelque chose qui est mort. C'est trop tard pour nous.

Il montra ses champs d'un geste hasardeux.

— Pendant que vous vous amusiez en Angleterre, votre père nous a détruits. Il nous a ruinés.

Il cracha par terre et reprit :

— Je ne veux rien de vous. Ni de vous ni de votre catin *sassenach*.

Lachlan bondit à terre et tira son épée. Surpris, l'homme recula, trébucha et tomba dans la poussière avec un grognement aviné. Une femme apparut soudain sur le pas de la porte et hurla :

— Ne le tuez pas !

Mais pris par la rage, Lachlan ne l'entendit même pas. Il refusait que l'on insulte sa femme ou qu'on la critique. Il protégerait son honneur et sa vie.

— Faites vœu d'allégeance, dit-il. Je suis votre seigneur. Ma femme est la maîtresse du château et j'exige qu'on la respecte.

— Tranchez-moi la gorge, répliqua l'homme. Je ne vous dois rien.

— Non ! cria encore la femme. Ne me l'enlevez pas : nous mourrons tous !

Lachlan aperçut alors un jeune enfant larmoyant, près de sa mère. Le gamin le contemplait comme s'il était le diable en personne.

— Jurez-moi fidélité, déclara-t-il en s'avançant d'un pas. Je suis le *laird*.

L'homme pâlit et grimaça de plus belle.

— Vous avez mon allégeance, lâcha-t-il.

Néanmoins, il était très clair qu'il n'avait eu aucune envie de faire ce serment. Peu importait à Lachlan. Tous les voisins les dévisageaient à présent.

Il était là en conquérant. C'était ce qu'il faisait le mieux. Il savait que le respect se payait, et il l'obtiendrait à la pointe de son épée s'il le fallait.

— Y en a-t-il d'autres, parmi vous, qui veulent protester ? demanda-t-il en observant tour à tour les badauds.

Personne ne parla.

— Je suis venu vous rendre ce que l'on vous a volé, mais ne vous y trompez pas. Le chef ici, c'est *moi*. Désormais, une seule voix compte au sein de ce clan : la mienne.

Il n'y avait rien d'autre à dire.

La troupe repartit quelques minutes plus tard. Si les

hommes de Lachlan désapprouvaient sa conduite, ils n'en montrèrent rien. Il avait réussi à leur faire comprendre ce qui les attendait si on se dressait contre lui.

Il n'autoriserait aucune mutinerie dans ses rangs. De nombreux clans avaient déjà été détruits. Des fermes étaient à l'abandon. Des châteaux tombaient en ruine. Il luttait contre un raz-de-marée qui ne faiblirait que s'il l'y contraignait.

Et pour réussir, son jugement ne devait pas être remis en cause. Il était hors de question de laisser un ivrogne semer les graines de la révolte. Et *personne* ne menacerait sa femme, même à mots couverts. L'honneur de celle-ci devait rester intact. Lachlan y veillerait.

Il rentra au château affamé. Il monta d'abord dans sa chambre pour se changer, ignorant le désir qui naquit en lui quand ses yeux se posèrent sur la porte de la chambre de Penny.

Quand il redescendit jusqu'à la salle à manger, il fut surpris d'entendre une voix anglaise s'élever par-dessus les accents familiers et bougons des voix écossaises.

— Et comment s'organisent les tâches quotidiennes ? demandait-elle.

— Inutile de vous en préoccuper.

— Au contraire, reprit Penny. Je pense que c'est justement mon rôle, ici.

Elle était debout près de la grande table. La femme de charge lui faisait face, et toutes les deux se dévisageaient d'un air soupçonneux.

— J'ai faim, déclara Lachlan.

— Bien sûr, s'empressa de répondre la domestique.

Elle lança un nouveau regard glacial à Penny avant de disparaître dans le couloir des cuisines.

— Qu'est-ce que vous essayez de faire ?

— Je dois connaître mes nouveaux devoirs, vous ne croyez pas ? répondit-elle.

Elle s'était lavée et avait quitté sa lourde robe de voyage pour enfiler une toilette légère, blanche et éthérée qui rappelait à Lachlan celle qu'elle avait portée le jour de leur mariage.

Un fichu masquait son décolleté - chose qu'il regretta un peu - et ses cheveux étaient soigneusement roulés sur sa nuque. Ce n'était pas la mode anglaise.

Il préférait la voir ainsi.

— Vous n'avez aucun devoir, dit-il néanmoins froidement.

— Bien sûr que si. Une épouse doit veiller à la bonne marche de sa maison.

— Vous êtes une étrangère. Vous ne savez pas comment nous vivons.

— Dans ce cas, je compte bien apprendre. Vous n'avez vécu ici qu'enfant. Je ne pense pas que vous en sachiez beaucoup plus long que moi sur le fonctionnement de cette demeure.

Il voulut protester, mais cela aurait été malhonnête. Elle avait raison, d'une certaine manière. Il avait vécu dans ce château juste assez longtemps pour le voir se détériorer. Ignoré par son père. Ce fut à ce moment qu'il avait commencé à comprendre tout ce dont une maison comme celle-ci avait besoin pour fonctionner. Quand le confort avait commencé à manquer.

— Mon travail ici est de superviser les domestiques et de contrôler les menus.

— Le menu est bien la seule chose qui m'intéresse pour le moment, grommela-t-il. Je meurs de faim.

Elle leva vivement les yeux sur lui.

— J'ai déjà pu constater que les celliers contiennent bien plus que du *haggis* et du boudin.

— Dois-je donc m'attendre à dîner d'un toast ?

Elle eut un semblant de sourire.

— Cela vous servirait de leçon.

Quand le repas fut servi, Lachlan constata qu'il était généreux et riche, très varié. Du faisan, des œufs, de l'esturgeon. Des légumes et du potage.

Il y avait aussi du pain frais, qu'il apprécia plus que tout. Et de la bière. Les saveurs qu'il retrouvait réveillaient ses souvenirs. Il était chez lui.

— Vous m'avez rapporté mon coffret à bijoux ? demanda Penny au bout d'un moment.

Une lueur nouvelle et étrange scintillait dans ses yeux bleus.

— J'ai envoyé un homme le chercher, oui.

— Vous... Était-ce après que je vous l'ai demandé ?

— Oui.

— Vous m'aviez pourtant dit que cela ne vous intéressait pas.

Son regard, si intense, remua quelque chose en lui, comme s'il atteignait une portion de son cœur dont Lachlan ignorait tout.

— Qu'est-ce que vous voulez réellement savoir ? Parlez franchement.

— Pourquoi avez-vous fait cela ?

Lachlan fut envahi par une bouffée d'émotion, mais aucun mot ne lui vint. Et il n'aimait pas cela. Il n'aimait pas cette impression que certains sentiments en lui échappaient à son contrôle.

Il ne croyait pas à ces choses-là. Un homme dans sa position ne pouvait pas se permettre le moindre doute. Il devait rester droit et ferme.

Mais hélas, il n'arriva pas à formuler de réponse et, pour être parfaitement honnête, il n'en avait pas envie. Parce que cette émotion nouvelle et déstabilisante s'accompagnait de douceur. Il ne pouvait pas laisser cela le dominer.

— C'est sans importance, répondit-il donc, ignorant le frisson désagréable qui le traversa.

— Cela en a pour moi.

— Eh bien pas pour moi, insista-t-il d'une voix tranchante. Et si cela ne compte pas à mes yeux, cela ne compte pour personne, ici.

— Comment pouvez-vous être aussi arrogant ?

— Je suis le *laird* de ce château. Le chef du clan MacKenzie. Si je n'étais pas arrogant, personne ici n'aurait confiance en moi.

— Vous n'avez pas envoyé un homme chercher ce coffret pour me rendre heureuse ? Ou pour… être gentil… ou… ?

— Je voulais surtout vous faire taire, ne serait-ce qu'un moment. Mais apparemment, cela n'a pas fonctionné.

Les joues de Penny s'empourprèrent et elle se détourna de lui. Clairement, il venait de lui faire du mal et… il regretta ses paroles.

Seulement, s'il voulait agir en faveur de son peuple, il ne pouvait pas se permettre de se préoccuper de son épouse avant ses gens. Le clan ne devait courir aucun risque, quel qu'il soit.

Il se concentra donc de nouveau sur son repas, sans prononcer un seul mot tandis qu'il terminait son assiette. Il lui fallut un bon moment pour remarquer que Penny s'était assise près de lui, en silence, et qu'elle n'avait pas touché à sa nourriture.

— Vous n'avez pas faim ? demanda-t-il.

— Je pense que je suis plus fatiguée que je ne le croyais. J'ai l'impression d'avoir vécu une existence tout entière, ces dernières semaines.

Il la dévisagea sans comprendre ce qu'elle voulait dire. Cet instant était pour lui l'accomplissement de toute sa vie, un événement qu'il avait longtemps attendu.

Et ces derniers jours passés sur les routes n'avaient rien eu d'important face au triomphe personnel qu'était son retour. *Des jours parmi tant d'autres.* Cette femme ne savait décidément rien du passage du temps !

— Ce que vous dites n'a pas de sens.

— Il me semble que nous n'arrivons jamais à nous comprendre, répondit-elle. Car tout cela n'a rien de bien spécial à vos yeux, non ? Vous prenez une décision et vous vous emparez de ce que vous voulez. C'est ainsi. Utiliser mon corps pour votre plaisir vous importe peu, car je ne suis qu'une femme, interchangeable, comme celles que vous pourriez payer. Voyager vous est indifférent, car vous avez sillonné le continent ; mais moi, je n'avais jamais quitté l'Angleterre. J'avais même rarement mis un pied en dehors du domaine de mon père. Aucun homme ne m'avait embrassée ou n'avait posé ses mains sur moi, avant vous. Et vous... vous vous contentez de distribuer des ordres, de prendre des décisions, certain que l'on se pliera à votre volonté. Vous ne vous souciez pas de ce que je peux ressentir, de tout ce que cela signifie pour moi. J'ai perdu l'avenir auquel je me préparais ! L'espoir d'avoir un jour des enfants ! Comment pouvez-vous ne pas comprendre que ces derniers jours m'ont semblé durer une vie entière ? Vous n'avez même pas été capable de me mentir au sujet de mon coffret à bijoux. De me faire croire que vous avez un cœur, ne serait-ce qu'un instant. Depuis notre mariage, j'ai dû renoncer à tous mes rêves d'avenir et les remplacer. Par les *vôtres*. J'ai dû remettre en question tout ce que je suis et tout ce à quoi j'aspire, à cause de vous. Je suis ravie d'apprendre à présent que tout cela n'a aucune importance !

Elle se leva et s'écarta de la table, très raide.

— Je suis fatiguée. Ne venez pas dans ma chambre, ce soir, déclara-t-elle avant de tourner les talons.

Elle le laissa là, le ventre plein et avec l'impression que son triomphe venait de se ternir d'un seul coup.

Pourquoi avait-il la sensation d'avoir mené un combat avec elle au sujet de ce fichu coffret ? Pourquoi cette pensée le hantait-elle à ce point ?

Il n'aurait jamais dû s'inquiéter des sentiments d'une femme qui n'était qu'un élément infime du projet qu'il avait prévu d'accomplir. Sa vengeance était faite. Penny était sienne. À présent, il allait devoir se soucier de son clan.

Mais elle ne quittait pas ses pensées. Comment allait-il pouvoir ignorer ces émotions nouvelles, à présent qu'elles s'étaient enracinées en lui ?

8

Penny se rendit bien vite compte qu'interdire à son époux l'entrée de sa chambre lui apportait un certain plaisir. Durant les deux premières nuits, elle fut presque enivrée par cette impression de pouvoir. Le premier soir, elle lui avait donné l'ordre de ne pas venir. Le second, elle avait fermé sa porte à clé. Il avait essayé de l'ouvrir. Une fois. Mais il n'avait pas insisté.

Elle avait presque pu sentir sa fierté blessée vibrer de colère à travers le panneau de bois et cela lui avait fait du bien.

Le troisième soir, elle ne ferma pas le verrou, espérant qu'il allait venir et lui accorder la joie de le repousser avec le même dédain que l'avant-veille.

Parce que pendant tout leur voyage, à chaque fois qu'il était venu se coucher auprès d'elle, elle lui avait cédé. Et tout le plaisir qu'il lui avait fait ressentir, il l'avait repris en partant. En s'endormant sans un mot à ses côtés, une fois l'acte accompli.

Elle avait souffert encore plus quand il s'était emparé de ce petit geste de bonté, cette flamme d'espoir que représentait le coffret à bijoux restitué, pour l'écraser sans le moindre scrupule.

Mettre un peu de distance entre eux, à présent, était un moyen pour elle de lui faire payer sa brutalité.

Dans les premiers temps, elle eut du mal à s'attirer l'affection des femmes de la maison. Certes, personne ne faisait preuve d'hostilité directe à son encontre, mais elle sentait dans la froideur de Rona, la femme de charge, qu'elle n'était pas la bienvenue dans ce château.

Les deux filles de cuisine, Margaret et Flora, étaient à peine plus courtoises. Sa jeune suivante, Isla, parlait peu, mais elle ne semblait pas nourrir d'animosité à son égard, au moins...

Quoi qu'il en soit, Penny entendit vite circuler des rumeurs au sujet de Lachlan. Les domestiques prenaient peut-être un malin plaisir à ignorer leur nouvelle maîtresse, mais dans certains cas, c'était un avantage pour elle. On ne se rendait pas toujours compte de sa présence, et elle en profitait pour écouter les conversations – c'était un art qu'elle avait parfait depuis des années, au manoir de son père. Après tout, à part poser directement ses questions, comment pouvait-on mieux glaner des informations ?

On soupçonnait Lachlan de ne pas être meilleur que l'ancien *laird*. On murmurait que son épouse anglaise était une preuve évidente de sa corruption. De son obsession pour leurs oppresseurs.

Penny savait que ce n'était pas vrai. Son époux n'était certainement pas obsédé par elle ! En fait, il semblait n'avoir aucune difficulté à l'ignorer, au contraire.

Mais elle commençait à craindre que leur mariage ne lui attire des ennuis avec son clan.

À chaque fois que cette pensée lui venait, elle serrait les dents. Elle n'aurait pas dû s'en soucier. Elle n'aurait pas dû s'inquiéter pour lui.

Sauf que... cet endroit était chez elle à présent. Sa maison, qu'elle l'ait choisie ou pas. Et elle ne voulait pas y passer sa vie comme une étrangère. Elle comprenait pourquoi on la haïssait : son peuple avait piétiné la culture de ces gens. Si

Lachlan gardait l'espoir de rendre sa gloire au clan, d'autres régions des Highlands avaient été ruinées à jamais. Le mode de vie des clans disparaissait. Dans ces circonstances, il n'était pas étonnant que les habitants du château ne l'aient pas accueillie à bras ouverts, elle une Anglaise.

Mais elle entendit aussi que Lachlan avait terrifié les habitants du village dès le jour de son arrivée. Qu'un homme avait remis en question le bien-fondé de son retour et que Lachlan avait répondu l'épée au poing.

Bien sûr, il n'userait sans doute jamais de violence sans une bonne raison, mais était-il bien sage de régner avec une main de fer sur un peuple déjà enclin à se méfier de lui ? Penny en doutait fort.

Elle avait été victime de la froideur distante de son époux. Elle savait déjà comment on pouvait se sentir face à ses yeux verts.

Petit. Insignifiant.

Lachlan ne s'attirerait pas la fidélité de ces gens en les terrifiant, en transformant le village en armée et en aboyant ses ordres du haut des remparts comme il l'avait fait pendant la guerre.

Au fil des jours, un plan commença à germer dans l'esprit de Penny. Mais si elle voulait parvenir à ses fins, elle aurait besoin d'aide.

S'occuper des menus ne lui suffisait pas. Elle était devenue la maîtresse des lieux et elle avait bien l'intention de prendre son nouveau rôle à cœur. Cependant, elle avait vite atteint les limites de ce qu'elle pouvait faire depuis l'enceinte du château. Il fallait qu'elle en sorte. Elle ne supportait plus le silence, le calme des murs.

Elle avait déjà lu une bonne partie des ouvrages rassemblés dans la bibliothèque. Elle avait arpenté chaque allée des jardins. Elle avait passé des heures à broder des fleurs toutes plus fines les unes que les autres. Elle avait commencé à fréquenter l'office pour apprendre à cuisiner, en dépit des protestations de sa suivante. Peu à peu, toutes ces activités lui avaient rappelé qui elle était. Elle avait l'impression de sortir d'un brouillard.

Cette vie lui appartenait encore, même si Lachlan agissait aussi en *laird* avec elle.

Elle pouvait se faire les amis dont elle avait toujours rêvé, si elle le voulait vraiment. Elle pouvait se forger une existence qui lui plairait, ici. Ce n'était pas à Lachlan de décider à sa place.

— Isla, dit-elle un jour à sa suivante, je crois que j'ai envie de rencontrer plus de personnes, au village. Lachlan passe ses journées à travailler la terre pour instaurer de nouveau une relation de confiance avec les hommes. En tant que son épouse, j'ai l'impression qu'il est aussi de mon devoir d'agir.

— Le MacKenzie n'a pas laissé d'ordres pour vous, répondit simplement Isla.

Penny avait rapidement compris que « le MacKenzie » était le nom porté par le chef du clan, un peu comme le roi, la plus haute autorité au sein de la communauté. L'homme qui se distinguait des autres.

— Je n'ai pas besoin d'attendre ses ordres pour tout, répliqua-t-elle. Il pense que son contrôle ici est absolu, mais c'est faux.

— Il ne doit pas être si méchant que cela, dans ce cas…

Penny fut surprise d'entendre Isla poursuivre leur conversation. Surprise et ravie. Leurs relations étaient devenues un peu plus cordiales, ces derniers temps, mais elles n'avaient encore jamais échangé plus de quelques mots. Penny avait hâte d'apprendre à mieux la connaître. Elles passaient tant de temps ensemble… Pourquoi n'auraient-elles pas pu devenir bonnes amies ?

Elle sauta donc sur l'occasion de parler un peu de son époux avec la jeune femme.

— Non, ce n'est pas quelqu'un de méchant. Pourquoi cette remarque ?

— Parce que j'ai l'impression qu'il a *choisi* de ne pas exercer ses droits sur vous pour contrôler tout ce que vous faites. Après tout, il aurait tout aussi bien pu vous interdire d'agir à votre guise. Cela veut dire que quelque chose le retient, que son côté autoritaire a ses limites.

Penny se pencha un peu et baissa la voix.

— Et l'ancien chef... Son père... n'avait-il pas de limite à ses mauvais penchants ?

— Non. Il voulait des terres. Et de l'argent. Il voulait faire partie de l'aristocratie anglaise. Quand il a commencé à passer presque tout son temps loin des Highlands, cela a été une bénédiction pour nous.

— Mon époux m'a en effet raconté quelque chose de semblable, oui.

— Son caractère était imprévisible et violent, surtout quand il avait bu. Il avait des dizaines de maîtresses et il les a toutes battues.

— Il les battait ?

Même le père de Penny, malgré tous ses défauts, n'avait jamais sombré aussi bas !

— Oui, répondit Isla. Il a frappé l'une d'elles si fort qu'elle en est morte.

— Il... a *tué* une femme ?

Elle essaya d'imaginer Lachlan perdant le contrôle de ses émotions et fondant sur elle à coups de poing. Elle en fut incapable. Dire qu'elle s'était sentie profondément blessée en apprenant qu'il n'avait pas envoyé un homme chercher son coffret à bijoux par pure bonté d'âme !

Il avait été élevé par un homme capable de blesser une femme *réellement*, pas juste avec des mots, de la frapper sur un caprice. Lachlan aurait pu devenir bien plus brutal que cela, en suivant son exemple. Sans doute devait-elle s'estimer heureuse.

Jamais encore elle ne s'était sentie protégée. Et pourtant, elle avait été couvée de bien des manières. La cruauté qu'elle avait connue dans son enfance s'était apparentée à de la négligence systématique. Mais cela l'avait aussi empêchée de découvrir les atrocités qui avaient cours dans le monde. Qu'un homme pouvait battre à mort son amante, par exemple…

— C'est pour cela qu'il pense que son sang est corrompu…, murmura-t-elle.

— C'est idiot, réplique Isla. Il n'est pas si mauvais.

— Vous le pensez vraiment ? J'ai… J'ai entendu certains domestiques dire des choses à son sujet, en particulier que ce qu'il avait fait au village pouvait être le signe d'une nature violente.

Isla secoua la tête.

— Il n'a tué personne.

— La violence ne se limite pas au meurtre.

Penny réfléchit quelques instants, puis reprit :

— Certains disent aussi que… Ils disent que notre mariage prouve qu'il est comme son père. Qu'il aime… faire les choses à l'anglaise. Je ne sais pas si on m'acceptera vraiment un jour, dans ce château.

Isla laissa échapper un petit « tss ».

— Vous n'avez pas été personnellement responsable du massacre des nôtres autrefois. Je comprends qu'on puisse se méfier, mais je n'ai pas peur de vous.

— Il faut dire que je n'ai rien de bien terrifiant. Lachlan, par contre…

— S'il était mauvais, vous le sauriez déjà. Tout le monde ici le saurait. Les hommes malfaisants n'arrivent jamais à tromper leur monde bien longtemps.

— Ah bon ?

— C'est ce que j'ai pu constater, en tout cas. Certaines brutes n'ont besoin que d'un verre ou deux pour montrer leur vraie nature.

Isla n'était sans doute pas plus âgée qu'elle. La simple idée que celle-ci ait déjà pu vivre ce genre de choses lui brisa le cœur.

— J'espère que vous avez un homme bien à vos côtés, maintenant, dit-elle.

Isla rougit.

— Oui. Mais je ne devrais pas vous en parler…

— Cela ne me dérange pas, répondit Penny d'un ton encourageant. J'ai toujours été très, très seule. Et… j'aimerais avoir une amie.

— Je ne sais pas si c'est permis.

— Ne suis-je pas la maîtresse de ce château ?

— Si, j'imagine…

— Dans ce cas, je devrais avoir le droit d'établir au moins quelques règles, ici. Et je décrète que nous avons le droit de devenir amies. Mais ce n'est pas un ordre…

Elle s'interrompit un instant avant de reprendre :

— On ne peut pas obliger une personne à vous apprécier.

— J'accepte, milady. Je sais à quel point on peut souffrir de la solitude, dans cette demeure.

— Dans ce cas, voulez-vous m'accompagner au village, aujourd'hui ?

— Oui, répondit Isla. Que comptez-vous y faire ?

— Nous pourrions apporter du pain aux familles et cela me permettrait de rencontrer tout le monde. J'aurais besoin de vous pour me dire à qui je peux parler ou non, en fonction des conventions dans les Highlands.

— Je m'en chargerai volontiers, milady.

— Parfait.

Peut-être aiderait-elle ainsi Lachlan à se faire une place

de chef, ici. En contrant son autorité par une pointe de douceur féminine.

Aussi insignifiant son geste pût-il paraître, elle sentit monter en elle une bouffée de joie triomphante. Pour une fois, elle avait la sensation de pouvoir faire la différence. Et si elle-même trouvait également sa place ici, son avenir lui appartiendrait sans doute un peu plus. Ce ne serait plus une condamnation pour payer les erreurs de son père, une sanction qu'elle ne méritait pas.

Étrange... Elle n'avait plus songé à son père depuis un moment. Il ne lui manquait pas, et elle n'avait pas un instant regretté d'avoir quitté sa maison.

Pendant tant d'années, sa vie avait été étouffée par la présence de ce dernier. Il ne l'avait même pas aimée. Il ne s'était certes pas servi de ses poings contre elle comme le père de Lachlan l'avait fait avec ses maîtresses, mais sa froideur avait été tout aussi destructrice.

Penny avait vécu coupée du monde, seule et isolée de tous...

Plus jamais !

Sa vie ne ressemblait pas à ce qu'elle avait espéré, il fallait bien l'admettre. Mais d'un autre côté, elle avait pensé devenir duchesse, et ce titre s'accompagnait de responsabilités. Était-ce si différent, ici ? Une communauté entière ne dépendait-elle pas d'elle, comme cela aurait été le cas à Bybee ? Oui, elle pouvait agir de son propre chef. Elle pouvait se construire une existence épanouie.

Une lourde cape passée sur ses épaules et un panier de pains au bras, elle descendit donc au village en compagnie d'Isla. Les maisons de pierres rondes étaient entourées de tous côtés par les hautes montagnes acérées et les vallées étroites qui protégeaient le village des vents froids d'hiver. Les étendues de lichen vert tendre paraissaient encore plus vives et aveuglantes face à la pierre grise affleurante qui coupait par endroits leur uniformité.

C'était un lieu sauvage. La voûte céleste paraissait plus haute qu'en Angleterre. Mais les lourds nuages, eux, semblaient descendre jusqu'au sol et couronner les sommets d'un voile de brume.

D'immenses pâturages recouvraient les flancs des montagnes jusqu'aux rives du loch en contrebas. De l'autre côté du village, une terrifiante forêt sombre avançait jusqu'aux maisons.

L'immensité d'un tel décor bouleversa Penny. Pour elle, c'était bien une véritable aventure – n'était-ce pas le mot exact que Lachlan avait employé ? Il avait eu raison. Au cœur de ce territoire sans fin, elle avait à la fois peur de se perdre et hâte de gagner sa liberté.

Elle se retourna vers les maisons. Certaines étaient bien tenues. D'autres tombaient en ruine. Certaines étaient entourées de jardins bien entretenus, d'autres étaient nues comme en pleine famine.

Penny entreprit de frapper à chaque porte pour offrir du pain aux villageois. Souvent, on la reçut avec politesse. On l'invita même parfois à entrer et à échanger quelques mots au sujet de l'avenir du clan.

Quelques personnes la traitèrent avec dédain.

Mais la plupart des habitants du coin se contentaient d'une froideur un peu distante. Sa seule présence leur rappelait leurs luttes et leurs souffrances passées.

Malgré tout, Penny demeurait convaincue que la bonté et la douceur l'aideraient peu à peu à gagner la confiance de ces gens.

Finalement, elle arriva au sommet d'un sentier étroit et mal dessiné qui descendait au bas de la colline. Penny s'y engagea, mais sa suivante ralentit le pas.

— Quelque chose ne va pas, Isla ?

— Nous ne devrions pas aller là-bas, répondit la jeune servante.

— Que voulez-vous dire ?

— C'est la maison de Dugan McLaren et de sa femme. De leurs enfants, aussi... Dugan est un ivrogne et il dépense tout l'argent de la famille en alcool.

— Oh...

Penny hésita un instant.

— Et vous ne pensez pas qu'ils ont besoin de pain, pour nourrir les petits ?

— Il est méchant, milady. C'est... C'est lui qui s'est opposé au MacKenzie le jour de votre arrivée.

Une vague d'inquiétude traversa Penny.

— Je vois.

— Il ne vous ouvrira pas sa porte.

— Peut-être pas, dit-elle, avant de prendre une profonde inspiration, mais mon époux est puissant. Et il n'est pas quelqu'un de mauvais, ce sont vos propres mots. Je ne pense pas qu'il apprécierait de savoir qu'un homme ici préfère boire plutôt que nourrir sa famille.

— Ce que le MacKenzie pense n'aura aucune importance, si McLaren lève la main sur vous, milady. Votre mari ne sera pas là pour vous défendre.

— S'il lève la main sur moi, mon époux le... Je ne sais pas ce qu'il lui fera, à vrai dire, mais ce sera violent. J'imagine que ce McLaren en a conscience.

Elle avait pris sa décision, cette fois : elle ne laisserait plus personne lui dicter sa conduite. Elle poursuivit donc son chemin et arriva devant la masure la plus misérable du village. Il en émanait une puanteur de nourriture moisie, de désespoir et d'alcool. De saleté.

Elle serra les dents, heureuse de sentir le poids de plusieurs pains dans son panier : il lui en restait plus qu'elle ne l'aurait cru, et les enfants qui vivaient ici en avaient sans doute bien besoin.

Le père de Lachlan avait décidément été un *laird* ignoble. Le sien, en comparaison, n'avait été que négligent. Certes, elle n'avait pas connu un passé aussi dur que ces gens, mais elle savait ce que c'était, de voir les caprices d'un homme puissant dicter votre vie entière.

C'était injuste. Quelles que soient les circonstances.

Elle approcha de la porte et frappa. Le panneau s'entrouvrit à peine, laissant apparaître le visage usé et pâle d'une femme qui la dévisagea d'un air méfiant. Elle semblait au bord de l'épuisement.

— Bonjour, lança Penny. Je suis Lady Penelope Bain, l'épouse de... du MacKenzie.

— Vous êtes sa riche Anglaise ? demanda la femme.

— Pas riche, mais Anglaise, oui. Hélas.

Elle fit de son mieux pour sourire, mais la femme ne réagit pas.

— Je vous ai apporté du pain, reprit donc Penny.

— On n'est pas des mendiants. Et votre mari a déjà terrorisé ma famille.

Un pleur aigu s'éleva à l'intérieur, bien vite suivi par un chœur de petites voix criardes.

— Les enfants ont peut-être faim, suggéra Penny.

Un éclair plus chaleureux traversa un instant le regard de la femme. Ce n'était pas de la douceur, mais c'était déjà mieux qu'avant.

— Si vous tenez vraiment à nous imposer votre charité, faites-le vite et partez.

La femme était voûtée avant l'âge. La maison avait tout d'une masure. L'odeur qui se dégageait de la porte ouverte était presque insoutenable.

— Combien d'enfants avez-vous ? demanda Penny.

— Douze vivants, répondit l'autre avec amertume.

— Oh ! Seigneur... Je crains de ne pas avoir apporté assez de pain...

— Ils ne sont pas tous là. Dieu seul sait où est partie ma catin de fille !

Penny eut un mouvement de recul, choquée par la violence de ces mots.

— Si elle tient à écarter les jambes pour le premier venu, qu'elle se fasse au moins payer pour sa peine : on mangerait mieux.

— Je...

Penny n'arrivait pas à digérer tant de vulgarité. Elle savait à quel point l'acte physique entre un homme et une femme pouvait être bouleversant, mais cette femme en parlait comme si c'était aussi naturel que respirer.

— Tenez, voici du pain, dit-elle finalement.

— Ne pensez pas que nous soyons d'accord pour notre fille, reprit la femme. Si jamais son père l'apprenait... il la battrait à mort.

Pour la première fois, Penny remarqua que le visage de son interlocutrice n'était pas uniquement déformé par la fatigue. Des cicatrices le marquaient.

— Est-ce qu'il... ? Est-ce que votre époux vous frappe ? Souffrez-vous ?

— J'ai fait ma vie... Mais si votre *laird* ressemble un tout petit peu à son père, vous découvrirez bien assez tôt le poids de ses coups, vous aussi. Ne pensez pas que vos bonnes manières vous sauveront. Les hommes sont des animaux, croyez-moi.

Penny n'osa pas la contredire, même si elle n'en pensait pas moins. Aucune de ses paroles n'aurait eu le moindre impact face à tant de désespoir.

Jamais encore elle n'avait été témoin de ce genre de choses. Il y avait là tant d'enfants. Tant de misère et si peu d'aide à apporter.

Une fois de plus, elle fut choquée de constater à quel point sa vie triste et solitaire l'avait protégée des dures réalités de l'existence.

Sa vertu n'avait jamais été mise en danger. Elle n'avait jamais eu faim. Son père ne l'avait pas battue.

Le monde extérieur paraissait si dur et intraitable, en comparaison. Et elle s'y sentait parfois si petite.

Mais ceci... Ceci était une vie d'épreuves.

Si Penny avait été révoltée par son isolement, en colère contre son père, elle avait au moins vécu dans une grande maison sans devoir subir la promiscuité entre quatre murs. Elle n'avait jamais eu faim ou vraiment froid. Elle avait eu le parc pour s'enfuir quand elle en avait eu besoin. Elle avait été en sécurité.

— Si jamais vous vous sentez en danger, murmura-t-elle, si vous avez peur pour vous... venez au château. Le *laird* vous accueillera. S'il connaissait la cruauté de votre mari, il...

— C'est mon mari. Il est comme les autres, c'est tout, coupa la femme.

— Non, vous n'êtes pas obligée de vivre ainsi, insista Penny.

— Si. Au contraire. Je sais bien que les femmes dans votre genre sont traitées comme de la porcelaine fine et je suis sûre que votre titre vous a protégée tant que vous étiez en Angleterre. Mais ne vous y trompez pas : les choses sont différentes ici, dans les Highlands. Votre époux est le MacKenzie. Sa parole fait loi. S'il décide un jour de boire et de se défouler sur votre joli visage, il le fera. Et personne ne viendra l'en empêcher.

Penny la dévisagea, éberluée. Elle était venue aider cette femme. Pourquoi lui parlait-on aussi durement ? Soudain, elle comprit. C'était la honte... Personne ne veut être un objet de pitié.

Et cette femme aurait largement eu de quoi se faire plaindre. Penny passa quelques instants à discuter avec les enfants, bien vite rejointe par Isla. Elles coupèrent le pain et distribuèrent les morceaux aux « petiots », comme disait sa servante.

Quand elles s'en allèrent, cette dernière avait l'air sombre.

— Grandir ainsi, quel enfer...

— Vous avez aussi connu ce genre de choses ? demanda Penny, surprise.

— Trouver du travail au château a été une bénédiction pour moi, répondit Isla. Quand je vivais chez mon père...

Elle s'interrompit un instant et soupira.

— Mais il a fini par se tuer à force de boire, acheva-t-elle sans le moindre regret apparent.

— Une bénédiction aussi ?

— Oui, on peut dire ça. Jusqu'à ce que l'argent commence à manquer. Ma mère a été obligée de vendre son corps pour nourrir tous les petiots. Mes gages ne suffisaient pas, vous comprenez.

— Où est votre mère, maintenant ?

— Morte depuis longtemps, soupira Isla. Les femmes comme la McLaren... Les femmes comme ma mère... Elles ont rarement l'occasion de vieillir.

— Vos frères et sœurs ?

— Tous partis travailler dans d'autres maisons.

Elles contournèrent la masure et aperçurent une silhouette enveloppée dans une cape marron boueuse approcher à travers champs. C'était une jeune fille qui ne devait pas dépasser les treize, quatorze ans.

Quand elle se redressa, écartant la cape de son corps, une chose sauta soudain aux yeux de Penny.

— Elle en cache un sous sa robe, celle-là, murmura Isla, horrifiée.

— Est-ce la fille des McLaren ?

Cette petite était enceinte. Même à cette distance, il n'y avait aucun doute possible : sa taille s'arrondissait déjà sous les plis de sa robe.

— Oui, c'est certain, murmura Penny. Regardez comme elle cache son ventre... Son père doit vraiment être soûl en permanence pour ne pas encore avoir remarqué.

— À mon avis, elle garde ses distances et ne rentre chez elle que lorsqu'il est absent ou trop ivre pour la voir, milady. C'est ce que j'aurais fait, à sa place.

— Nous reviendrons très bientôt pour nous assurer qu'elle va bien.

Penny fut soudain submergée par une étrange gratitude, telle qu'elle n'en avait encore jamais ressenti.

Pendant longtemps, elle avait cru que sa vie était une tragédie. Mais ce n'était rien, comparé à une jeune enfant comme cette pauvre fille, sur le point de mettre son premier bébé au monde alors qu'elle n'avait pas encore l'âge de s'occuper d'un petit. Sans nourriture. Sans argent. Avec un père qui n'hésiterait sans doute pas à la frapper et à maltraiter le nouveau-né au moindre caprice.

— Oui. Nous reviendrons, répondit Isla.

9

La bataille que Lachlan menait contre sa femme devenait… intéressante. Qui allait faire preuve de faiblesse en premier et céder à ses désirs ? Car la tension qui embrasait leurs corps dès qu'ils se voyaient était mutuelle, il le savait.

Il l'entendait dans la respiration saccadée de Penny, le devinait dans l'intensité de ses regards. Ses yeux s'illuminaient d'une manière nouvelle à chaque fois qu'ils échangeaient quelques paroles trop vives – ce qui arrivait souvent.

Elle avait pris une étrange décision en l'empêchant de la toucher. Dans cette situation, toute leur flamme frustrée se déversait dans leurs conversations et la vivacité des mots éveillait quelque chose en lui qu'il n'avait encore jamais ressenti. Quelque chose de fascinant.

Bien sûr, il était contrarié. Mais il était aussi surpris de s'amuser à essuyer ses critiques moqueuses à travers la porte de communication de leurs chambres. S'il ne pouvait pas trouver son plaisir dans les bras de sa femme, au moins appréciait-il son intelligence.

— Pas ce soir, dit-elle par exemple après le dîner, je suis devenue trop sensible à l'arrogance.

— Ah, répondit-il. Dans ce cas, vous devez avoir du mal à rester en votre propre compagnie toute la journée.

— Je fais de mon mieux.

Ou alors, un autre jour…

— J'ai un travail de broderie très important à terminer. Cela ne peut pas attendre.

— Ma jolie, je suis sûr qu'à deux, nous pourrions achever votre broderie *et* accomplir notre devoir conjugal.

— Oh ! Lachlan, si je m'inquiète, c'est pour vous. Qui sait où mon aiguille pourrait finir ? Ce genre de petites choses peuvent être dangereuses, quand on n'y prend pas garde.

Oui, c'était amusant, bien sûr. Mais sous cette bravade, Lachlan sentait bien qu'elle souffrait. Et il ne savait pas comment panser cette plaie.

Les jours passèrent, jusqu'au matin où il apprit qu'elle voulait organiser un banquet au château. Un *banquet*...

Rona, la femme de charge, s'était fait une joie de l'en informer d'un air offusqué.

— Elle se rend aussi très régulièrement au village, ajouta-t-elle.

En entendant cela, la colère de Lachlan se teinta d'une pointe d'angoisse. Penny ? Au village ? Sans la moindre protection ?

— Que pense-t-on d'elle, là-bas ? demanda-t-il.

— C'est une étrangère. Mais les gens sont heureux de recevoir du pain.

Lachlan en fut abasourdi. Depuis son retour, il s'était uniquement concentré sur l'exercice de son autorité pour être reconnu comme le *laird* légitime du clan. Il fallait que les gens sachent qu'il était revenu régner. Si son père avait fui ses devoirs, Lachlan n'avait aucune intention de l'imiter. Dans son esprit, un dirigeant devait faire preuve d'une volonté de fer et ne jamais fléchir.

Mais il n'avait pas une seule fois pensé à cela. Les nécessités de base. La nourriture. Le confort. L'attention portée aux autres.

— Et qu'est-ce que ma charmante épouse anglaise prévoit de faire, précisément ? demanda-t-il.

— Elle prétend que cette fête apportera aux gens une impression de... bonne volonté.

— Ah, vraiment ?

Il quitta Rona, hors de lui, et monta à l'étage des chambres au pas de charge.

Arrivé devant la porte de Penny, il entra sans frapper, faisant claquer la porte contre le mur. La violence de son geste arracha à son épouse un petit cri de surprise, et sa bonne, qui était présente, recula d'un pas.

— Quelle est cette nouvelle histoire ? gronda-t-il. Apparemment, vous seriez en train de préparer une grande fête ?

— N'est-ce pas normal ? répliqua-t-elle vivement, comme si elle refusait de trembler devant lui.

Lachlan se tourna vers la servante.

— Va-t'en, ordonna-t-il.

La jeune femme ne se fit pas prier et quitta rapidement la chambre, la tête basse. Elle referma sans un bruit la porte derrière elle.

— Est-ce que vous comptez m'égorger ? Me menacer de votre épée ? lâcha Penny d'une voix bien plus froide que lors de leurs discussions du soir de part et d'autre de la porte de communication.

— Vous ai-je déjà menacée, ma belle ?

Elle se détourna.

— Non, en effet. Je n'ai jamais eu à me plaindre de vous sur ce point. Mais j'ai entendu dire que vous avait fait régner la terreur au village dès votre arrivée.

— J'ai défendu votre honneur ! Cet homme vous avait insultée !

Elle lui refusait peut-être son lit, mais Penny n'en était pas moins sa femme.

— Je sais, dit-elle. Je suis allée jusque chez lui et j'ai parlé à son épouse.

— C'était stupide.

D'un seul coup, l'angoisse qui lui serrait la gorge se fit plus dense, plus douloureuse.

— C'était un risque inutile à courir.

Elle ignorait tout de la colère et de la rancœur qui existait ici. Elle n'en avait pas la moindre idée. Elle s'était promenée dans le village comme un agneau encore fragile sur ses pattes et qui ne se doute pas que les prédateurs rôdent autour de la bergerie.

À présent, elle organisait une fête, comme si une soirée de plaisir pouvait soigner des décennies de souffrance.

— Je n'ai jamais été en danger, protesta-t-elle.

Oh non, elle ne savait pas ce qui se passait ici !

— Puisque vous en êtes si convaincue, je vous interdis de vous promener hors des murs du château, à l'avenir. Pour votre propre sécurité.

— Et comment comptez-vous m'en empêcher ?

— Je suis prêt à tout, même à vous enfermer dans votre chambre, s'il le faut.

— Ne vous privez pas : je trouverai bien un moyen de sortir !

— Vous ne comprenez pas les forces en jeu, ici. Vous jouez avec le feu. Ces gens ne me font pas tous confiance, pas encore du moins, et ils n'ont aucune raison de se fier à vous, une étrangère. Vous ne faites pas partie du clan. Vous n'êtes pas comme eux.

— C'est pourtant la vie que l'on m'a octroyée, sans me demander mon opinion, répliqua-t-elle sèchement. Et je refuse de céder. Pas cette fois. Cela fait bien trop longtemps que je me résigne et que je subis en silence ! Ne vous suffit-il donc pas de m'avoir obligée à rembourser la dette de mon père en vous vendant mon corps ?

— Je vous rappelle que vous ne la remboursez plus, depuis quelque temps.

— Exigez donc votre paiement.

C'était une provocation. Elle le dévisageait, campée devant lui, et le défiait de devenir aussi sauvage que son père l'avait été.

À sa place, l'ancien *laird* ne se serait pas laissé impressionner et l'aurait battue pour son insolence.

Et Lachlan savait mieux que personne comment ce genre de choses finissaient.

Avec une femme qui se jetait du haut d'une tour pour mourir au milieu des rochers au-dessous. Pour disparaître. Jamais il ne détruirait Penny de cette manière. Cette énorme bête sans nom qui vivait en lui, qui se réveillait à chaque fois que sa femme apparaissait devant lui…

Il ne la libérerait pas.

Il ne ferait pas de mal à Penny.

Et si qui que ce soit levait un jour la main sur elle… Il répondrait par le sang.

— Je peux trouver mon plaisir ailleurs, finit-il par déclarer. Je ne tiens pas à forcer une femme réticente. D'autres ne font pas tant de manières.

Elle redressa son petit menton.

— Bien.

Elle refusait de céder à son autorité et lui donnait l'impression que son propre corps ne lui répondait plus totalement. C'était exaspérant.

— Les hommes tremblent devant moi, lui rappela-t-il avec une pointe d'amertume. Avez-vous conscience du nombre de cadavres que j'ai laissés sur les champs de bataille de France ?

— Non, je n'en sais rien. Essayez-vous de dire que vous me tueriez ? Parce que je n'y crois pas. Vous auriez pu le faire dès notre arrivée, si vous l'aviez voulu.

— Je n'ai pas l'intention de vous tuer.

— Quel soulagement… Ne souhaitez-vous pas non plus devenir un chef apprécié par son peuple ?

— Je me moque que l'on m'aime. Je tiens à la loyauté

de mes gens, pas à leur affection : c'est une vertu bien plus importante.

— Vos gens ne vous font pas confiance.

— C'est en partie à cause de vous.

— Si je suis là, c'est parce que *vous* l'avez exigé, répliqua-t-elle sèchement. Dans un moment de colère, j'imagine. Donc, à moins que vous décidiez de m'exécuter en public pour faire une démonstration de votre puissance, je vais être obligée de travailler dur pour prouver à toutes ces familles que je ne suis pas la preuve vivante que vous avez hérité des défauts de votre père. J'apprécierais que vous ne vous fâchiez pas quand j'essaie de réparer ce que votre soif de vengeance a peut-être détruit. Après tout, je ne suis pas responsable de vos erreurs.

Lachlan ne sut pas quoi répondre à cela. Elle l'avait réduit au silence avec une facilité exaspérante. Oui, elle avait été l'objet de sa vengeance, le moyen d'être enfin récompensé pour les années qu'il avait dû passer en Angleterre contre son gré.

Mais elle avait raison en disant que leur mariage n'avait servi qu'à éveiller les soupçons du clan.

— Parlez-moi de cette fameuse fête, dit-il au bout d'un moment.

— Ce sera une célébration commune. Nous inviterons les autres clans, ainsi que les gens du village. Nous ouvrirons toutes grandes les portes du château. Nous offrirons un festin – un vrai. Il y aura de la musique, de la danse. Bref, nous rendrons les gens heureux : ils ont besoin de savoir qu'ils sont en sécurité. Ils ont besoin de savoir que leur nouveau chef peut les protéger contre tous les dangers. Bien sûr, personne n'a le moindre doute sur ce point en vous regardant. Tout le monde sait que vous pourriez sans peine faire face à une armée entière. Mais la vie de ces pauvres gens a été très austère...

Elle poussa un long soupir ému.

— Et je connais bien l'austérité. Je sais ce que c'est de ne pas avoir le moindre espoir pour l'avenir.

— Vous parlez de votre enfance avec votre père.

— Oui, mais aussi de mon avenir ici, si vous ne me laissez pas la place d'exister. Je suis sûre que cette fête peut nous aider. Brandir son épée et aboyer des ordres ne suffit pas. Ces gens souffrent. Ils sont blessés. Les champs sont nus, tout comme leurs cœurs. Croyez-moi. Je les ai vus. Je leur ai parlé.

— Je sais, dit-il.

— Régner par la peur n'est pas une bonne solution.

— Je ne veux pas les effrayer. Je veux m'attirer leur respect quand mon père n'a jamais rien fait pour le mériter. Je veux leur montrer que je suis meilleur que lui.

— Quelles que soient vos intentions, la terreur reste la terreur, Lachlan. Vous devez leur apporter autre chose.

— Je n'ai pas besoin des conseils d'une femme !

Même cette remarque brutale ne suffit pas à la faire reculer. Elle frissonna à peine et répondit froidement :

— On dirait bien que si, de toute évidence. Vous êtes incapable d'améliorer cette situation vous-même. Vous ne savez même pas par où commencer. Énervez-vous, si vous le voulez, mais vous savez que j'ai raison.

Non. Jamais Lachlan n'admettrait une telle chose. Ces vertus, cette… douceur dont elle parlait lui étaient parfaitement étrangères. Jamais il n'avait connu la moindre douceur, durant toute son existence. Jamais.

Soudain, une image du passé lui revint. Celle d'une femme morte depuis longtemps, entourée de bébés fragiles et roses. Des bébés trop faibles, incapables de survivre. Il chassa bien vite ce souvenir pénible et se concentra sur son épouse.

— Je ne comprends pas, dit-il.

— Ce n'est pas grave. Vous n'avez pas besoin de comprendre. Mais vous pourriez choisir de me faire confiance.

— Que savez-vous de toutes ces choses ?

— Je vous l'ai déjà dit : je connais bien l'austérité et la tristesse. Un instant de bonheur peut guérir tant de plaies. Il suffit d'une lueur d'espoir, d'une soirée de danse ou d'un festin dont vous revenez le ventre plein. Pensez donc à ce que vous avez connu pendant la guerre. Qu'auriez-vous donné, pour avoir toutes ces choses ?

Lachlan eut soudain l'impression qu'elle venait de tourner une clé en lui et de déverrouiller quelque chose d'enfoui. Il comprit enfin.

— La guerre est aussi passée par ici, murmura-t-il. Elle n'a pas fait couler autant de sang qu'avec les Français, certes, mais elle n'en était pas moins là.

— Oui.

Le soulagement qui illumina en un instant le visage de Penny envahit ce lieu secret, vulnérable, qu'elle venait de mettre au jour dans le cœur de Lachlan.

— Si vous vous occupez de préparer cette soirée seule, sans me faire perdre mon temps avec, alors je l'autorise, déclara-t-il. Je... Je vous ferai confiance.

— Merci.

Il voulut s'approcher d'elle, mais elle recula vivement. La rage lui monta de nouveau à la gorge. Il eut soudain très envie de la serrer contre lui, qu'elle le veuille ou non. D'ignorer sa peur. Sa réticence.

Mais c'eût été agir comme son père et il avait été sincère, tout à l'heure : d'autres femmes seraient sans doute prêtes à le satisfaire sans difficulté. Il n'avait pas besoin de s'encombrer de sa peur.

D'ailleurs, pourquoi les choses avaient-elles changé, depuis leur arrivée ? Pourquoi s'était-elle donnée à lui si librement sur la route, et agissait-elle à présent comme si cette simple pensée la dégoûtait ?

Avait-elle eu peur pour sa vie, tant qu'ils n'étaient pas arrivés ?

Il serra les dents.

— Je ne veux pas que l'on m'ennuie avec les détails de votre organisation, dit-il encore.

— Je vous donne ma parole.

— Tant mieux. Nous allons peut-être vous trouver une utilité, en fin de compte.

Sur ce, il la quitta aussi abruptement qu'il était entré dans la chambre. Il descendit l'escalier en bougonnant dans sa barbe et, rageur, sortit du château. Il savait très bien où trouver un jupon accueillant pour se changer les idées. C'était bien l'une des premières informations que ses hommes avaient tenu à lui communiquer dès leur arrivée.

Il pourrait passer un bon moment avec la première venue et lui donner cette « lueur d'espoir » qui semblait tant obséder sa femme.

Mais, tout en cheminant, il repensa au regard de Penny, juste avant son moment de recul. Elle avait levé sur lui des yeux pétillants, des yeux confiants, convaincus qu'il ne la décevrait pas. Qu'il la comprenait. Qu'il ferait ce qu'elle pensait être juste.

Décidément, il n'était pas en état de satisfaire une femme, pour le moment.

— William, dit-il en trouvant son valet en train de paresser dans la cour. Va chercher ton épée.

Cette rage, qu'il ne pouvait pas apaiser au lit, il l'étoufferait sur le terrain d'entraînement.

Après avoir enchaîné les combats pendant plusieurs heures, Lachlan n'en pouvait plus.

Mais le feu qui bouillonnait en lui n'était pas encore satisfait. Et parler n'arrangerait sans doute pas les choses. Pas cette fois.

Bien sûr, il aurait pu être fier de voir sa femme déterminée à aborder le clan avec plus de douceur… mais il n'aimait pas qu'on lui force la main. Qu'on le contraigne à plus de… légèreté.

Néanmoins, il la laisserait agir à sa guise.

Car quoi qu'elle en pense, il n'avait aucune intention de la brimer. Aucune.

Si une chose avait le pouvoir d'apporter un peu de lumière dans son âme amère, c'était bien celle-là.

10

La préparation du festin avait été... intéressante. Et ce n'était pas peu dire. Surtout parce qu'elle avait obligé Penny à se mesurer à l'implacable Rona.

La femme de charge n'appréciait pas de voir sa nouvelle maîtresse se pencher sur les affaires de la maison, qu'elle considérait comme son domaine attitré ; mais Penny avait une idée précise de ce qu'elle voulait organiser, et elle avait eu besoin de l'aide de Rona pour la réaliser.

Elles s'étaient donc copieusement disputées au sujet du menu et de l'achat de la nourriture.

Il avait même fallu envoyer plusieurs hommes jusqu'à Édimbourg, pour y trouver quelques denrées rares inconnues au village.

Les champs qui entouraient le château commençaient de nouveau à donner. Hélas, la production n'était pas encore suffisante pour nourrir une telle assemblée. Oui, il y aurait sans doute des excès pendant la fête, mais Lachlan avait de l'argent. Beaucoup, même.

Quand les hommes revinrent, ils avaient non seulement acheté ce dont on aurait besoin pour le festin, mais aussi rempli leurs sacs d'ingrédients supplémentaires – de la farine, du sucre, du beurre. Tout ce qu'il fallait pour produire beaucoup plus de pain, voire des gâteaux et autres pâtisseries.

Rona finit par admettre que sa nouvelle maîtresse n'était

peut-être pas aussi mauvaise qu'elle l'avait cru, en fin de compte, puisqu'elle avait convaincu le *laird* d'ouvrir sa bourse sans hésiter.

L'étape suivante dans la préparation de la fête consistait à prévenir les villageois. Une fois de plus, Penny choisit de s'en occuper elle-même. La plupart de ces gens n'avaient jamais connu ce genre de festivités ; et pour les autres, cela remontait à trop longtemps. Il fallait dire qu'ils avaient eu peu d'occasions de se réjouir : le moindre sou gagné avait été volé par le père de Lachlan, pour entretenir son luxueux train de vie en ville. Le simple fait de parler de festin allait prouver à tous ces gens que leur nouveau *laird* était différent.

S'il était prêt à dépenser sa fortune ici, pour son peuple, cela n'indiquait-il pas que les choses allaient enfin s'arranger ?

Tout ce travail donnait enfin à Penny l'impression d'être utile. Lui donnait l'impression d'*exister*...

C'était exactement ce dont elle avait besoin. Lachlan faisait régner le chaos dans son cœur, dans son corps, et elle avait horreur de cela. Elle n'aimait pas perdre le contrôle sur ses émotions.

Le calme et le silence avaient toujours été ses ennemis. Elle détestait se sentir enfermée dans ses propres pensées. Son propre cœur.

Ici au moins, elle pouvait changer les choses. Elle n'était pas obligée de rester assise dans son coin à attendre, en proie à un flot de sentiments.

Elle pouvait agir.

Et elle le fit !

Quand Isla et elle arrivèrent en vue de la maison des McLaren, elles s'arrêtèrent un instant, hésitantes.

— Je tiens à les inviter aussi, finit par déclarer Penny, plus déterminée que jamais.

Elle reprit sa route et avait presque atteint la porte quand elle aperçut la jeune fille.

Son cœur se mit à battre plus fort et elle accéléra le pas.

— Eh toi, petite ! lança-t-elle.

La fille s'immobilisa et la dévisagea avec de grands yeux surpris.

— Comment t'appelles-tu ? demanda Penny.

— Ça n'a pas d'importance...

— J'aimerais tout de même connaître ton nom. Et excuse-moi : je ne t'ai pas donné le mien.

— Je sais qui vous êtes. Le joli trophée du MacKenzie.

— *Sa femme*, corrigea Penny.

Elle refusait de laisser cette enfant l'offenser.

— Je m'appelle Lady Penelope Bain. Nous sommes venues vous inviter à une fête, ta famille et toi.

La jeune fille se fendit d'une grimace.

— Pourquoi est-ce qu'on viendrait ?

— Il y aura de la musique, de la danse. De quoi manger à votre faim...

— Mon père ne voudra sans doute pas y aller.

— Et tu as forcément besoin qu'il t'accompagne ? Il me semble que tu es tout à fait capable de quitter la maison seule en toute discrétion, quand tu veux.

— Non, je ne fais pas ce genre de choses ! répliqua la fille, les sourcils froncés.

Penny adressa un regard appuyé à son ventre arrondi. L'adolescente rabattit sa cape dessus d'un air gêné et rougit jusqu'aux oreilles.

— N'aie pas peur de moi. Je veux t'aider. Je... Est-ce qu'il sait ?

La fille parut encore plus abasourdie.

— Je ne comprends pas, dit-elle à mi-voix.

— Tu es enceinte. Tu ne le caches pas très bien, d'ailleurs...

— Suffisamment.

— Mais il sera moins facile de lui cacher ton bébé.

— J'ai encore le temps.

— Et le père ?

La jeune fille se détourna.

— Il n'est pas d'ici.

— Tu ne le connais pas ? demanda Penny, étonnée.

— Il s'est contenté de prendre ce qu'il voulait. Il m'a pas demandé.

À ces mots, une bouffée de rage et d'horreur prit Penny à la gorge. Il lui fallut quelques secondes pour retrouver l'usage de la parole.

— Il t'a forcée ?

— Je ne suis pas assez stupide pour aller voir des hommes. Je sais ce qui arrive quand les femmes disent oui : regardez ma mère et ses douze enfants.

— Ta mère sait-elle qu'on t'a agressée ?

— Elle ne me croit pas. Ou alors, elle s'en moque. Elle pense que j'ai pris des risques idiots… « Les hommes, tous les mêmes », c'est ce qu'elle dit. On peut pas lutter contre leur nature.

Le cœur de Penny se rebella, révolté par ces déclarations. Mais ce n'était pas le moment de faire la leçon à cette pauvre enfant. Il fallait agir.

— Que va-t-il t'arriver, ensuite ?

— Je sais pas. J'ai pas réussi à m'en débarrasser, répondit-elle avec une moue contrariée. J'ai essayé, pourtant, mais ça n'a pas marché. Il est toujours là.

Penny eut pitié d'elle. Et peur pour ce qui allait lui arriver. Cette fille était en danger, tout comme son bébé. Personne n'était là pour les protéger… De nouveau, elle entrevit un moyen de se rendre utile. Après tout, elle n'était pas impuissante : elle était Lady Bain !

Autrefois, quand elle avait été une enfant terrorisée enfermée dans sa chambre, personne n'avait eu l'autorité nécessaire pour lui venir en aide. Personne n'avait pu contrecarrer la volonté de son père.

Mais cette fille… Oui, elle pouvait l'aider !

— Écoute-moi, dit-elle donc. Quand le terme approchera, tu n'auras qu'à venir au château. Tu y seras la bienvenue. J'appellerai même une accoucheuse pour t'aider. Nous veillerons sur toi, c'est promis.

La fille parut d'abord choquée, puis terrifiée. Penny la comprenait : les personnes les plus proches d'elle ne lui avaient jamais tendu la main. Qui n'aurait pas eu des soupçons, à sa place ?

— Je n'ai pas besoin de votre aide.

— Il n'y a pas de honte à cela, tu sais.

D'un seul coup, des éclats de voix s'élevèrent sans la maison, et la jeune fille sursauta.

— Partez ! chuchota-t-elle.

— Veux-tu bien dire à tes parents qu'ils sont invités à la fête ?

— Ça ne changera rien. Vous pouvez pas nous sauver. Vous pouvez pas *me* sauver.

Sur ce, elle baissa la tête et s'éloigna, courbée, comme si elle tentait inconsciemment de protéger le bébé qu'elle portait.

— Je commence à reconnaître cette expression sur votre visage, lui glissa Isla au bout de quelques secondes, avec un demi-sourire.

— Quelle expression ?

Penny ne quittait pas la malheureuse des yeux.

— Celle qui dit que vous êtes prête à tenter l'impossible…

— J'ai réussi à convaincre Lachlan d'organiser une fête au château, non ? Je m'en sors plutôt bien pour réaliser l'impossible, jusqu'à présent.

Isla acquiesça.

— Oui, dit-elle. Je suis du même avis.

11

Le grand jour était enfin arrivé, et la quantité de nourriture préparée pour le banquet était époustouflante. Une bonne partie des convives allait devoir s'installer devant le château pour manger. La grande porte était ouverte. Il y avait des tables et des couvertures dans tous les recoins, ainsi que des musiciens et des danseurs.

Un immense feu de joie ronflait au milieu de la cour dallée. Et le repas… Une grande variété de plats avaient été préparés pour tout le monde. On ne nourrirait pas que les chefs des autres clans ou les personnes importantes. Tous les villageois pourraient également s'emplir la panse de poisson, de volailles et de gibier. De pain et de gâteaux.

On avait ressorti des armoires les tenues des grandes occasions – quelles qu'elles puissent être, depuis les robes fanées qui avaient déjà été transmises sur plusieurs générations jusqu'aux riches kilts de laine aux couleurs flamboyantes.

Le clan n'avait encore jamais connu une soirée aussi faste que celle-ci… En tout cas, Lachlan n'en avait pas le souvenir.

Et c'était Penny qui était au cœur de toute cette agitation. Ses cheveux étaient défaits, ses yeux brillaient. Elle portait une robe toute simple, sans doute empruntée à une servante, pour achever les derniers préparatifs.

Elle travaillait sans ménager ses efforts. Et elle avait

l'air... heureuse. Elle n'avait pas encore arboré un tel sourire depuis leur mariage.

Il leur restait encore quelques heures avant que les festivités battent leur plein, et Penny avait l'air bien décidée à régler tous les détails elle-même, jusqu'au tout dernier moment.

De son côté, comme il l'avait annoncé dès le départ, il n'avait absolument rien fait.

N'était-ce pas l'idée de son épouse ? Son projet ? Il n'était toujours pas convaincu que toute cette fatigue changerait quoi que ce soit à la situation du village. C'était Penny qui s'était convaincue toute seule que cette fête était nécessaire au bonheur de son clan. Pas lui.

L'air était chargé des vapeurs de la viande qui rôtissait lentement sur les grands feux. On entendait déjà résonner de la musique, des rires et des chants paillards.

À l'intérieur du château, le décor était encore plus impressionnant. Les invités commençaient à remplir la grande salle, venant à la fois du clan MacKenzie et d'autres clans plus ou moins proches. Jeunes et vieux se mêlaient. Lachlan eut presque l'impression de pénétrer dans un conte d'autrefois tel que ceux que l'on récitait au coin du feu, du temps où les clans avaient encore tout leur pouvoir, avant l'invasion anglaise.

La musique aussi semblait héritée d'une époque révolue. Tout comme la nourriture, aussi abondante que lors d'un festin moyenâgeux.

Voici ce qu'étaient réellement les Highlands. *Les clans. L'Écosse.* Son sang s'animait d'une flamme intense et ancienne.

Quand Penny lui avait parlé de son projet, il n'avait pas pensé que ce banquet serait un parfait moyen pour lui d'asseoir la force et le pouvoir de son clan.

Certes, de tels excès n'étaient pas suffisants pour entamer sa fortune de manière significative, mais ils dépassaient de loin tout ce que ses gens avaient connu depuis plusieurs générations.

— Vous avez bien travaillé, glissa-t-il à l'oreille de sa femme quand elle passa près de lui.

Elle s'immobilisa un instant, l'air surprise.

— Merci. J'avoue que ce compliment m'étonne un peu. Du reste, vous n'avez pas levé le petit doigt pour nous aider, depuis le début.

— Vous n'aviez pas besoin de moi.

Un éclat traversa les yeux bleus de Penny et trouva un écho dans la cage thoracique de Lachlan. Il ne put retenir cette sensation fugace, ni mettre un nom dessus. Mais il la ressentit clairement.

— Peu importe, répondit-elle au bout d'un moment. Tout se passe bien, c'est le principal.

— Les clans vont pouvoir admirer toute la puissance des MacKenzie. Ils verront que nous ne sommes pas sur le point de disparaître. Plus maintenant.

— Je n'ai pas fait préparer tous ces gâteaux pour déclencher une guerre, Lachlan. Je vous prierai de laisser de côté vos instincts belliqueux, ce soir.

— Qui a parlé de guerre ? J'ai juste dit que nous sommes de nouveau les plus forts, c'est une évidence.

— Et voilà : c'est de cela que je veux parler, répliqua-t-elle. Vous ramenez tout à la force. Toujours.

— Parce que c'est la réalité. Le monde est ainsi fait : seul le plus fort peut espérer se faire une place et gagner. Il n'y a pas de victoire pour les faibles.

— C'est atroce, cette façon de penser… Pourquoi forcément chercher à l'emporter en écrasant les autres ? Pourquoi les gens ne peuvent-ils pas simplement vivre en bonne entente ?

— Parce qu'il y a toujours eu des conquérants et qu'il y en aura toujours. C'est un fait. Et si vous n'écrasez pas les autres, vous serez du côté des vaincus.

— Une vérité que vous avez apprise au front ?

— Non, ici. Depuis mon enfance. Si j'étais resté ici, ce clan aurait fini par périr, détruit par l'avidité de mon père. Je suis allé en Angleterre pour y faire fortune, mais votre père m'a trompé. J'ai dû obtenir le pouvoir par moi-même. J'ai dû devenir fort. Si je ne m'étais pas autant battu, tous ces gens que vous voyez auraient disparu.

— Je comprends, dit-elle avec plus de douceur. Mais vous n'êtes plus au front, à présent.

— Il y a toujours une guerre qui menace, juste derrière la ligne d'horizon, même si ce n'est pas le genre de conflit auquel vous pensez. Nous devons rester sur nos gardes, ne jamais montrer la moindre faiblesse.

— Et la bonté, dans tout cela ?

Il jeta un rapide coup d'œil autour de lui, observant les convives qui discutaient joyeusement.

— Vous êtes bonne pour nous deux, Penny.

— Peut-être, mais vos gens aimeraient sans doute que vous leur montriez votre bonté vous-même.

Sa voix était caressante, tout comme la pression de ses doigts sur son bras. Néanmoins, Lachlan eut presque l'impression d'avoir reçu un coup de massue, qui fit vibrer tous ses membres avant de retomber au creux de son estomac.

— Avez-vous l'intention de danser, ce soir ? Pour montrer à vos gens que vous avez aussi de l'humour ? demanda-t-elle au bout d'un instant.

— Pourquoi le ferais-je ? Je n'ai *aucun* humour.

— C'est vraiment ce que vous croyez ? reprit-elle d'une voix un peu triste. J'ai pourtant pensé que nous finirions par sourire ensemble, un jour ou l'autre. Vous et moi.

Pourquoi donc était-elle si sombre, d'un seul coup ? Elle avait obtenu ce qu'elle voulait, non ? Quant à ce qui se passait – ou pas – entre eux, elle était la seule responsable de son isolement.

Ce n'était pas lui qui avait choisi de lui fermer sa porte, ou de la priver de son corps !

Il sentit sa bouche devenir sèche comme de la paille. Penny était charmante - même maintenant, dans sa robe de servante. C'était troublant... Comme souvent.

— Il n'y a jamais eu de place pour cela dans ma vie, dit-il simplement.

— Dans ce cas, ce soir, montrez au moins à tous ces gens que vous êtes humain.

— Pourquoi ? Je préfère leur montrer que je suis un chef, un meneur.

— Vous n'avez pas besoin de faire d'efforts pour y parvenir, Lachlan. Mais vous pourriez prendre la peine de convaincre vos gens que vous avez un cœur...

— Le peuple n'attend pas cela de ses chefs. Ils veulent des *lairds* capables de manier l'épée, rien de plus.

Sur ce, il s'éloigna et la laissa seule. Hélas, les paroles de Penny continuaient à résonner à ses oreilles, provoquant une désagréable impression de malaise.

Il se prépara pour la réception officielle en enfilant son plus beau kilt, avant de passer son épée à sa ceinture. Il était prêt à offrir une belle démonstration de force à son clan, tout comme à ses autres invités.

Quand l'heure sonna, il s'approcha de la porte qui reliait sa chambre à celle de Penny et l'ouvrit sans se faire annoncer.

— Le moment est venu, lança-t-il.

— Vous pourriez frapper et attendre ! protesta-t-elle.

— Rien ne m'y oblige. Je suis dans mon château. Sur mon domaine. Je fais ce que je veux.

— Quelle chance vous avez !

Elle s'était changée aussi, depuis leur conversation dans la cour - *métamorphosée* aurait été un terme plus juste, songea-t-il.

Et elle était belle. Même en colère. Ses cheveux blonds étaient retenus sur sa nuque, sa robe avait une délicate teinte dorée, avec un décolleté ouvert et engageant qui dévoilait la rondeur laiteuse de sa poitrine qu'il avait presque oubliée, ces derniers temps. Cette femme était une tentatrice.

Elle hantait ses rêves sans qu'il puisse rien faire pour chasser son image.

Elle l'avait ensorcelé, c'était évident... Quand elle lui avait demandé pourquoi il s'était senti obligé de lui rendre son coffret à bijoux, il n'avait même pas été capable d'inventer une justification rationnelle – et c'était sans doute ce qui lui avait valu son exil loin de son lit. La seule réponse qu'il avait pu trouver en lui – réponse inconfortable et inavouable –, c'était qu'il tenait à elle. Il se souciait de son bonheur. Cela n'aurait pas dû arriver, ce n'était pas envisageable. Après tout, n'était-il pas mû par le besoin de vengeance ? N'était-il pas mû par le devoir, l'honneur et le sens de la justice ? Il était déterminé à devenir l'opposé de son père, sanguin et guidé par ses pulsions, ainsi que par toutes les faiblesses humaines.

Elle levait à présent les yeux sur lui, d'un air de défi.

Quand il lui prit le bras, une flamme soudaine le dévora tout entier.

— Il est temps de descendre saluer nos invités.

— Bien sûr, répondit-elle avec un sourire froid. Promettez-moi juste de bien vous comporter ce soir, Lachlan.

— Je suis le *laird*. C'est moi qui décide quel comportement adopter.

— Dans ce cas, essayez de ne pas gâcher la bonne humeur de vos hôtes. J'ai organisé cette fête pour que tout le monde s'amuse.

— Je ferai de mon mieux pour ne pas effrayer les petits enfants...

— Oui, s'il vous plaît.

Elle s'interrompit un instant, puis reprit :

— Cet homme... Celui qui vous a défié à notre retour. J'ai invité sa famille à la fête. Il boit beaucoup trop ; sa femme et ses enfants vivent dans la peur. Ils n'ont pas assez à manger et...

— Ce soir, ils mangeront à leur faim, répliqua-t-il avec une pointe d'amertume. Tout le monde pourra se régaler : vous y avez veillé. Quant au reste, j'admets que c'est tragique. Si jamais j'étais témoin de la moindre violence d'un de mes hommes envers sa famille, croyez bien que je saurais me montrer sévère.

— Cela ne suffit pas. Nous devons agir.

— C'est ce que nous faisons, Penny. Nous sommes en train de changer les choses et vous devez avoir confiance. Vous ne pouvez pas soigner seule tous les malheurs du monde.

— N'est-ce pas précisément ce que vous essayez d'accomplir, de votre côté ? Soigner les malheurs de tout le monde en rendant son argent au clan ? En quoi ce que je veux faire est-il différent ?

— Ce clan fonctionne selon un système bien établi. Une structure. Mes gens travaillent la terre et ont le droit d'en retirer les fruits. Mon père a volé, lui. Il s'est injustement servi des efforts de ses paysans. Cela, je peux le réparer grâce à ma fortune. Je peux le « soigner ». Mais le reste... Le reste dépend de chacun.

Cette réponse parut la révolter, mais elle ne dit rien. Ils s'étaient déjà engagés dans l'escalier et on pouvait les entendre. Dès leur arrivée dans la grande salle, l'un des hommes de Lachlan les annonça. Lui, comme le *laird* ; et elle, comme son épouse.

La foule les acclama bruyamment. C'était un véritable accueil de héros.

L'accueil que les efforts de Penny lui offraient.

Jusqu'à présent, il n'avait pas réellement compris ce qu'elle avait essayé d'accomplir en organisant cette fête. Mais maintenant qu'il voyait tout ce monde rassemblé autour de tables débordantes de nourriture, il sut. Ce n'était pas uniquement un moyen de faire un étalage de pouvoir devant les autres, c'était aussi une leçon pour lui. Cela lui montrait ce que son retour signifiait réellement. Ce que le mot « foyer » signifiait.

Et elle était à ses côtés.

Elle n'avait peut-être plus envie de l'accueillir dans son lit, mais elle était là. Elle était sienne.

Quel étrange sentiment de possessivité. Bien sûr, ce désir de mettre la main sur ce qui lui revenait de droit, de protéger les siens, n'avait rien d'étonnant...

Mais il ne comprenait pas pourquoi le sourire de Penny lui paraissait si important, ou pourquoi il était aussi fier de voir ce qu'elle avait su créer pour lui.

Il s'assit en tête de table. Elle prit place sur sa gauche. Tout en mangeant, il parla avec ses hommes des changements qui avaient eu lieu dans les Highlands pendant son absence. Il discuta de tout ce qui n'était plus pareil et des solutions qu'il envisageait pour retrouver l'équilibre d'autrefois.

Pendant tout ce temps, Penny resta silencieuse, la tête droite. Comme une véritable épouse.

Quel mensonge.

À la fin du repas, on se mit à jouer de la musique. Les hommes, déjà bien gris, réclamèrent une danse du *laird* et de sa femme.

Lachlan n'avait pas dansé depuis des années ailleurs que dans des pubs, après avoir bu quelques verres de trop. Et avant cela, il n'était même pas certain d'avoir déjà dansé tout court.

Mais c'était nécessaire, à présent. Penny et lui devaient se montrer unis et forts. Si c'était ce que le peuple désirait, il ne pouvait pas refuser. Et si une partie de lui avait dangereusement hâte de sentir le corps de Penny contre le sien, cela n'avait aucune importance.

C'était la simple preuve qu'il était humain. Un homme. Un homme qui avait envie de danser avec sa femme.

Il l'attira donc à lui et se lança dans des pas qui auraient mieux trouvé leur place dans la salle d'une taverne que dans un château, mais il s'en moquait. Le violon accélérait le rythme et les autres danseurs étaient déjà soûls. Penny n'avait pas l'air de savoir danser un *reel*. Néanmoins, elle suivit de son mieux la ligne des autres femmes.

Quand il arriva en face d'elle, il la serra contre lui et ne la lâcha pas au moment où la file de danseuses se reformait. Il se contenta de tourner, sans s'arrêter, avec ce corps chaud plaqué contre le sien.

Elle rit et sourit avec joie.

Elle était heureuse. Ici. Avec lui.

Oui, en cet instant, elle était bel et bien heureuse.

Cette sensation fit battre le cœur de Lachlan plus fort et l'enivra. Jamais encore il ne s'était cru capable de ressentir ce genre de choses.

De toute évidence, ce spectacle plut à ses hommes car ils se mirent à applaudir en rythme et à lancer des cris d'encouragement. Et tandis qu'il se laissait emporter, quelque chose se réveilla dans l'âme de Lachlan. Il était bel et bien rentré chez lui. Il était de retour dans son pays, au sein de son clan. Dans ce château qui lui appartenait à présent, cette salle, entouré de musique.

Ici au moins, il n'était pas un étranger.

C'était la première fois depuis des années qu'il éprouvait cette satisfaction. Son accent ne paraissait pas curieux aux oreilles des gens et ses expressions typiquement écossaises étaient comprises par tout le monde. Il retrouvait quelque chose de familier dans les gestes, les pas de danse, la nourriture.

Penny souriait toujours et ses cheveux blonds voletaient dans son sillage.

Lachlan fut soudain traversé par une sensation qu'il n'avait plus connue depuis une éternité.

Le bonheur.

C'était presque une douleur pour lui, mais une douleur délicieuse qui s'épanouissait dans son cœur et envahissait tout. Pendant un instant, il en eut le souffle coupé.

Sa femme avait raison. On pouvait éprouver de la joie en ces lieux.

Lui-même en éprouvait rien qu'en la voyant sourire et rire, le souffle court.

Quand les dernières notes moururent, son cœur tambourinait dans sa poitrine et son sang s'échauffait sans qu'il puisse le contrôler. Peut-être aussi était-il un peu ivre, bien qu'il n'ait pas beaucoup bu, car il entraîna Penny loin de la grande salle et de la foule, jusqu'à une alcôve déserte. Là, il la plaqua contre le mur et, enfin, fit ce qui le hantait depuis des jours.

Il l'embrassa avec fièvre, compensant tous les baisers qu'elle lui avait refusés. Toutes les caresses qu'il n'avait pu lui faire.

Elle passa les mains dans son cou, glissa les doigts dans ses cheveux en poussant des petits gémissements félins. Presque comme si elle l'encourageait.

Elle allumait en lui le feu d'un désir qu'il ne comprenait pas vraiment. Cette femme, qu'il avait mise dans son lit sans le moindre sentiment, savait créer en lui une soif bien plus intense que tout ce qu'il avait connu auparavant.

Il ne fut pas doux. Il ne ménagea pas son innocence. Il la dévora de baisers violents, passionnés. Il glissa sans tendresse sa langue dans sa bouche, prit tout ce qu'elle lui offrait et en réclama encore davantage.

Son sexe se dressait sous son kilt. Si elle avait été une prostituée, une simple fille de taverne, il aurait exigé qu'elle s'agenouille pour le satisfaire avec sa bouche. La seule image de son ange délicat dans cette position attisa un peu plus son désir.

Ils étaient encore très près de la grande salle et n'importe qui aurait pu les surprendre. Mais cela n'avait aucune importance, car il était le chef. Il était le MacKenzie. Et ce château était sa maison. Il était en Écosse, plus en Angleterre. Ici, cette femme lui appartenait – à lui et à nul autre. Quoi qu'il désire, il était en droit de le demander. Sans hésiter.

Il n'était plus emprisonné. Il n'était plus esclave de son oppresseur.

Pendant des années, il avait travaillé dur pour gagner sa liberté. Il s'était battu pour un pays qui n'était pas le sien. Il avait gagné plus de deux fois l'argent qu'on aurait dû lui verser en salaire.

Il avait saisi sa fortune à la pointe de l'épée, avait été témoin d'atrocités sans nom sur le champ de bataille et de plus de bains de sang qu'il ne l'aurait cru possible. Il avait lutté pour revenir sur ses terres la tête haute. Et il avait emporté Penny avec lui. Elle était sa récompense pour avoir sué pendant des années sous le joug du comte.

Son dû.

Toutes ces bonnes raisons le poussèrent à l'embrasser encore, sans se soucier du regard de ses hôtes.

Il tira sur le corsage de sa robe et dévoila l'arrondi rosé de ses tétons. Elle était charmante. Bien plus que toutes les femmes qu'il avait pu rencontrer.

Elle avait tellement changé, depuis l'époque où elle était venue le supplier de l'aider à sauver ce misérable oiseau blessé...

Comment aurait-il pu imaginer qu'il ressentirait un jour un tel plaisir à la serrer dans ses bras ? Très vite, ses pensées s'évanouirent, emportées par le grondement qui lui animait les veines. Qui lui emplissait le crâne.

Mienne.

Oui, il était un conquérant. Il descendait d'une longue lignée de guerriers.

Son corps ne connaissait qu'une chose : s'emparer de ce qui lui revenait de droit.

Les vœux qu'il avait prononcés dans une église, reconnus par la mièvre société anglaise, n'avaient aucune valeur à ses yeux. Seuls comptaient le feu du désir et l'union des corps. Une union que Penny lui refusait depuis beaucoup trop longtemps.

Il avait cédé à son caprice sans protester, des jours durant. Plus maintenant.

Il l'embrassa de nouveau, jusqu'à ce que les lèvres de Penny rougissent comme des pétales de rose, jusqu'à ce qu'elle se mette à trembler sous ses mains.

— À genoux, ma femme, dit-il d'une voix rendue rauque par le désir.

Elle le dévisagea un instant. Ses grands yeux bleus s'écarquillaient.

— Je ne comprends pas…

D'un seul coup, Lachlan reprit conscience de ce qui se passait.

D'un seul coup, le voile du désir se déchira. Il avait laissé parler ses instincts sans réfléchir, comme un homme possédé. Comme un homme qui considère comme siens le corps de ses gens et tout ce qui l'entoure. Il n'était pas meilleur que son père.

Certes, la loi prévoyait peut-être qu'une épouse appartienne à son mari, comme ses autres biens ; mais Lachlan avait vu ce qui arrivait, lorsqu'un homme prenait cette affirmation au pied de la lettre. Il avait vu à quel point cela détruisait une femme. Une femme bonne. Bien sûr que Penny ne comprenait pas. Elle était innocente, pure. Elle n'avait encore été corrompue que par leurs quelques nuits de passion sur la route – des nuits sans émotion, sans sentiments superflus. Bref, peu de chose. Et voilà qu'il lui demandait de s'agenouiller comme une professionnelle, aux yeux de tous ? Cette *lady* ?

Mais n'était-ce pas le but de leur mariage, au fond ? L'humilier ?

Non.

Il n'avait voulu humilier que le comte. Mais ce soir, il avait été sur le point de la salir. C'était lui, qu'il déshonorait en agissant ainsi.

— Retournez à la fête, dit-il finalement.

— Lachlan...

La voix de Penny était à peine audible, choquée.

— Retournez-y, Penny, reprit-il avec plus de fermeté. C'est ce que vous avez de mieux à faire.

Elle obtempéra, reculant sans le quitter des yeux. Il avait presque l'impression qu'elle l'accusait.

Il n'était revenu que depuis quelques semaines, et déjà, la corruption héritée de son père lui embrasait le sang. Pourrait-il jamais y échapper ?

Il attendit un moment, le temps que son excitation ne soit plus visible dans les plis de son kilt.

Quand il retourna enfin dans la grande salle, Penny y était toujours. Il remarqua bien vite que son regard avait quelque chose de distant, d'absent.

Néanmoins, elle ne le fuit pas. Au contraire, elle s'empressa de le rejoindre.

— Lachlan... Pourquoi m'avez-vous demandé de partir, tout à l'heure ?

— Vous le savez très bien.

— Non. Pas du tout.

— Penny, reprit-il à mi-voix, il y a certaines choses qu'un époux ne doit pas exiger de sa femme.

— Quelles choses ?

— Je ne veux pas en parler.

— Pourquoi ?

— Il suffit, coupa-t-il fermement.

Hélas, elle ne se laissa pas décourager.

— Pourquoi ? insista-t-elle. Pourquoi vous souciez-vous de ce genre de choses avec moi ?

Elle avait posé la question sans malice. Il eut presque l'impression qu'elle lui demandait cela comme elle lui avait demandé pourquoi il lui avait rendu son coffret à bijoux. Par simple curiosité.

— Cela n'a rien à voir avec vous, répondit-il donc avec une froideur étudiée. C'est ainsi que les choses doivent se passer. C'est tout.

S'il l'avait repoussée sans le vouloir la première fois en ne sachant pas répondre à ses questions, ce soir, ce fut volontaire.

Et c'était mieux ainsi.

Car le pouvoir qu'il avait obtenu en rentrant chez lui n'y changeait rien : il n'était pas plus capable qu'avant de protéger les faibles...

Il n'était pas capable de protéger Penny de ses propres instincts.

Et il ne pouvait se résoudre à accepter cet échec.

12

Penny réfléchissait dans son coin depuis que Lachlan l'avait embrassée, le soir de la fête.

Il avait eu l'air d'exiger d'elle des choses qu'elle ne comprenait pas, puis l'avait repoussée sans raison. Jamais encore elle n'avait été aussi troublée.

La chaleur de ses lèvres avait réveillé toutes les sensations délicieuses contre lesquelles elle avait lutté pendant des jours.

En interdisant à son époux l'accès à sa chambre, elle n'avait pas banni la solitude de sa vie. Elle s'était contentée de construire un mur entre ses émotions et cet homme qui les provoquait si facilement. Mais ce mur ne durerait pas toujours.

Parce que le silence entre Lachlan et elle était sans fond. Lourd. Rempli d'une masse de sous-entendus que Penny préférait ne pas examiner de trop près. Elle avait réussi à garder ses distances sans trop de peine jusque-là. Elle avait passé beaucoup de temps au village, avait invité quelques femmes à coudre avec elle et avait peu à peu appris à cuisiner. Tout cela lui avait permis de ne plus penser à Lachlan. Ou plutôt, de le voir comme un autre de ses « projets » et pas comme son mari.

Mais il l'avait embrassée.

Et ce baiser avait réveillé tous les désirs qui dormaient en elle. Son corps s'enflammait de nouveau, hanté par l'excitation. Lachlan arrivait si facilement à réveiller ce besoin animal.

Mais il y avait pire encore.

Quelque chose de plus profond.

Quand elle avait dansé au bras de son époux, elle avait eu l'impression de s'envoler. La force de ce dernier, qu'elle soit tranquille ou sauvage, l'envahissait parfois comme si elle se faisait sienne. Comme si la détermination et la bravoure de Lachlan s'étaient enracinées en elle et s'épanouissaient à présent, transformant la jeune femme qu'elle avait été avant leur mariage.

Elle voulait apprendre à le connaître.

Pendant toutes ces nuits où elle s'était barricadée dans sa chambre, ils avaient parlé. Jamais très longuement, mais cela avait été suffisant pour qu'elle soulève un coin du voile. Elle avait découvert cet humour qu'il prétendait ne pas avoir. Sa patience. Sa bonté.

Elle aurait tant voulu être plus proche de lui, de toutes les manières possibles.

Des semaines durant, elle s'était interdit de penser à cela. Mais à présent, ce désir la consumait de nouveau. Et le rejet de Lachlan en devenait plus douloureux.

Il l'obligeait à penser qu'il ne voulait pas d'elle. Pas vraiment, en tout cas. Sinon, il aurait insisté pour la rejoindre dans son lit, non ? L'ascendant qu'elle avait cru prendre sur lui n'était finalement qu'une illusion.

Lorsqu'ils avaient fait l'amour pour la seconde fois, sur la route, elle l'avait senti trembler contre elle et elle avait cru que cela avait une signification, qu'elle excitait chez lui la même passion que celle qu'il faisait naître en elle. Qu'ils partageaient enfin quelque chose.

Peut-être avait-elle eu tort.

Peut-être était-elle trop naïve. Pendant la fête, elle avait découvert que les hommes s'interdisent certaines choses avec leurs épouses. Il avait voulu faire… elle ne savait quoi. Mais pas avec elle.

Et elle ignorait tout de ce nouveau désir mystérieux.

Si seulement elle avait pu haïr Lachlan !

Hélas, plus elle le voyait ici, parmi son peuple, dans son rôle de chef, plus il la fascinait. Comme lorsqu'elle était petite et lui courait après dans tout le domaine de son père pour lui poser des questions. Qu'elle détestait cela ! Comment pouvait-il avoir pris tant de place dans sa vie, alors qu'elle lui restait indifférente ?

Il était si imposant, si fort, prêt à aider tous ceux qui avaient besoin de lui. Il ne savait certes pas comment se montrer chaleureux, mais elle, si. Ce qu'il donnait à ses gens, c'était sa puissance, sa stabilité à toute épreuve. Mais il avait sous-estimé une chose : les villageois avaient besoin de joie, dans leur vie… Si Lachlan avait ignoré ce détail, Penny, elle, n'avait pas su comprendre à quel point ils avaient aussi besoin de se reposer sur lui.

Jusqu'à présent.

Les jours qui suivirent, en parlant au personnel du château, elle réalisa soudain l'ampleur des blessures que le père de Lachlan avait laissées derrière lui.

Isla lui raconta des histoires atroces, pires encore que celle de la femme qu'il avait tuée, des histoires qui la firent frémir d'horreur. Plus elle comprenait d'où Lachlan venait, les raisons de sa haine pour son père et pourquoi il méprisait tant son propre sang, et plus elle s'attachait à ce highlander à la volonté de fer qui ne connaissait pas le compromis.

Certes, sa nature si rigide était parfois exaspérante. Elle-même avait d'ailleurs vu cela comme un obstacle infranchissable, au début. À présent, elle comprenait que c'était un don.

Elle découvrit aussi que Lachlan avait commencé à envoyer de l'argent au clan dès qu'il avait appris la mort de son père.

Beaucoup de choses avaient pu être améliorées grâce à cela pendant les mois qui avaient précédé son retour chez lui.

C'était pour cela que le château était aussi confortable. C'était pour cela que l'on ne manquait ni de nourriture ni de domestiques. Peu à peu, Penny comprit aussi que ce que Lachlan lui avait dit au sujet de sa lignée était une conviction profondément ancrée en lui. Car s'il avait cru que l'honneur lui commandait de produire un héritier, il l'aurait fait sans hésiter. La seule chose qui la troublait encore était cette absence de désir de paternité – même réprimé. Elle n'avait encore jamais rencontré d'homme qui ne rêvait pas de transmettre au moins son nom, de voir sa lignée se poursuivre.

Dès son enfance, elle avait pensé que son mariage ferait d'elle une mère. Et elle n'avait compris l'importance de ce désir que lorsque son époux le lui avait arraché. Oui, elle avait voulu des enfants, et de tout son cœur. Être une maman. Avoir un être à chérir et à aimer. Créer ce lien avec une autre créature qui aurait eu besoin d'elle, qui lui aurait rendu son affection.

Mais si les autres hommes étaient obsédés par leur descendance, Lachlan y restait fermement opposé.

Le père de ce dernier l'avait blessé. Elle en fut convaincue en apprenant plus de choses au sujet de l'ancien MacKenzie.

Elle aurait voulu trouver un moyen de réconcilier toutes ces vérités qu'elle découvrait au sujet de son époux. Leur intimité au lit. Leurs conversations à cheval, pendant leur voyage jusqu'en Écosse. La silhouette effrayante et autoritaire de l'homme qu'elle avait vu explorer le château et qui l'avait embrassée à la fête avant de lui ordonner de le laisser. L'homme qui lui avait dit que son coffret à bijoux n'était pas important, mais qui avait tout de même pris la peine de le récupérer.

Elle voulait même comprendre l'homme qui la présentait à son peuple comme une prisonnière de guerre plutôt qu'une épouse, mais qui avait affirmé aux autres clans qu'elle était sa lady et défendait son honneur en public. Une partie d'elle lui disait que la vérité au sujet de Lachlan Bain se trouvait quelque part au milieu de tout cela, qu'elle apprécie ou non ces nombreuses facettes.

D'ailleurs, une part de leurs problèmes ne venait-elle pas de son ignorance absolue des hommes et de leurs désirs physiques ? Était-ce la clé qu'elle cherchait tant pour comprendre son mari ? Était-ce la réponse à toutes les questions qui la hantaient depuis le bal ? Si seulement elle avait été mieux éduquée en la matière !

C'était entre autres pour cela qu'elle s'était liée avec une partie des femmes qui travaillaient au château, en particulier Isla, sa femme de chambre.

Celle-ci était surprise de voir sa maîtresse discuter avec elle et Penny le savait. Mais elle ne pouvait pas s'en empêcher. Elle avait grandi seule et elle se retrouvait pour la première fois dans une demeure grouillante de vie. Elle avait bien l'intention d'en profiter pour se faire de nouveaux amis et ne plus souffrir comme chez son père.

La femme de charge était clairement agacée de voir sa nouvelle maîtresse se mêler de ses affaires – cela se voyait. Seulement, si Penny avait bien appris une chose utile au fil des ans, c'était comment ignorer l'agacement des autres.

C'était l'un de ses précieux talents.

Un jour, alors qu'elle était dans la cuisine, penchée sur les menus de la semaine tandis qu'Isla grignotait un peu de pain et de fromage pour son déjeuner sans se soucier des bonnes qui couraient dans tous les sens, Penny demanda :

— Qu'est-ce que vous savez des hommes ?

Isla leva les yeux de son assiette.

— Que voulez-vous dire, milady ?

Elle avait beau prendre des airs innocents, elle avait parfaitement compris. Elle faisait juste semblant.

— Les hommes, insista Penny. J'ai bien peur d'être très ignorante à leur sujet.

L'une des bonnes, Margaret, éclata de rire.

— Vous êtes une femme mariée, non ?

— Étrangement, cela ne m'aide pas.

La domestique haussa les épaules.

— Les riches femmes mariées en savent souvent moins long que leurs servantes célibataires...

— Pourquoi ? demanda Penny.

D'un seul coup, tout cela lui parut profondément injuste et révoltant.

— Les femmes comme vous sont protégées, répondit simplement Margaret. Elles ne connaissent pas le monde. Ce n'est pas une mauvaise chose, vous savez. Les hommes peuvent être...

— Des porcs, commenta Flora, l'autre bonne.

— C'est vrai.

— Eh bien, ce n'est pas le cas de Lachlan ! Je veux dire... Le MacKenzie...

— Oui, la rassura Margaret. Je vois ce que vous voulez dire.

— Néanmoins, j'aimerais savoir un peu plus comment... *satisfaire* un homme.

Les deux bonnes échangèrent un regard appuyé.

— Est-ce que vous savez, vous ? insista Penny.

— Un peu, oui, gloussa Flora.

— J'ai réussi à convaincre mon mari de m'apprendre quelques termes appropriés...

— Lesquels ?

Margaret avait l'air amusée. Penny sentait bien qu'on se moquait d'elle, mais cela n'avait aucune importance. Elle avait besoin de réponses et ces femmes pourraient les lui donner.

— Eh bien, je sais ce qu'est une queue.

Cette fois, Margaret siffla et éclata franchement de rire, bien vite imitée par Flora et Isla.

— C'est un bon point de départ ! Les hommes raffolent de leur queue...

— J'aime bien aussi, glissa timidement Penny.

— C'est aussi une bonne chose. Il n'y a rien de pire que devoir satisfaire un homme qui ne nous attire pas.

— Tout ce que je sais au sujet des hommes et des femmes, je l'ai... appris dans des livres sur les animaux. Et puis, on m'a mariée. Je pensais détester cela. Lachlan m'a enlevée à mon foyer. Il a fait annuler mes fiançailles avec un autre homme. Je ne savais pas à quoi m'attendre, pour ma nuit de noces... Mais il sait se montrer si merveilleux. Et je le trouve beau.

— Vous avez de la chance, remarqua Flora.

— Oui, c'est l'impression que cela me donne quand nous sommes ensemble. Mais dès que c'est terminé, j'ai la sensation qu'il m'arrache de nouveau tout ce pouvoir et je me sens juste... Je me sens...

D'un seul coup, le sourire de Margaret fut remplacé par un petit regard triste.

— Vous avez des sentiments pour lui.

— Des sentiments ?

— Oui. À vous entendre parler de lui, on dirait bien que vous l'aimez.

Ses paroles réveillèrent quelque chose de désagréable en Penny.

L'aimer ?

Autrefois, jamais elle n'aurait pensé tomber amoureuse de l'homme qu'elle épouserait. Puis, quand elle avait rencontré le duc, elle avait cru pouvoir l'aimer et cela lui avait paru merveilleux, inattendu. À présent, elle comprenait que ce n'était pas lui qu'elle avait aimé – comment aurait-elle pu, puisqu'elle ne le connaissait pas vraiment ? – mais tout ce qu'il représentait pour elle.

Elle n'aurait pas dû être capable d'aimer Lachlan.

Il n'avait pas la moindre douceur. Ses manières étaient brutes, détestables même, par moments.

Aimer un homme tel que lui n'apporterait que des soucis, c'était une évidence. Cette pensée fit trembler les remparts qu'elle avait bâtis autour de son cœur, comme s'ils allaient s'écrouler.

— Je ne l'aime pas. Il m'a enlevée. Il m'a forcée à l'épouser. J'étais censée me marier à un *duc* !

— Peut-être, répondit Margaret. Mais je crois tout de même que vous êtes amoureuse de lui...

Penny ne voulait pas y croire. C'était hors de question.

— L'amour ne fait pas partie de mes attentes.

Dans ce cas, qu'est-ce qui la troublait tant ? Pourquoi avait-elle l'impression qu'une plaie s'était ouverte dans son cœur et refusait de se refermer ? Pourquoi en voulait-elle toujours plus avec Lachlan ?

Elle repensa aux nuits qu'elle avait passées avec lui dans les auberges de la route.

— Je ne veux pas que Lachlan prenne le contrôle comme il le fait. Il me repousse et me rend... triste. Il m'a laissée le bannir de mon lit pendant des jours et je... Il doit forcément y avoir quelque chose de plus à partager que juste... soulever mes jupes et... en finir.

Flora fronça les sourcils.

— Il ne vous donne jamais de plaisir ?

— Si, bien sûr, mais je n'ai pas encore... Il ne me laisse pas le toucher, ni même le voir vraiment. J'ai pourtant l'impression que c'est la clé de son mystère, de tout cela ... Ces derniers temps, je lui ai fermé ma chambre, mais je ne veux plus continuer. Est-ce qu'il y aurait des livres pour m'en apprendre plus ?

— Des livres, je ne sais pas, dit Flora, songeuse. La vérité vient souvent de la bouche des femmes. Hélas, seuls les hommes sont autorisés à laisser une trace écrite de ce qu'ils vivent.

— Aucune femme ne m'a parlé de ce genre de choses, avant mon mariage. Autrefois, j'étais amie avec la sœur du duc à qui j'étais promise et avec sa pupille, mais elles n'en savaient pas plus long que moi. Et sa mère m'a juste conseillé de penser à mes tâches domestiques si je trouvais la chose trop déplaisante...

Margaret grimaça.

— Si vous arrivez vraiment à penser à vos tâches domestiques pendant l'amour, autant aller pétrir une miche de pain !

— Non, je n'y arrive pas, soupira Penny. Pas avec lui. Quand nous sommes ensemble, je n'en ai pas envie. J'ai envie de... d'autre chose.

— Ces hommes... Ils passent leur vie à transformer leurs femmes en souris terrifiées, soupira Margaret. Ils leur apprennent à avoir peur d'un homme nu. Et pourquoi ? Parce qu'une femme audacieuse a le pouvoir de leur faire perdre la tête. Et ils veulent garder le contrôle.

— Oui, c'est cela ! s'écria Penny. Lachlan contrôle tout. Il vient me voir, me donne ce qu'il veut après avoir réveillé mon désir. Et je n'ai pas de volonté. Je lui cède. Avec lui, mes genoux tremblent et je...

— C'est un bel homme, murmura Isla.

Penny sentit soudain un étrange élan de jalousie lui monter à la gorge. Il était *son* bel homme, aussi insupportable soit-il.

— Oui, en effet. Mais je ne veux pas le laisser tout décider à ma place, de la sorte. Je veux avoir du pouvoir dans notre couple, moi aussi.

Ceci, tout comme Lachlan lui-même, était devenu pour elle un problème à résoudre à tout prix. Elle ne voulait pas passer sa vie à se lamenter, étouffée par ses émotions. Elle avait fait cela trop longtemps déjà.

— Dans ce cas, prenez le pouvoir, lui conseilla Flora.

— Comment ?

— Par la séduction.

— Mais je ne sais pas séduire un homme ! soupira Penny, désespérée. Je vous l'ai dit : je n'ai aucune expérience en la matière !

— Dans ce cas, quel genre d'expérience avez-vous ? demanda Margaret.

— J'ai… J'ai soigné beaucoup d'animaux blessés, par le passé…

Flora toussa et Margaret étouffa un gloussement. De son côté, Isla préféra se détourner.

— Bien, finit par déclarer Flora. Ce n'est pas du tout la même chose, et je suis sûre que cela ne vous aidera pas, milady.

Elle la contempla un instant d'un air songeur.

— Vous êtes une belle femme. Servez-vous de votre corps.

— Comment ?

— Allez le voir nue.

— Non ! Je ne pourrai jamais !

— Pourquoi pas ?

— C'est obscène…

— Oui, répondit Flora. Et ce que vous allez faire avec votre mari le sera encore plus.

C'était vrai. Tout ce qui s'était passé entre eux, dans leur lit, était… choquant. Le pire, sans doute, était que Penny en voulait davantage.

— Il y a bien un livre, intervint soudain Isla. Il est caché, mais je sais qu'il appartenait au précédent *laird*. Et il est… très instructif.

— Où est-il caché ? demanda Penny, intriguée.

— Il y a un petit coffre dans la bibliothèque. Il est fermé à clé, en général, mais la clé est dans le tiroir d'un bureau, près du fauteuil, au fond de la pièce.

— C'est une cachette très sûre, dites-moi.

Isla paraissait soudain sérieuse.

— Parce que le livre est vraiment… spécial.
— Montrez-le-moi.

Ce fut ainsi que Penny se retrouva devant la porte de la bibliothèque, suivie par une troupe de servantes en train de glousser dans leurs mains. Néanmoins, fidèle à sa promesse, Isla la guida tout droit jusqu'au coffre et lui déposa la clé dans la main.

— Faites-en bon usage.

Penny ouvrit lentement le coffre et y découvrit un ouvrage fin à la couverture des plus équivoques. Elle le feuilleta, les yeux écarquillés.

Les illustrations étaient riches, très détaillées. Sur certaines pages, on voyait un homme et une femme ensemble. Sur d'autres, un homme accompagné de… beaucoup de femmes.

Elle fut incapable de se détourner, à la fois choquée et ensorcelée par les images, les descriptions lubriques et brutales.

Apparemment, ce qu'elle avait connu jusque-là avec Lachlan n'était qu'une version extrêmement basique de tout ce qu'un homme et une femme pouvaient faire ensemble au lit.

Elle ne fut pas intéressée par les scènes de groupe. Ce n'était pas ce qu'elle recherchait. Mais elle ne put s'empêcher de tourner et retourner l'ouvrage dans tous les sens pour mieux comprendre la mécanique des corps représentés.

Elle aurait pu croire que ces détails si précis allaient la révulser. Mais la première sensation qu'elle éprouva fut… de la douleur. Elle effleura du bout des doigts le portrait salace d'une femme qui se servait de sa bouche pour explorer le membre intime de son amant. Lachlan ne voulait-il donc pas faire ce genre de choses avec elle ? Était-ce comme son refus obstiné d'avoir des enfants ? Ou bien sa manière de la traiter comme une captive ?

Faisait-il tout cela avec d'autres femmes, ailleurs ? Parce

que s'il était vraiment possible d'accomplir des actes aussi particuliers, Lachlan le savait sans doute ; et il était impensable qu'il tire sa satisfaction des unions brèves et simples qu'ils avaient eues, dans le noir. Certes, cela avait été une révélation pour *elle*, mais elle n'avait aucune expérience. Donc, il était logique qu'elle ait été enivrée par le corps de son époux. Seulement, un homme comme lui voulait-il autre chose ?

Elle ne fut pas dégoûtée par le livre, loin de là. Après tout, pourquoi avoir honte ? Toutes les caresses de Lachlan lui avaient donné du plaisir et l'idée de pouvoir un jour connaître plus intimement son corps l'excitait.

Déshonneur.

Le petit mot familier tinta à ses oreilles. D'un seul coup, son cœur fragile, déjà blessé, battit plus vite. L'excitation lui redonnait vie.

Elle était mariée, à présent. Elle ne risquait plus le déshonneur. On l'avait amenée ici et, tout comme la nouveauté de diriger sa propre maison, la vie avec Lachlan était une expérience. Une expérience qu'elle voulait contrôler, elle.

Le sang tambourinait contre ses tempes. Elle attrapa un gros volume des œuvres de Shakespeare sur l'étagère la plus proche et le plaqua contre sa poitrine pour dissimuler l'ouvrage défendu le temps de monter jusqu'à sa chambre. Si ce livre était par moments vulgaire, il éveillait néanmoins son imagination...

Apparemment, en ce qui concernait les relations physiques, il n'y avait aucun interdit, aucune limite à ne pas franchir, aucun tabou. Sans doute était-ce la différence entre « copuler » – l'acte reproducteur qu'elle avait vu décrit dans un manuel d'élevage de volailles, chez son père – et « baiser ».

Lachlan lui avait conseillé de ne pas prononcer ce mot, mais sur le moment, elle n'en avait pas su assez long pour saisir ce qu'il signifiait réellement.

Dans le livre, certaines activités étaient appelées du « sport de chambre », et Penny comprenait sans peine pourquoi. Tout cela paraissait très athlétique et ressemblait en effet à un sport d'un genre nouveau. Comme une chasse au renard. Mais nue.

Et le renard était sans doute très tenté de se laisser prendre, car les conséquences avaient l'air pour le moins délicieuses.

Penny referma l'ouvrage et s'assit un moment au bord de son lit. Elle était... bien. Comme si une douce chaleur brûlait en elle et irradiait dans tout son corps. Tout un panel de possibilités dansait devant ses yeux. Mais au centre de tout cela restait un noyau de douleur. Surtout quand elle pensait à la manière dont Lachlan l'avait traitée. Au fait qu'il ne s'était pas réellement offert à elle : tout en lui donnant son corps, il l'avait empêchée de découvrir tout ce qui était possible entre deux époux.

Reviendrait-il la voir, dans sa chambre ? Ou bien allait-elle devoir se servir de ses nouvelles connaissances pour combler elle-même le gouffre qui s'était creusé entre eux ? Des nouvelles connaissances concernant tout ce que des couples pouvaient accomplir dans l'intimité.

Une part d'elle aurait voulu la pousser à se protéger.

Elle traversa la chambre et se campa devant sa coiffeuse sur laquelle attendait toujours le coffret à bijoux de sa mère, le seul lien avec son enfance.

Oui. Une part d'elle voulait se cuirasser. Mais le coffret était bien là. C'était la preuve qu'elle n'était peut-être pas qu'une simple captive, ici. Que Lachlan pouvait vouloir autre chose que la simple satisfaction d'avoir enfin obtenu sa vengeance. Il ne comprenait sans doute pas à quel point il avait transformé sa vie, songea Penny. À quel point il l'avait refaçonnée. Mais elle pourrait peut-être lui ouvrir les yeux, l'obliger à admettre qu'ils étaient ensemble, à présent. Pour le meilleur et pour le pire.

Elle pouvait se fondre dans le décor. Elle pouvait réellement devenir sa prisonnière.

Ou bien elle pouvait continuer à créer la vie qu'elle voulait, ici et maintenant. Prendre tout ce qu'elle avait sous la main et se construire une existence capable de la rendre heureuse.

Seulement, tant que cette amère tristesse la hanterait, elle n'y arriverait probablement pas. Elle devait se débarrasser de la sensation de solitude qui l'envahissait à chaque fois qu'elle pensait à son époux.

Le bonheur était encore possible. Mais elle ne pourrait pas le construire seule : il était lié à sa relation avec Lachlan – le contraire aurait été trop facile.

« Vous avez des sentiments pour lui. »

Il s'était arrogé des droits sur son existence. Comment aurait-elle pu rester de marbre ? Oui, elle ressentait beaucoup de choses pour Lachlan Bain. Elle ne pouvait pas s'en empêcher.

Il avait su réveiller sa passion et enflammer ses sens.

Il l'avait enlevée brutalement à la vie qu'elle avait toujours connue.

À présent, il allait devoir s'habituer à elle et à sa curiosité. À ses sentiments, quels qu'ils soient. Car s'il ne le faisait pas, qui le ferait ?

Déterminée à agir, elle pressa une main sur le couvercle du coffret à bijoux. Cette fois, quand ses émotions remontèrent, elle ne les ravala pas. Cette fois, elle les garda dans son cœur et les laissa renforcer sa volonté.

Lachlan Bain avait peut-être l'habitude d'agir en conquérant. Mais ce soir, il apprendrait ce que c'était d'être à la merci de sa captive. Peut-être qu'elle arriverait même à se libérer pour de bon.

13

Quand Lachlan se laissa enfin tomber sur son lit, il était épuisé. Et il sursauta lorsque la porte de communication entre sa chambre et celle de Penny s'ouvrit.

Il n'avait pas essayé de la rejoindre dans ses appartements depuis la fête. Leurs conversations à travers le panneau de bois lui avaient manqué. Tout comme le parfum de sa femme. La douceur de sa peau sous ses mains. Il avait retrouvé tout cela quand il l'avait embrassée, le soir du fameux banquet, et son corps était à la torture depuis, en dépit de ses efforts pour ignorer ses désirs.

Seulement, la porte s'ouvrit. Et Penny était là, uniquement vêtue de sa chemise de nuit, les cheveux lâchés, des boucles dorées tombant en vagues sur son épaule.

La première nuit mise à part, ils avaient toujours fait l'amour dans le noir, et Lachlan n'avait pas encore eu le temps de s'habituer à la voir si peu habillée... Un éclat de détermination faisait briller ses yeux bleus, et sa bouche sensuelle formait une moue charmante.

— Que faites-vous ici ? demanda-t-il, avec plus de brusquerie qu'il ne l'aurait voulu. Je suis fatigué. Je ne suis pas d'humeur à me montrer attentionné, et encore moins d'humeur à discuter.

— Je ne suis pas venue pour parler, répondit-elle tranquillement.

D'un geste fluide, elle laissa tomber sa chemise de nuit en un petit tas diaphane à ses pieds. Elle était debout devant lui, entièrement nue, son corps illuminé par la lueur des bougies. Les flammes habillaient sa peau de reflets dansants, comme des caresses. Lachlan était médusé.

— Je vous ai dit de me laisser, grommela-t-il.

— Oui, plusieurs fois, même. Le soir de la fête, vous êtes venu à moi, puis vous m'avez repoussée quand je n'ai pas su vous satisfaire.

— Ce n'était pas votre faute.

— Peu importe.

Elle s'humecta les lèvres, et ce simple geste lui donna une érection.

— J'ai passé un peu de temps dans la bibliothèque de votre père, reprit-elle. Et j'ai trouvé quelque chose… qui était sans doute censé rester caché.

Elle s'approcha du lit d'un pas ferme, ondulant les hanches tout en avançant. Elle ressemblait plus que jamais à une fée. Une créature magique et séductrice qui n'était pas de ce monde. Un être dangereux aussi, sans doute, si on n'y prenait pas garde. Elle n'avait plus rien de la petite demoiselle anglaise guindée qu'il avait rencontrée chez le comte. Sauf que…

Même lors de leurs retrouvailles, il y avait eu une étincelle unique au fond de ses yeux. Oui, elle avait toujours eu du caractère. C'était grâce à cela qu'elle avait tenu bon pendant leur mariage et tout le voyage qui les avait conduits en Écosse. C'était grâce à cela aussi qu'elle avait organisé le banquet seule, ou qu'elle avait eu le courage d'apporter du pain dans les maisons du village où elle n'était pas la bienvenue.

Quelle femme surprenante ! Elle n'avait décidément rien du pion pâlot qu'il avait pensé pouvoir manipuler quand il l'avait épousée.

Au fil des jours, le pion était même devenu une alliée

précieuse. Elle voyait ce qu'il ne remarquait même pas. Elle était vive, chaleureuse, et tissait facilement des liens avec les autres – chose dont il était incapable.

Bref, elle dépassait de loin ses attentes.

Quand elle s'immobilisa au pied du lit, Lachlan se crispa et serra les dents. Il n'avait pas l'habitude de rester passivement allongé face à une femme, en attendant qu'elle vienne à lui. Il était nu sous son drap et tout son corps lui criait de l'attraper, de la coucher sous lui et de lui faire l'amour sans prendre de gants. Cela faisait bien trop longtemps qu'elle lui interdisait sa chambre et il ne comprenait toujours pas pourquoi il l'avait laissée faire.

Soudain, une petite voix lui murmura : *Tu l'as fait pour cet instant.*

Parce que cette abstinence avait été une sorte de défi, et il avait tenu à le relever.

Il n'était pas asservi à cette Anglaise, qu'il avait lui-même amenée ici. En Écosse. Il n'était pas comme son père. Et sa fierté aurait souffert s'il l'avait forcée alors qu'elle ne voulait pas de lui.

Mais ce soir, c'était différent. Ce soir, c'était elle qui avait ouvert la porte. Quel homme pouvait résister à une femme nue qui venait librement à lui ?

Cela ne voulait pas dire qu'elle avait le moindre contrôle sur lui.

Il resta donc allongé, sans bouger, et la laissa faire, curieux de voir où elle voulait en venir.

— Je comprends mieux, maintenant, dit-elle avec douceur. Je comprends ce que vous vouliez quand vous m'avez demandé de m'agenouiller. Et quand je ne l'ai pas fait.

Elle s'humecta de nouveau les lèvres.

Un geste provocateur.

— J'ai passé tout l'après-midi à regarder des images et… elles m'ont un peu troublée.

Seigneur, elle était une *lady* ! Elle avait dû être dégoûtée, choquée par les révélations contenues par un livre de cette nature !

— J'ai ressenti des choses étranges ici, reprit-elle en se plaquant une main au bas du ventre, les joues un peu rouges. Et encore plus bas.

Son regard était franc, direct. Comment Lachlan avait-il pu penser qu'elle reculerait devant cette épreuve au lieu de la surmonter la tête haute ?

Cette femme qui lui avait demandé comment on appelait le sexe masculin. Qui avait voulu connaître les termes les plus crus pour qualifier ce qu'ils avaient fait ensemble et qui le défiait à chaque fois qu'il tentait de la museler.

Son innocence avide d'apprendre l'empêchait de jouer à la séduction comme certaines femmes plus expérimentées. Bien que son refus de lui ouvrir son lit ait été une sorte de jeu en soi, il fallait bien l'admettre… En ce qui concernait l'acte lui-même, cependant, sa curiosité dépassait de loin sa coquetterie féminine.

— Souvent, quand j'étais seule dans la maison de mon père, je ne pouvais m'appuyer que sur mon imagination pour me distraire. Et je me rends maintenant compte que mon éducation a été si superficielle que même mon imaginaire en a souffert. Quand je pense à ce que j'aurais pu faire pour m'occuper… Si seulement j'avais su ce que le corps d'un homme peut réveiller en moi… J'aurais agi, c'est certain. Si j'avais su que de simples baisers pouvaient être aussi merveilleux et troublants que les vôtres… J'aurais rêvé à d'autres choses.

Elle se pencha pour écarter le drap jusqu'à ses hanches. Lachlan ne put cacher son érection plus longtemps. Imperturbable, elle répéta une nouvelle fois :

— Si j'avais su…

— Quoi ? demanda-t-il d'une voix étranglée. Est-ce que

vous auriez glissé une main entre vos cuisses, dans votre lit ? Est-ce que vous auriez tenté d'assouvir vos nouveaux désirs ?

Elle rougit.

— C'est un grave péché, je sais.

— Oui, mais je suis un pécheur. Mon âme est perdue depuis longtemps déjà. Du coup, ne vous privez surtout pas par égard pour moi.

— Oui, je l'aurais fait, avoua-t-elle à mi-voix.

— Et depuis notre mariage, est-ce arrivé ? Quand vous pensiez à moi ?

Cela n'aurait pas dû avoir tant d'importance pour lui. Et pourtant. Il repensait à toutes ces soirées passées à discuter avec elle à travers la porte close, plutôt qu'à la caresser. À toutes les fois où il avait eu envie d'elle et où il s'était interdit d'aller la voir. Toute cette frustration se ranimait d'un seul coup.

Elle rendait l'instant plus savoureux.

— Je ne savais pas qu'on pouvait faire ce genre de choses. Alors, quand l'envie me prenait, je me contentais de serrer les cuisses très fort.

— Dans ce cas, retenez bien cette leçon : vous pouvez vous donner du plaisir seule. Mais soyez certaine que cela ne sera jamais aussi bon qu'avec moi.

— Je vois.

Cette idée obscène semblait l'intriguer. Elle referma la main sur son sexe dressé.

— J'ai aussi lu qu'un homme peut trouver du plaisir quand une femme le tient ainsi.

— Oui, souffla-t-il.

— Vous êtes… C'est si chaud.

— Parce que vous enflammez mon sang.

— Tant mieux. Je sens le mien qui brûle aussi.

— Pourquoi n'êtes-vous pas venue me voir, ces derniers jours ? Pourquoi m'avez-vous banni de votre chambre aussi soudainement ?

— Pourquoi n'avez-vous pas passé la porte ?

Ils tournaient en rond. Peut-être étaient-ils tous les deux trop obstinés pour montrer la moindre faiblesse. Le moindre désir frustré.

— Le livre présente un acte qui m'a plus intriguée que les autres, murmura-t-elle.

Elle ne lui dit pas lequel, se contentant de se pencher pour déposer ses lèvres sur son sexe.

Lachlan se cambra instinctivement et elle sursauta, s'écartant un peu de lui. Il glissa une main dans ses cheveux pour l'inciter à revenir.

— Prenez-le dans votre bouche, dit-il.

Le soir de la fête, il s'était convaincu que c'était une mauvaise idée ; mais en la voyant nue, si belle, il n'arrivait plus à comprendre pourquoi. Si elle était prête à s'agenouiller pour lui et à le satisfaire, pourquoi l'arrêter ? Pourquoi renoncer à ce qu'elle lui offrait ?

Il avait passé sa vie sur les champs de bataille. Il avait l'habitude de contrôler son environnement. Il n'avait pas su faire de compromis quand il l'avait fallu et était parfois écrasé sous le poids de ses erreurs. Et ceci… Ceci était comme un second baptême.

Il en avait besoin. Il ne pouvait pas repousser cette femme.

Ses lèvres roses s'entrouvrirent et elle goba son sexe, lentement, dans un mouvement de va-et-vient sensuel. Lachlan crispa les doigts dans l'épaisseur soyeuse de sa chevelure, la guidant pour qu'elle descende plus bas. Encore plus bas.

Cela dépassait de loin tout ce qu'il avait pu imaginer… Un ange resplendissant, à genoux devant lui comme si elle venait de tomber des cieux, prenant part à des délices païens dans son lit.

Voilà pourquoi Lachlan n'avait pas pu se résoudre à aller voir une fille. Parce qu'il avait envie d'*elle*. Penny. Soumise à ses désirs. Prête à lui donner du plaisir ; sans expérience, peut-être, mais avec cette détermination farouche dont elle faisait preuve à chaque instant.

La chaleur moite de sa bouche faillit lui faire perdre le contrôle. Il avait dû renoncer à lui faire l'amour pendant trop longtemps et il avait du mal à maîtriser la montée du plaisir. La langue de Penny éveillait un feu en lui, comme un sortilège. Son univers entier se limitait aux mouvements humides et érotiques de ses lèvres. Depuis toujours, Lachlan avait écouté ses besoins élémentaires. Quand il avait faim, il mangeait. Quand sa chair s'embrasait, il avait envie de faire l'amour. Quand il était en colère, il éclatait. Quand on le trahissait, il se vengeait.

Peu lui importait de quelle manière il satisfaisait ces pulsions. Mais Penny avait donné naissance à une soif qu'elle seule pouvait étancher.

Elle lui donnait envie de plus... Heureusement, à peine ce besoin né, elle le comblait en faisant glisser sa langue sur son sexe, comme une sorcière d'antan.

Les paupières closes et les muscles tendus, il s'abandonna à la montée du plaisir. Il refusait cependant de jouir dans cette bouche si charmante : elle n'était pas encore prête pour ce genre de choses.

Et de toute manière, il voulait être en elle. De la bonne manière.

Il l'écarta donc de lui, puis, toujours allongé, la guida à cheval sur ses hanches. Son sexe soyeux et humide effleura le sien, toujours aussi ferme.

— Vous voulez prendre le contrôle ? dit-il. Dans ce cas, à votre tour d'être dessus...

Penny tremblait d'excitation – et d'un certain étonnement en songeant à ce qu'elle était en train de faire.

Elle avait réussi. Elle avait rassemblé son courage et était venue à lui. Elle avait suivi tous les conseils d'Isla et des autres servantes.

Et cela avait été fabuleux. Elle n'avait pas un seul instant pensé être dégoûtée par le fait de poser les lèvres sur lui. Elle avait su dès le départ que le corps de Lachlan lui plairait – son corps entier. Et si cela faisait d'elle une femme sans morale, eh bien tant pis.

À présent, à cheval sur lui, sentant sa chair brûlante palpiter sous elle, elle commençait à revoir ses convictions ainsi que toutes les idées préconçues qu'on lui avait transmises sur l'honneur d'une épouse.

Elle ne risquait rien, dans ce lit. Au contraire, elle avait l'impression de renaître. De retrouver sa place.

Ou bien plutôt de la trouver vraiment pour la première fois.

Toute sa vie durant, elle avait été une quantité négligeable. Une créature dont personne ne se souciait réellement, sauf quand elle savait se rendre utile. Son isolement et sa position de fille de comte l'avaient non seulement rendue ignorante des réalités du monde, mais aussi de son propre corps. De la magie qu'il pouvait créer. De la beauté profonde de sa féminité. Un lit de braises rougeoyait au creux de son estomac et entre ses cuisses, là où elle était déjà mouillée et prête pour lui.

Elle avait eu l'impression d'être une conquête pour son époux pendant leur nuit de noces et toutes celles qui avaient suivi. Mais, d'un seul coup, elle voyait les choses sous un jour nouveau. Après l'avoir senti frissonner quand elle avait refermé les lèvres sur son sexe. Après avoir goûté à son propre pouvoir et s'en être enivrée.

Lachlan ne lui prenait rien quand il lui faisait l'amour. Au contraire, il abattait les épaisses murailles qu'elle avait construites pour se protéger et satisfaire les attentes des autres. Elle savait tout cela, maintenant, et s'en trouvait plus forte. Elle découvrait sa puissance féminine. Les hommes

– même les gentlemen comme Lachlan – avaient conscience de leur valeur depuis toujours, eux. Ils savaient ce qu'était la vraie passion entre deux amants et gardaient sciemment les femmes dans l'ignorance. Ils les empêchaient de connaître intimement leur propre corps. Mais en cédant à Lachlan, elle avait vu la vérité. En faisant l'amour avec un homme prêt à partager son expérience, elle avait compris que ce n'était qu'un début.

« Il y a des choses qu'on ne demande pas à une épouse », avait-il dit. Des choses qui restaient réservées à un certain genre de femmes : les prostituées, les filles légères. Des femmes méprisées dans la haute société mais appréciées au lit, par des hommes qui voulaient jouir sans apprendre à leurs épouses comment faire. Parce qu'elles comprendraient à leur tour. Parce qu'elles s'empareraient de ce nouveau pouvoir.

À présent, Penny avait les yeux bien ouverts. Elle savait tout.

Elle avait eu l'intention de réparer les ponts brisés entre Lachlan et elle pour retrouver ce délicieux goût d'intimité ; mais elle venait de trouver autre chose, quelque chose d'inattendu.

L'intimité avec elle-même.

Petite, on l'avait enfermée dans sa chambre comme dans une prison, juste parce qu'elle avait pleuré à la mort de sa mère. Depuis, elle s'était elle-même cloîtrée, dans son cœur. Elle avait soigneusement dissimulé ses attentes et ses connaissances, consciente qu'elle n'avait aucun contrôle sur sa destinée.

Mais ici…

Elle était libre.

Elle se positionna pour que le sexe de Lachlan soit placé juste à l'entrée de son corps, puis descendit lentement, savourant chaque instant. Elle le contempla, ce captif si musclé qui l'emplissait à présent. Il était si beau qu'elle sentit son cœur se serrer. C'était le revers de la médaille, l'autre facette du pouvoir.

Elle ne pouvait pas rester de marbre.

Oui, il était captivant, fascinant. Les traits sévères de son visage, les formes sculpturales de son torse. Son cou était tendu et ses biceps se gonflèrent quand il la saisit par la taille pour la maintenir sur lui, envahie par ce sexe palpitant.

Elle sentait l'ampleur de son désir pour elle et cela l'aiguillonna davantage. Jamais encore elle ne s'était sentie aussi souveraine. Ce geste attisa aussi son désir. Elle était plus humide que jamais et avait hâte de s'abandonner au plaisir.

Cela faisait si longtemps.

Était-il aussi pressé qu'elle ? N'avait-il vu personne depuis leur arrivée au château ?

À l'idée de le savoir entre les bras d'une prostituée, son estomac se noua.

Peu importait, au fond, s'il y avait d'autres femmes, puisqu'ils étaient ensemble. Maintenant.

Après tout, les épouses étaient censées accepter ce genre de choses. Presque tous les hommes mariés cherchaient leur plaisir hors de la maison.

Mais Penny n'était pas prête à partager Lachlan. Et elle le lui dirait clairement, dès ce soir.

Pendant la première semaine de leur mariage, il lui avait appris ce qu'était le plaisir. À présent, c'était à elle de lui montrer qu'il était sien.

Elle commença à bouger, se cambrant pour mieux l'accueillir et frissonnant de satisfaction quand elle sentit ce membre glisser en elle.

Il lui avait manqué. *Cela* lui avait manqué.

D'ailleurs, ils n'avaient encore jamais fait l'amour de cette manière. La flamme des bougies dansait sur le visage de Lachlan et elle pouvait le voir se contorsionner, envahi par une jouissance qui paraissait presque douloureuse. En cet instant, il était à elle et rien qu'à elle.

En elle.

Elle le chevaucha de plus en plus vite, jusqu'à ce que des vagues de plaisir montent de ses reins, crispent tous ses muscles et submergent chaque partie de son corps. Jusqu'à ce qu'elle rejette la tête en arrière pour crier, traversée par un orgasme comme elle n'en avait jamais connu. Lachlan poussa un grognement et se retourna, la renversant sous lui. Allongée, elle vit son grand guerrier la dominer.

Il était si farouche, si musclé, terrifiant parfois – mais d'une manière fascinante.

Il lui avait dit qu'une démonstration de force était toujours nécessaire. Qu'un homme et tous ceux qui l'entouraient en avaient besoin.

Ce soir, elle aima cela. Elle aima sa force. Il était si viril, au-dessus d'elle.

Cette différence entre eux l'avait d'abord troublée. Mais elle comprit soudain. Elle était douce. Elle était une femme. Et son corps avait néanmoins le pouvoir de faire frissonner Lachlan. Il était son opposé, pourtant. Un homme. N'avait-il pas affirmé qu'il avait tué un nombre incalculable d'ennemis, pendant la guerre ?

Il aurait facilement pu l'achever. Il lui aurait suffi de refermer sa grande main sur sa gorge, et elle n'aurait même pas eu le temps de crier. Mais il avait choisi d'utiliser ses mains pour lui donner du plaisir. Pour l'envelopper et pas l'écraser. C'était là la force d'une femme, et la tendresse d'un homme.

Seulement, il n'était pas tendre, en ce moment. Ses puissants coups de reins la secouaient contre la tête de lit et elle cria sa jouissance. Le bois la blessait. Elle s'en moquait. Elle avait tellement besoin de tout ce qu'il pouvait lui donner. De ce qu'elle voulait de lui. Elle avait besoin de cet homme.

Elle comprit alors autre chose, ce grand puits de solitude

qui s'ouvrait en elle après chacune de leurs nuits d'amour. Jusqu'à présent, seuls leurs corps avaient été liés. Ce soir, leurs âmes faisaient de même...

Ils firent l'amour sans réserve. Et c'était ce qu'elle voulait. Ce guerrier. Cet homme. Celui qu'elle trouvait à la fois inquiétant et magnifique.

Elle n'avait pas seulement envie de découvrir ce que les autres amantes de Lachlan avaient vu, mais aussi ce que les hommes avaient ressenti face à lui, au combat. Elle voulait tout connaître de lui.

La source de cette curiosité lui échappait. Sans doute serait-ce toujours le cas.

Mais cela n'avait aucune importance : le moment n'était pas propice aux pensées. Elle n'était plus qu'une créature de sensations, elle qui avait passé toute sa vie enfermée dans la réflexion et une solitude sans fond.

Les choses avaient changé.

Son corps bouillonnait, déchiré par un plaisir tel qu'elle n'en avait jamais connu.

Elle était venue pour le séduire et c'était elle qui tombait sous son charme.

Elle en était heureuse.

— Lachlan, murmura-t-elle.

— Penny.

Les deux syllabes de son prénom, sur ses lèvres, la firent frémir.

Elle n'avait pas pensé pouvoir jouir une seconde fois, pas aussi vite en tout cas. Quand l'orgasme monta par vagues, ce fut un plaisir sauvage. Plus profond et plus intense. Elle trembla de tous ses membres, sentit les vibrations jusqu'à son centre le plus intime. Lachlan poussa un gémissement, mais ne s'écarta pas d'elle. Il se répandit en elle, dans un ultime frisson.

Pendant longtemps, les vagues continuèrent à la submerger et elle s'accrocha à ses épaules solides.

Quand elle finit par s'endormir, leurs deux corps étaient encore entrelacés. Elle ne le laissa pas partir.

Au matin, ce fut Lachlan, et pas Isla, qui réveilla Penny.

Les souvenirs de leur nuit merveilleuse l'envahirent, colorés et intenses.

Ses joues s'empourprèrent.

Son époux était debout, au milieu de la pièce, entièrement nu. Son torse étalait sous ses yeux des muscles ciselés recouverts d'un fin duvet. Il avait la taille fine, les hanches étroites. Et son sexe... semblait clairement prêt pour de nouvelles expériences.

Il fallut à Penny quelques instants pour se rendre compte qu'il portait un plateau. Avec du thé et une assiette remplie de...

Toasts.

— J'ai pensé que vous aimeriez peut-être prendre votre petit déjeuner au lit, dit-il en posant le plateau devant elle.

— Vous êtes descendu chercher tout cela *nu* ?

Elle essaya d'imaginer les bonnes en train de travailler, avec cet homme si viril au milieu de la cuisine.

Certes, elle plaisantait, mais l'idée réveilla en elle une pointe de jalousie. Elle ne voulait pas qu'une autre femme pose les yeux sur ce corps somptueux. Il était à elle et rien qu'à elle.

Elle prit un morceau de toast et mordit dedans à pleines dents.

— Je n'ai même pas droit à un remerciement ?

— Oh ! si. Bien sûr. Mais rassurez-moi : vous n'y êtes pas allé sans vous habiller ?

— Non. Vous seriez peut-être surprise de l'apprendre, mais j'ai quelques manières.

— Tant mieux. Parce qu'il y a une chose dont nous devrions

parler dès maintenant : j'aimerais que vous n'alliez pas voir de prostituées, maintenant que nous sommes mariés.

Elle fut ravie d'entendre le petit hoquet de surprise qui lui échappa – quelque chose qui tenait à la fois du rire et de l'étranglement.

— C'est un ordre ?

— Oui, je me rends compte que je n'ai pas envie de partager votre corps avec d'autres femmes.

— Je vous rappelle que c'est vous qui m'avez refusé l'accès à votre chambre.

— En effet. Mais une part de moi espérait un peu que vous viendriez réclamer votre droit d'époux sans me poser la question...

— Est-ce vraiment ce que vous auriez voulu ?

Elle hésita un instant, les joues en feu et la gorge nouée.

— Non.

— Et maintenant, vous vous souciez de mon goût pour les catins ?

— Oui, cela m'inquiète.

— Je n'en ai vu aucune, dit-il tranquillement.

Elle ne put cacher sa surprise.

— Jamais ?

— Si, il y en a eu beaucoup. Mais c'était avant notre mariage.

— Oh...

— Depuis, je n'en ai pas eu envie.

— Pourquoi ?

— Je n'en sais rien ! Tout ce que je sais, c'est que les soirs où ma femme innocente me manquait, je n'ai pas été tenté de trouver un jupon pour me tenir compagnie.

— Eh bien, j'aimerais que ce soit... J'aimerais que vous continuiez ainsi.

— Je vous le promets, dit-il gravement. Je le jure. Il n'y aura que vous.

Elle ne s'était pas attendue à pareille déclaration. Elle

n'avait pas pensé qu'il lui donnerait sa parole. Pourtant, il venait de le faire. Sans hésiter.

— C'est bien. Et s'il y a d'autres... pratiques que vous voudriez me faire apprendre, même si elles ne sont pas dignes d'une lady... J'avoue que cela ne me dérange pas du tout.

— Diablesse !

— Peut-être. Je pense que je m'en serais très bien sortie en tant que duchesse : la noblesse est connue pour s'accorder quelques libertés dans ce domaine. J'aurais sans doute aimé explorer toutes les possibilités qui se seraient offertes à moi.

— Aujourd'hui, vous n'avez plus qu'une option.

— Laquelle ?

— Mon corps. Avec lui, vous pourrez essayer de percer les mystères du monde.

— Cela fait beaucoup de responsabilités pour un seul corps. Vous avez l'air d'avoir confiance en vous.

— Oui, depuis toujours.

— Merci, dit-elle finalement. Pour les toasts.

— De rien.

Une sensation de chaleur lui emplit le cœur. Voilà ce qui lui avait le plus manqué. Tout cela. Il avait passé la nuit tout contre elle, et ce matin, il avait pensé à lui faire préparer son petit déjeuner préféré. Cela seul lui prouvait qu'il tenait à elle – au moins un peu. Elle avait besoin de cette tendresse, de tout ce qui lui montrait qu'il avait... changé.

Parce que c'était le cas. Il ne pouvait plus le nier.

— Et merci de me rester fidèle.

— Attention : cette promesse a un prix, répondit-il.

— Lequel ?

— À partir d'aujourd'hui, vous n'aurez plus de chambre à vous.

Un frisson sensuel et délicieux la traversa.

— Si je peux avoir des toasts tous les jours, ce n'est pas cher payer.

— Venez-vous vraiment de vendre votre corps pour un petit déjeuner ?

— Oui. Et je n'ai pas honte.

C'était vrai. Avec lui, elle ne connaissait plus la honte.

Elle s'était fait des amies, depuis son arrivée, et cela adoucissait sa solitude. Mais elle avait découvert quelque chose de plus précieux encore. L'assouvissement de besoins qu'elle n'avait même pas identifiés autrefois.

Étrange, de devoir tant s'écarter de la vie à laquelle elle s'était crue destinée, pour trouver exactement ce qu'elle avait toujours cherché.

14

Les hommes de Lachlan s'étaient rassemblés en conseil. Le *laird* du clan Darrach les avait invités, et Lachlan avait tenu à consulter ses gens avant d'envoyer une réponse. Même si la décision finale lui reviendrait de toute manière.

C'était la partie la plus facile des négociations. Entre le voyage et leur séjour, ils seraient absents au moins trois jours. Certains guerriers resteraient en arrière pour veiller sur le village, mais Lachlan était décidé à honorer personnellement l'invitation : il partirait, accompagné par quelques hommes de confiance.

Cela faisait plus d'un mois qu'il était de retour chez lui, maintenant, et il était temps qu'il se fasse une idée de la progression des choses.

Penny restait sans conteste sa plus grande surprise. Il voyait sans peine ses atouts et ses qualités mais, quand il aborda le sujet, il fut étonné de constater que ses hommes les remarquaient aussi. Ils lui accordaient tout le crédit pour l'organisation de la fête, qui avait rassemblé les clans et inauguré une nouvelle ère. Ils appréciaient l'attention qu'elle portait aux villageois et ses efforts pour nouer des liens dans cette communauté.

Bien sûr, certains avaient encore du mal à apprécier cette épouse *sassenach*, mais les opinions penchaient lentement en faveur de Penny.

Néanmoins, quelques tensions étaient encore palpables. Elles le gênaient surtout quand elles émanaient de ses guerriers les plus proches. La principale opposition venait de son cousin Callum et des hommes placés sous ses ordres. Mais il était du même sang que Lachlan, et ce lien le poussait à une certaine loyauté.

Callum descendait de la famille de sa mère. Il était fidèle à cela : aux MacKenzie.

— Le festin était excessif, lança ce dernier au milieu des conversations. Certains craignent de voir ta générosité bridée par ta femme, le jour où elle voudra que tu te comportes comme un aristocrate anglais. On n'apprécie pas les étalages d'argent indécents, ici.

— C'était un cadeau, protesta Lachlan.

Il tenait à défendre son épouse et la fête qu'elle avait organisée.

— Oui, et les gens ont apprécié ce geste, intervint Paden, qui était depuis toujours un fidèle de Callum. Mais la présence de votre femme cause encore de l'agitation au village.

Une bouffée de colère monta à la gorge de Lachlan.

— Et beaucoup de gens l'apprécient. Elle descend chaque jour parmi eux pour distribuer de la nourriture. Pour offrir son aide. C'est elle qui me rapporte les demandes de nos gens. Moi, je ne m'y serais pas tant intéressé. Si elle n'avait pas été là, les ventres auraient été bien moins remplis, ces derniers temps, croyez-moi.

— Tu dois faire preuve de plus de fermeté, reprit Callum. Nous avons besoin d'un *laird* ferme et déterminé. Pas de fêtes.

— Pourtant, il semblerait que ce festin ait été le bienvenu, non ?

— Ce n'est pas une salle de bal londonienne ! protesta Callum. C'est l'Écosse ! Le clan MacKenzie est fier. Nous sommes des guerriers.

— Ne me parle pas de guerre : je la connais. Elle a été mon

quotidien pendant près de dix ans. On ne peut pas passer sa vie entière à faire la guerre. J'ai combattu sans relâche, et cela m'a apporté ce dont j'avais besoin pour rentrer. Pour rendre son dû à notre peuple. Je connais la guerre. Pas les petites disputes qui éclatent ici, mais l'horreur des champs de bataille boueux. Les jeunes hommes aux membres criblés de plomb. Les corps déchiquetés par le canon. Je n'ai aucune envie que ceci soit mon quotidien jusqu'à la fin de mes jours. Ne penses-tu pas que les membres de ce clan méritent mieux ?

— Il vaut mieux survivre dans l'austérité que s'accorder un luxe qui ne peut pas durer.

— Et que crains-tu, Callum ? Il n'y a aucun ennemi à notre porte.

— Mais il pourrait en venir n'importe quand. N'importe quel jour. Et nous devons être prêts.

— Il y a une différence entre être prêts et vivre en état de siège permanent quand ce n'est pas nécessaire.

Son cousin haussa les épaules.

— Vous feriez mieux de répudier cette femme. Renvoyez-la en Angleterre et choisissez une gentille petite Écossaise du village, lança Paden.

— Penelope est mon épouse.

Les souvenirs de la nuit précédente et du feu intense qui avait brûlé en eux lui revinrent. Chaque nuit, depuis qu'elle était revenue dans sa chambre deux semaines plus tôt, avait été semblable à cela.

La distance et la froideur qui les avaient séparés pendant leurs premières semaines au château, après leur retour, avaient définitivement disparu. Quelle qu'ait été la raison qui avait poussé Penny à lui fermer sa porte, elle avait dû juger qu'elle n'avait plus besoin de cela. À présent, elle venait à lui avec joie. Librement.

Et Lachlan acceptait tout ce qu'elle lui offrait – voire davantage.

Seule une petite ombre continuait parfois à flotter au fond de son esprit. Laissait-il sa femme avoir une trop grande emprise sur lui ? De toute évidence, son propre cousin était de cet avis, et cela réveillait ses inquiétudes. Il y avait quelque chose de beaucoup trop anglais en elle… Sa présence détonnait parmi eux. Risquait-il de laisser cela l'affecter plus que de raison ?

— J'aurais pu rester en Angleterre, dit-il. Je suis un homme riche. Je possède une compagnie de transport maritime florissante. Mais je reste avant tout écossais. Je suis l'âme du clan. Et je suis revenu aussi vite que je l'ai pu parce que mes racines sont les seules amarres qui m'ont maintenu à flot quand je n'avais rien d'autre. J'ai gardé la tête haute parce que je savais que j'avais la responsabilité de ce clan. Les villageois ne devraient pas s'inquiéter de mon épouse anglaise, ou en tirer de mauvaises conclusions. Si j'avais réellement voulu vivre comme les Anglais, je serais resté chez eux.

— Ça suffit, coupa Graham. Votre épouse est votre épouse. C'est une union sanctifiée et nous ne pouvons plus rien y faire, quoi que nous en pensions. Si les gens murmurent… Ils se tairont bien vite quand ils verront leurs poches se remplir de nouveau.

— Il vaudrait mieux pour eux…

— Vraiment ? Tu menaces ton propre peuple pour protéger une *Sassenach*, maintenant ? lâcha Callum d'un air mauvais.

— Non. Pour protéger *ma femme*.

Il avait fait ce vœu le jour où il l'avait ramenée d'Angleterre. Il la protégerait physiquement, comme il l'avait déjà fait pour d'autres : il ne tolérait pas que l'on maltraite les plus vulnérables. Et à ses yeux, les femmes et les enfants rentraient dans cette catégorie.

Mais cette promesse n'avait été motivée que par son sens de l'honneur, à l'époque.

Aujourd'hui, il ne se souciait ni des faibles ni des plus vulnérables. C'était *Penny* que l'on attaquait.

Elle était bonne et il ne la méritait pas. Aucun des hommes présents autour de lui ne l'aurait méritée, c'était certain.

Alors qu'il quittait la grande salle en trombe, il se rendit compte que c'était vrai : protéger Penny était devenu important pour lui, parce qu'elle n'était plus un simple pion à ses yeux. Elle avait pris plus d'importance dans sa vie que ce qu'il avait prévu.

Elle était sa reine.

Tout comme le reste du clan, elle était *sienne*.

Ce qui voulait dire qu'il la défendrait, envers et contre tout.

Il faisait vraiment un temps atroce. La pluie tombait sans discontinuer, transformant les abords du château en soupe boueuse immonde. Enfermée à longueur de journée, Penny sentait qu'elle allait bientôt devenir folle. Mais quand elle avait proposé à Isla de braver les éléments pour se promener, sa femme de chambre avait éclaté de rire et lui avait énuméré toutes les maladies qu'elle risquait d'attraper en mettant le nez dehors.

De toute manière, il y avait très peu de vie au village : tous ceux qui avaient un abri s'y étaient réfugiés pour se protéger du gros de l'orage. Personne ne s'attardait dehors. Lachlan et la plupart de ses hommes étaient en visite sur les terres d'un clan voisin et on ne les attendait que pour le lendemain.

Penny n'avait plus qu'à prier pour que son époux soit sain et sauf. C'était étrange de s'inquiéter à ce point pour lui… Après tout, n'avait-il pas survécu à des années de guerre ? À des atrocités qu'elle n'imaginait même pas ? Craignait-elle réellement qu'une vulgaire pluie puisse l'achever ?

D'un seul coup, Rona fit irruption dans la chambre, et Penny en oublia ses angoisses.

— Il y a une fille à la porte ! annonça la femme de charge.

Elle prétend que vous lui avez dit de venir, le jour où elle aurait besoin d'aide.

— Oui, en effet.

Penny bondit sur ses pieds sans réfléchir. Elle n'avait pas besoin d'en entendre davantage ou de poser des questions. Elle savait.

Cette fille, dont elle ignorait jusqu'au nom…

Elle était bien là, debout sur le seuil, les yeux écarquillés et tremblante de peur.

— C'est trop tôt ! dit-elle d'un air affolé quand elle vit Penny approcher.

En cet instant, elle avait vraiment tout d'une enfant pâle et terrifiée. Pas d'une femme sur le point d'accoucher, de mettre son premier enfant au monde.

— Tôt à quel point ?

— Je ne sais pas, répondit la fille. Je n'en sais pas assez long sur ces choses-là. Mais ma mère… Elle a eu douze enfants et j'ai une petite idée de… C'est trop tôt !

— Nous avons besoin d'une sage-femme, ordonna Penny.

— Je vais la chercher, s'empressa de répondre Isla, avant de se tourner vers la fille. Est-ce que tu veux que je fasse venir ta mère ?

— Elle a refusé de m'aider, hurla la pauvre enfant, au bord de l'hystérie. Elle a dit que je devais quitter la maison, que mon père allait me tuer quand il saurait la vérité et qu'il valait mieux que je meure dehors toute seule plutôt que l'obliger à pécher ainsi.

— Je le ferai pendre, gronda Penny. Mieux : je le tuerai de mes propres mains ! Je prendrai l'épée de Lachlan et je le décapiterai moi-même…

Peut-être était-ce l'influence de son époux guerrier, son Écossais batailleur, mais elle sentait une soif de sang monter en elle. Elle aurait voulu passer par le fil de l'épée tous les hommes qui avaient fait du mal à cette fillette, ainsi que la mère indigne qui préférait protéger son mari plutôt que son enfant.

Quelle arme meurtrière, cette chose qui se passait entre les hommes et les femmes ! Surtout quand on la dénaturait ainsi…

Une fois de plus, Penny fut choquée de voir à quel point elle avait été préservée.

Soudain, la fille chancela. Son petit visage était déformé par la douleur.

— Viens, nous allons t'installer dans mon lit, dit Penny. Nous allons tout faire pour t'aider en attendant que la sage-femme arrive. Je te promets que l'on prendra bien soin de toi et de ton bébé.

La fille s'appuya au mur pour rester debout.

— J'ai l'impression de mourir.

— Non, tu ne mourras pas, promit Penny.

Elle en fit le serment. Ce n'était pas juste. Cette enfant devait traverser toutes ces épreuves, tandis que Lachlan refusait d'avoir un héritier.

Il n'avait fait l'erreur de s'épandre en elle que la nuit où elle l'avait rejoint dans sa chambre. Depuis, il se retirait juste avant. Penny aurait adoré avoir un enfant. Hélas, ce n'était pas son destin.

Mais cette fille… qui voyait son corps et sa vie lui échapper, juste parce qu'elle était enceinte alors qu'elle n'était pas prête pour cela.

C'était injuste. Ignoble. Pour elles deux.

Mais surtout pour cette adolescente.

— Est-ce que tu comptes me dire ton nom, maintenant ? demanda Penny avec douceur en l'aidant à grimper sur son lit.

— Mary.

La pauvre enfant ferma les yeux et une larme lui roula sur la joue.

Toute sa colère et sa bravade d'autrefois avaient disparu.

Penny resta à ses côtés, témoin de ses douleurs grandissantes, de plus en plus rapprochées. Au bout de quelques heures, elle se permit juste de sortir dans le couloir avec Rona pendant un instant.

— À quel point pensez-vous que le bébé est en avance ? demanda-t-elle.

Rona soupira.

— Je n'ai pas d'enfants. Je ne sais pas. Je ne pourrais pas vous le dire juste en regardant cette fille.

— Je m'inquiète pour leur santé, à tous les deux.

La femme de charge adressa à sa maîtresse un regard plus doux que d'ordinaire. Les choses n'étaient jamais simples, entre elles – principalement à cause de l'entêtement de Rona –, mais en cet instant, au moins, elles étaient unies par une cause commune.

— Ce serait sans doute plus simple pour la fille si le bébé mourait, soupira la femme de charge d'un air de regret.

Penny savait qu'elle avait sans doute raison. Où Mary pourrait-elle vivre, avec un enfant bâtard ? Qui voudrait d'elle ? Et comment pourrait-elle rentrer chez elle ? Chez son père ?

Quelle perspective terrifiante...

Et pourtant, Penny aurait voulu que le bébé vive.

Elle voulait qu'ils s'en sortent tous les deux : Mary *et* son enfant.

En attendant, voir un autre être humain traverser de telles souffrances lui retournait l'estomac.

Quand la sage-femme arriva enfin, Mary souffrait le martyre. Elle s'agrippait aux draps et donnait de grands coups dans le vide.

Par moments, ses gestes étaient si violents que Penny craignait qu'elle se fasse mal.

— Pouvons-nous faire quoi que ce soit ? demanda-t-elle à la sage-femme.

— Non, c'est ainsi que les choses doivent se passer. Après tout, elle est encore une enfant, elle aussi, répondit la femme en fronçant le nez. Elle n'est pas prête.

— En effet, admit Penny. Pas prête du tout.

— L'homme qui lui a fait cela devrait être fouetté jusqu'au sang.

— Ou châtié plus sévèrement encore, dit Penny en hochant la tête. Si le MacKenzie connaissait le nom du coupable, je ne donnerais pas cher de sa peau.

Elle le savait. Elle le sentait.

Car Lachlan n'était pas homme à abuser des femmes. Bien au contraire.

— Ma pauvre petite, soupira la sage-femme en secouant tristement la tête. Les hommes ne voient pas souvent cela comme un crime, jusqu'à ce que la même chose arrive à leur épouse ou leurs filles. Et encore...

— Lachlan est différent.

La certitude embrasait le cœur de Penny.

— Dans ce cas, ce serait un changement bienvenu, après les actions de l'ancien *laird*, marmonna la femme, les lèvres pincées.

— Oui, c'est ce que l'on m'a dit.

Les heures s'écoulèrent lentement. Tout le monde était anxieux, dans la chambre, en voyant la pauvre Mary secouée par des douleurs de plus en plus insoutenables.

Enfin, la sage-femme annonça :

— Le moment est venu, ma petite. Il est temps de pousser pour faire sortir le bébé.

La fille la dévisagea avec de grands yeux. De toute évidence, elle ne comprenait pas ce que l'on demandait, mais la nature s'en chargea pour elle. Elle poussa un grognement sauvage, le visage déformé par la souffrance et la peur.

Penny prit son visage entre ses mains et la regarda droit dans les yeux.

— Tu n'es pas seule, dit-elle. Rien ne t'arrivera, je te le promets.

Mary fit appel à une force qui éblouit Penny et poussa. Encore et encore.

Cela dura des heures. Hélas, les choses ne semblaient pas progresser pour autant.

Penny était épuisée et elle imaginait à peine ce que devait ressentir Mary.

— Est-ce toujours aussi long ? demanda-t-elle à la sage-femme.

— Parfois, c'est plus difficile, répondit celle-ci dans un murmure. Ce bébé n'a pas l'air de vouloir sortir. Il va falloir que je l'aide.

Penny ne comprit pas ce qu'elle voulait dire par là, mais découvrit vite de quoi il s'agissait. La sage-femme plaça sa main sur le ventre de Mary de manière à l'aider à pousser vers le bas.

— Je sens la tête, annonça-t-elle bientôt.

Penny ne pouvait pas assister la sage-femme, mais elle pouvait au moins soutenir Mary – comme la mère de cette enfant aurait dû le faire. Elle pouvait être là pour elle. Faire preuve de compassion.

Lui apporter autre chose que des accusations et du mépris aveugle.

— C'est bien, encouragea la sage-femme.

Une nouvelle poussée, et Penny aperçut à son tour la tête du bébé.

Puis, en quelques minutes à peine, tout fut terminé. Le bébé était né et Mary, épuisée, se laissa retomber sur les coussins.

Aucun cri ne s'éleva dans la chambre… Penny sentit son

cœur se serrer et une profonde tristesse l'envahit. Pourquoi l'enfant ne pleurait-il pas ?

L'accouchement avait été si long. Et le bébé était né si tôt. Trop tôt, sans doute.

Penny aurait voulu fondre en larmes devant une telle injustice, mais ses yeux restèrent secs. Comme à chaque fois.

Elle se contenta donc de tenir fermement la main de Mary entre les siennes.

Ce fut alors que toutes les femmes perçurent le même son aigu. C'était un gémissement plus qu'un cri, mais il se fit de plus en plus fort. La petite voix fragile envahit toute la chambre.

Penny regarda l'enfant. Dans la lumière basse de fin de journée, le petit corps remuait.

— Et voilà, dit la sage-femme. Tout va bien...

— Il est vivant ? demanda Mary.

— Oui.

La jeune mère laissa sa tête retomber en arrière. Elle pleurait pour de bon, cette fois.

— Je suis heureuse, soupira-t-elle.

La sage-femme, elle, se tourna vers Penny.

— Voulez-vous bien tenir le bébé un instant ?

Penny accepta le petit colis, enveloppé dans l'un de ses châles, tandis que la sage-femme s'occupait de Mary. Elle procéda à la délivrance, l'air de plus en plus inquiet et les lèvres pincées.

— Est-ce que je peux faire quelque chose ? demanda Penny.

— Non, répondit la femme. Elle saigne trop. Je pourrais lui donner des herbes pour ralentir l'hémorragie, mais... Parfois...

— Je ne la laisserai pas mourir, coupa Penny. Personne ne lui a rien donné, dans sa vie. Personne ne l'a aidée. Elle n'a jamais connu la bonté ou l'amour. Elle ne peut pas mourir sans même...

— Ces herbes devraient provoquer des contractions au bas de son ventre. Elles retiendront un peu le sang.

La sage-femme entreprit donc de préparer l'infusion dans l'âtre. Quand ce fut fait, Penny fit de son mieux pour aider Mary à boire.

Les saignements durèrent toute la nuit. Quand ils ralentirent enfin, Penny songea que son matelas était irrécupérable. Mais tant que Mary vivait, le reste n'avait aucune importance.

Elle entendit soudain une voix d'homme dans le couloir. Celle de son époux.

Il était de retour.

Penny était raide à force de se maintenir de longs moments dans des positions inconfortables, et ses yeux brûlaient de fatigue.

Elle se redressa, s'assura que le bébé était bien calé dans son nid de couvertures, puis sortit de la chambre pour le rejoindre.

— La fille du village, Mary McLaren. Elle a eu son bébé, annonça-t-elle à mi-voix.

Lachlan la dévisagea d'un air horrifié, comme s'il se retrouvait soudain au milieu d'un champ de bataille sanglant. Surprise, Penny baissa les yeux sur sa robe et vit qu'elle portait les traces évidentes de cet événement particulièrement difficile.

— Je ne suis pas blessée, dit-elle pour rassurer son époux. Ce n'est pas… Je ne sais pas si Mary va survivre. Ou son bébé.

L'émotion lui monta à la gorge et sortit sous forme d'un pauvre petit sanglot étouffé.

— Personne n'a fermé l'œil de la nuit et ce fut si long… La malheureuse ne méritait pas cela.

D'un seul coup, elle chancela et sentit les bras musclés de Lachlan qui la rattrapaient, qui la soulevaient de terre. Bien vite, elle fut calée contre le torse puissant de son guerrier.

Il la conduisit dans sa propre chambre et referma la porte sur eux. Il lui ôta alors sa robe, laissant tomber l'un après l'autre ses vêtements ensanglantés au sol. Elle frissonna. Mais elle n'avait pas honte. Son corps était trop faible, trop épuisé pour cela.

Lachlan ordonna que l'on monte un bain et qu'on prépare de l'eau chaude. Il enveloppa Penny dans une couverture pour préserver sa pudeur tandis que les domestiques s'activaient dans la chambre.

Penny voulut protester.

— Mais, Mary...

— On va s'occuper d'elle, coupa Lachlan avec douceur. Ne vous en faites pas. Songez plutôt à vous : vous avez l'air sur le point de mourir de fatigue.

C'était l'impression qu'elle avait, en effet. Mais elle se sentait aussi un peu coupable d'abandonner la pauvre Mary, en cette heure si incertaine.

— Vous n'aiderez personne si vous n'avez pas la force de tenir sur vos jambes, insista Lachlan.

Quand le bain fut prêt, Isla proposa son aide, mais Lachlan la renvoya.

— Je vais prendre soin de ma femme, dit-il.

Il prit de nouveau Penny dans ses bras et la déposa, nue, dans l'eau fumante.

Ses mains se firent douces tandis qu'il lui caressait la peau, et un profond sentiment de solitude naquit en elle, une fois de plus.

Elle était triste.

Car elle avait adoré les mains de cet homme quand elles lui donnaient du plaisir, quand elle puisait sa puissance dans leur chaleur. Quand elle parvenait à trouver un point d'équilibre pour ne pas être abandonnée, tremblante et défaite. Mais cette journée si éprouvante avait mis à mal ses défenses ; et elle avait peur. Elle se sentait petite, fragile.

Jamais encore elle n'avait été aussi terrifiée, pas même quand elle avait appris que son père la vendait à Lachlan pour éponger ses dettes.

À présent, son époux la touchait et ses gestes, plus tendres que sensuels, faisaient de nouveau crépiter des étincelles sous sa peau. Il était si grand… Elle fut tentée de se réfugier contre lui pour laisser sa force la porter.

— Je voulais juste aider, murmura-t-elle.

— Vous n'en serez peut-être pas capable, cette fois. Certaines choses nous dépassent.

Il n'y avait pas la moindre cruauté dans sa voix.

— Le bébé est si petit !

— J'ai déjà vu ce qui arrive aux bébés trop fragiles. C'est ainsi que va la vie.

— C'est injuste, protesta Penny. Mary et son enfant méritent de connaître autre chose que la souffrance, dans leur vie.

— Petite, ce monde est injuste et cruel, lui glissa-t-il à l'oreille, éveillant des sensations troubles en elle. Il se moque de savoir si un enfant vit ou meurt. Si une malheureuse fille mérite ou non le bonheur.

Penny savait qu'il était sincère. Qu'il en était convaincu, jusque dans son âme. Ses os.

— Je refuse de croire cela, dit-elle néanmoins.

Un flot d'émotions monta de sa poitrine et lui serra la gorge. Une amertume qui lui rappela la mort de sa mère. Pourtant, il y avait encore de l'espoir. Mary et son bébé pouvaient survivre. Tant qu'ils respiraient, rien n'était perdu. Et Penny voulait s'accrocher à cette idée.

Elle ferma les yeux et laissa les mains rudes de Lachlan adoucir la douleur qui la déchirait. L'eau chaude détendait peu à peu ses muscles malmenés par cette longue et difficile journée. Une journée qui n'était malheureusement pas encore terminée.

Penny s'inquiétait pour la jeune mère et son enfant. Elle

ne pouvait pas leur tourner le dos, simplement parce qu'elle était fatiguée.

Et elle n'aimait pas sentir ce trouble en elle : elle ne savait pas quoi faire de ce genre d'émotions. Elle n'arrivait pas à les contenir, et la gentillesse de Lachlan aggravait encore les choses.

Mais elle était trop fatiguée pour lutter. Elle n'avait plus qu'une option : céder à la chaleur du bain et à ces mains sur elle. Baisser les armes. Accepter.

— Vous êtes une créature de douceur, murmura Lachlan d'une voix grave qui fit plus de bien à Penny que l'eau parfumée. Parfois, j'oublie que vous n'avez pas été témoin des cruautés de ce monde.

— Ma mère est morte quand j'étais petite, répondit-elle. Je connais la perte.

— Mais enterrer ses parents est dans l'ordre des choses.

La voix de Lachlan s'était soudain faite plus rude.

En temps normal, Penny n'insistait pas sur ce genre de sujet. Depuis le début, ils avaient prudemment évité de parler de ce qui avait fait tant de mal à Lachlan, par le passé. De la perte qu'il portait toujours comme un fardeau.

Mais ce soir, elle voulait savoir.

— La vie est ainsi faite, soit, mais cela ne change rien, dit-elle. La mort de votre mère ne vous a donc pas fait souffrir ?

— La manière dont elle est morte, oui.

— Moi, j'avais cinq ans, expliqua-t-elle. J'avais cinq ans, quand j'ai perdu la mienne. Et cela ressemblait beaucoup à aujourd'hui. C'était perturbant. Injuste. Je me sentais impuissante. Je ne savais pas comment réagir. Il n'y avait plus rien à faire, de toute manière. Quelle sensation terrible et désespérante ! Ne pas pouvoir agir, être totalement impuissante. Elle était partie. Je voulais la sauver à tout prix, mais c'était trop tard.

Elle repensa à tous les petits animaux qu'elle avait soignés au fil des ans, à tous les projets qu'elle avait pu faire. Tout cela l'avait conduite ici, maintenant. Tout cela l'avait amenée à tenter l'impossible pour sauver la jeune Mary et son bébé.

S'il y avait bien une chose qu'elle n'avait jamais pu supporter dans sa vie, c'était l'absence d'espoir. L'impression de ne rien pouvoir faire pour arranger les choses. Dans ces moments, elle se sentait vraiment inutile et incapable. Dans ces moments, elle n'était plus qu'un pion.

N'avait-elle pas justement tenté de lutter contre cela dès l'instant où elle s'était retrouvée face à Lachlan, dans la maison de son père ? N'avait-elle pas cherché un moyen d'agir, de réparer, de réconforter, de faire quelque chose pour combler ce vide terrifiant en elle ? Le vide qu'elle avait enfermé pendant si longtemps dans un beau coffret en bois ? Hélas, elle n'avait pas assez de force pour refermer le couvercle, maintenant.

Elle ne pouvait plus. Elle avait tant essayé. Elle y avait mis ses dernières forces. Mais elle échouait un peu plus à chaque instant. Elle sentait le contrôle qui lui glissait entre les doigts. Son cœur était blessé, usé ; cependant elle ne pouvait pas se permettre de pleurer. Jamais.

D'un autre côté, Lachlan ne l'avait pas enfermée seule dans sa chambre. Il lui avait fait préparer un bain. Il était là. Il la serrait contre lui.

Que ferait-il, si elle se mettait soudain à sangloter ?

Et pourquoi était-elle curieuse de voir sa réaction ? Les années lui avaient apporté des moyens de lutter contre sa solitude. Par exemple, sympathiser avec les domestiques et les suivre sur tout le domaine pour discuter. Mais cette fois, c'était différent. Très différent, même. Elle avait besoin de savourer ce silence avec Lachlan. De laisser les mains de ce dernier réveiller des émotions sous sa peau, l'apaiser et attiser ses sens engourdis. Pourquoi cet homme qui lui avait rendu son coffret à bijoux, le symbole de sa survie, remettait-il aussi en cause sa manière de vivre ?

Pourquoi lui donnait-il tant envie d'avoir plus ?

D'avoir ceci.

Cette tendresse.

D'être tenue et rassurée quand son cœur se serrait, quand elle avait mal...

Elle avait presque l'impression d'avoir attendu cet instant toute sa vie sans le savoir.

Sans imaginer que ce soit possible. Sans même être curieuse de le découvrir. Parce que le réconfort appelait la vulnérabilité. Et la vulnérabilité appelait la peur.

Comment pouvait-elle confier cette part d'elle-même, si fragile, à un guerrier ? Au barbare qui l'avait achetée pour se venger ?

Non, ce qu'ils vivaient n'avait plus le goût amer de la vengeance.

Ce qu'ils partageaient en cet instant était nouveau pour Penny et elle voulait en savourer chaque seconde. Savourer cet homme.

Oublier un moment que son âme tremblait de peur à l'idée de ce qui pourrait arriver à Mary et au bébé.

— Quand ma mère est morte, dit-elle lentement, j'ai pleuré. J'ai versé toutes les larmes de mon corps. Chaque sanglot était douloureux, parce qu'il venait de très loin, du fond de mon âme. Mon père a détesté entendre ma douleur. Il m'a dit de ne pas pleurer car ma mère était au paradis. Que pleurer faisait de moi une impie sans foi. Mais ma mère me manquait. Tellement. Et je n'ai pas pu arrêter de pleurer. Dans sa colère, mon père m'a alors enfermée à clé dans ma chambre. Comme une prisonnière. Il a interdit qu'on m'ouvre tant que je n'aurais pas appris à ravaler mes larmes. Je connais la perte. Je connais la mort. Et je trouve toujours cela injuste. Tout ce que vous pourrez dire n'y changera rien.

Sa gorge se nouait. De grosses larmes lui gonflaient les paupières, à présent. Elle en eut honte. Elle aurait dû avoir la force de les garder en elle. Mais elle était tellement fatiguée. Terrifiée. Et révoltée contre l'injustice de ce monde.

Pour une fois, au moins, elle n'était pas seule.

Elle pouvait parler, et quelqu'un était là pour l'écouter. Peut-être... Peut-être pourrait-elle aussi pleurer... Juste un peu.

Une première larme lui roula sur la joue et elle frissonna.

— Lachlan, souffla-t-elle. Embrassez-moi.

Elle était prête à tout pour refouler cette sensation désagréable. N'importe quoi valait mieux que d'y céder. Elle sentit son puissant et merveilleux highlander la soulever hors de l'eau et la presser contre son torse en l'embrassant. Il l'entraîna lentement dans ce monde charnel et sensuel qu'il avait fait naître en elle au fil des jours. Un monde bien différent de celui dans lequel elle enfermait ses émotions avec soin.

Un monde qui leur appartenait, dans lequel elle n'était jamais seule.

Mais cette fois, ce ne fut pas une question de pouvoir, de domination, ou d'avoir un talent quelconque.

Ce qui lui importait, c'était d'être dans cette chambre avec quelqu'un. De pouvoir pleurer en sachant qu'on l'écouterait sans la blâmer.

Lachlan l'allongea sur le lit et la contempla un moment, comme si elle était un festin princier.

Un long frisson la parcourut.

Il se déshabilla lentement, dévoilant son corps magnifique. Jamais Penny ne se lasserait de ce spectacle.

Elle eut l'impression que le moment était venu de baisser les armes. Il y avait quelque chose, dans le regard de Lachlan, dans les gestes tendres qu'il avait eus pour la masser, qui lui donna l'impression d'être parfaitement en sécurité avec lui.

Ce n'était pas de la faiblesse, non.

Au contraire, elle se sentait courageuse et forte.

Elle pouvait céder. Elle pouvait choisir de montrer sa vulnérabilité. Elle n'était pas obligée de se cacher ou de ravaler ses sentiments, de les enfermer là où personne ne les verrait jamais.

Parce qu'elle n'était plus une enfant.

Et parce qu'on ne l'avait pas enterrée en même temps que sa mère. La chambre dans laquelle son père l'avait bannie avait peut-être pris des allures de cercueil à ses yeux, mais cela n'avait été qu'une chambre. Elle était bien vivante. Aucune partie d'elle n'était morte et si elle avait accepté de vivre dans un mausolée si longtemps, cela n'avait été que par peur. Par instinct de protection. Elle avait eu besoin de s'assurer qu'on ne la laisserait jamais seule avec sa douleur, comme autrefois.

Mais ici, elle n'était plus seule. Elle était avec Lachlan. Elle s'abandonna donc et sanglota longtemps, tandis qu'il déposait une myriade de baisers sur sa peau nue. Tandis qu'il descendait entre ses cuisses pour poser ses lèvres chaudes sur son sexe et réveiller un tourbillon de sensations enivrantes qu'elle laissa éclater. Cette fois, elle ne se retiendrait pas. Elle se laissa aller sans hésiter, sans rougir de sa faiblesse. Elle laissa la bouche et la langue de son époux l'entraîner dans le ciel, plus haut que tout ce qu'elle avait cru possible jusque-là.

Elle avait l'impression de voler.

Vous m'avez aidé à sauver l'oiseau.

Cet oiseau blessé. Cette pauvre créature avec une aile cassée, qui restait clouée au sol au lieu de s'élancer dans les airs. Lachlan et elle lui avaient rendu sa liberté.

C'était son tour, à présent.

Comme un oiseau qui retrouve la joie de battre des ailes sous le vent.

C'était magique.

Leurs corps étaient magiques.

Il l'embrassa et la lécha jusqu'à ce que le plaisir l'emporte et la brise en mille morceaux. Et cet instant se chargea de beauté. D'une beauté éblouissante.

Quand Lachlan la pénétra, juste après, elle gémit. Cette fois, elle n'eut pas l'impression d'être envahie, ou de prendre part à un jeu de pouvoir. C'était une union. Une étreinte qui venait conjurer le vide que Penny avait toujours senti dans son cœur.

Tout ce qu'elle avait eu à faire, pour connaître cet instant de bonheur, c'était baisser sa garde. Laisser s'écrouler les murailles qui protégeaient son cœur.

Dès qu'elle s'était ouverte à Lachlan, elle avait commencé à ressentir cette chaleur. Lui.

Chaque portion de ce corps d'homme atteignait des recoins cachés de son être et l'entraînait au-delà de la raison.

Là où s'étaient autrefois dressés des remparts, il avait su bâtir quelque chose de différent.

Il avait façonné la femme qu'elle aurait pu être depuis toujours.

Pas juste une femme qui avait fui les griffes de son père. Pas une femme qui se contentait de survivre.

Mais une femme nouvelle.

Une femme qui ne craignait ni le rire ni les larmes.

Une femme qui avait dépassé depuis longtemps les concepts d'innocence et de déshonneur.

Une femme qui n'avait pas peur du plaisir ou de la souffrance, tant que son guerrier restait à ses côtés.

Ce changement n'était pas uniquement dû à la force de Lachlan, mais à celle qu'il avait exhumée en elle. Juste en lui montrant qu'elle comptait. Ses mains endurcies par les combats avaient su s'adoucir pour elle et créer ce miracle.

Sa tendresse avait enfin permis à Penny de s'ouvrir.

Quand il eut terminé, il s'allongea près d'elle, laissant ses doigts tracer des formes invisibles sur sa peau nue.

— Si j'avais su que votre père vous avait enfermée de la sorte, à la mort de votre mère... Je l'aurais tué avant de partir avec vous.

— Personne n'a besoin de mourir, dit-elle avec douceur. J'ai survécu, non ?

— On peut survivre à beaucoup de choses. Cela ne veut pas dire qu'on doit les subir.

— Personne ne meurt d'avoir été négligé.

— Si, ma belle. Cela arrive. Je sais qu'on vous a parlé du traitement que mon père réservait à ses maîtresses. Jusqu'à en tuer une. Je dois dire que tout cela est vrai. Il l'a fait. Mais jamais il n'a levé la main sur ma mère, parce qu'elle était la fille de l'ancien *laird*. Cependant, sa négligence, ses trahisons envers le clan ont été les causes du désespoir de celle-ci. Et ce désespoir a causé sa mort.

— Moi, je n'ai jamais perdu foi en la vie, murmura Penny avec douceur.

— Pourquoi ?

— Je ne sais pas. Une part de moi a toujours cru... Quand je soignais les animaux blessés que je trouvais, je parvenais à me convaincre que j'apportais quelque chose au monde. Je sais : ce n'est pas important, c'est même un peu bête. Mais cela me donnait l'impression de compter. Cela me donnait une raison de vivre. Et quand vous acceptiez de vous promener avec moi dans le domaine, de me parler, je me sentais plus réelle.

Elle ferma les yeux, perdue dans ses souvenirs.

— J'ai souffert de votre départ. Mon cœur était en deuil, comme si vous étiez mort. Mais je n'ai pas pleuré. Je n'ai versé aucune larme depuis mes cinq ans. Jusqu'à ce soir.

Lachlan l'attira dans ses bras et la serra contre lui. Elle écouta les battements réguliers de son cœur, tout contre sa tempe.

— Laissez-moi vous dire une chose, Penny. Durant toutes

ces années passées chez votre père, vous avez été la seule à me traiter comme un égal. Sans doute est-ce pour cela que je suis revenu vous chercher. Une part de moi avait l'impression que nous étions faits l'un pour l'autre.

Elle ne répondit pas. L'épuisement gagnait du terrain et ses paupières commençaient à papilloter.

La dernière pensée qu'elle eut avant de s'endormir était qu'elle aussi avait cette impression.

Cette sensation était plus intense que jamais dans leur tendresse de ce soir, leurs baisers et ses larmes.

Penny avait rêvé d'une vie différente. Dans une belle demeure pleine de raffinement, aux côtés d'un homme qui plaçait les convenances au-dessus de tout le reste.

Lachlan, lui, semblait se moquer des diktats de la bonne société.

Mais il protégeait farouchement tout ce qui lui appartenait.

Et, en cet instant, Penny était heureuse d'être sienne.

15

Lachlan s'était attendu à apprendre la mort du bébé dès le lendemain matin. Mais l'enfant avait passé la nuit.

Sa mère aussi.

Il ne prêta pas trop attention à l'inquiétude qui se lisait sur les traits de Penny. Pas vraiment.

Sa femme était trop douce. Elle s'attachait à la moindre bribe d'espoir, alors que lui avait déjà connu cette situation trop souvent.

Le bébé était… Il était beaucoup trop petit.

Et Lachlan savait mieux que personne que les bonnes intentions ne suffisaient pas à maintenir un nouveau-né en vie. Pas plus que l'espoir, les prières ou les rêves. Si cela avait été le cas, sa mère aurait pu garder tous ses enfants. Peut-être même serait-elle encore de ce monde, elle aussi.

Car elle aurait eu plus de raisons de s'accrocher à l'existence.

Au lieu de ne garder qu'un fils, qui ne s'était pas montré digne d'elle. En dépit de tous ses efforts.

Il revit soudain le petit visage angélique et rose d'autrefois.

Pas celui de l'un de ses frères ou de l'une de ses sœurs.

Celui du bébé qu'il avait découvert près d'un champ de bataille, après les combats. L'enfant était gravement blessé, abandonné près du corps sans vie de sa mère – une paysanne, d'après ses vêtements, qui avait été brutalisée par des soldats français.

Lachlan avait essayé de le secourir.

Quand il songeait qu'il devait sa fortune actuelle au sauvetage d'un noble ! Rageur et impuissant, il avait demandé à Dieu – à qui que ce soit qui puisse l'entendre – pourquoi un homme titré aux mœurs dissolues avait eu la chance de survivre à ses blessures tandis qu'un pauvre enfant innocent avait dû mourir des siennes.

Il sentait encore ce petit être contre lui, brûlant et tremblant. Il l'avait soigné. Mais quand il avait enfin été sûr que ses plaies ne l'emporteraient pas, la fièvre l'avait tué.

À l'époque, il avait déjà passé six ans au front. Il avait vu des atrocités qu'il ne pourrait jamais oublier.

Mais il comprenait pourquoi Penny avait passé tant de temps à sauver les petites créatures souffrantes qu'elle trouvait. Parfois, c'était en accomplissant ces actions infimes que l'on reprenait espoir. C'était cela qui rendait le monde supportable.

Ce petit garçon...

Quand Lachlan l'avait trouvé, une seule chose avait compté à ses yeux : le sauver.

Et il avait échoué.

Cet échec le hantait encore. Il lui avait appris à ne pas nourrir d'espoir insensé.

Le monde ne se souciait pas des faibles.

Dieu était peut-être trop occupé pour protéger les plus petits de ses enfants, aussi innocents soient-ils.

Seulement, ce matin, au château, le bébé était en vie.

Lachlan se méfiait encore. Il n'avait pas confiance en l'avenir.

Il comprenait aussi la nécessité pour la jeune fille et son enfant de rester ici. On ne pouvait pas les déplacer dans leur état.

— Son père la tuera, lui confia Penny lorsqu'ils s'assirent pour prendre leur petit déjeuner.

— Je ne le laisserai pas faire.

— Je croyais que vous n'aviez aucune autorité sur ce qu'un homme fait sous son propre toit.

C'étaient ses propres paroles, et il en eut honte. Le regard bleu acier de Penny ne flanchait pas, ne cédait rien. Il savait depuis de longues semaines, déjà, que sa femme était forte ; mais chaque jour, elle trouvait de nouveaux moyens de démontrer cette force. Elle devenait lentement écossaise. Un membre du clan.

— Je ne laisserai personne faire de mal à cette fille et à son bébé, répéta fermement Lachlan.

•

Les jours passèrent et l'enfant survécut. Mary reprenait des forces, elle aussi.

Il était temps de prendre une décision à leur sujet.

Mais au fil de la convalescence de l'adolescente, Lachlan voyait bien que sa femme aussi avait changé.

Elle était plus silencieuse. Parfois, elle se contentait de s'asseoir près de lui sans lui adresser la parole. Elle le touchait, la tête sur son épaule et la main sur sa cuisse. Rien de plus.

Que signifiait cette transformation ? Non pas qu'il en soit contrarié...

Elle passait de longues heures à s'occuper du bébé. Lachlan ne voyait Mary le prendre que pour le nourrir. Le reste du temps, c'était Penny qui veillait sur lui.

Oui, il était grand temps de trouver un foyer pour cette fille et son enfant.

Mary ne pouvait certainement pas rentrer chez ses parents. Il allait d'ailleurs être obligé de régler le problème de Dugan McLaren, tôt ou tard. Mais avant cela, il devait assurer l'avenir de cette adolescente...

Si elle restait au château, elle serait en sécurité, bien sûr. Mais peut-être pourrait-on lui trouver une place dans un autre clan. Seulement, l'identité mystérieuse de son agresseur inquiétait Lachlan.

Elle avait affirmé qu'elle ne connaissait pas l'homme qui l'avait forcée, ce qui voulait dire qu'il venait sans doute d'un clan voisin. Dans ce cas-là, on ne pouvait pas risquer de l'envoyer dans la gueule du loup…

Il resta convaincu de cela jusqu'à ce qu'elle trouve la force de se lever et de se promener dans le château. Un jour, elle traversa la grande salle, dans laquelle étaient rassemblés quelques hommes. Son regard croisa pendant un instant celui de Callum et Lachlan la vit tressaillir. Les yeux de l'adolescente s'écarquillèrent, trahissant une véritable terreur. Elle pâlit et trébucha.

Puis elle se reprit et remonta rapidement l'escalier qui conduisait aux chambres.

Lachlan ne dit rien, mais il épia pendant un long moment les réactions de son cousin, dans l'espoir de déceler le moindre indice. De surprendre le passage d'une émotion quelconque. De la culpabilité. De la peur. N'importe quoi.

Callum resta de marbre. Et cela, plus que tout le reste, éveilla les soupçons de Lachlan.

Quel homme pouvait faire comme si de rien n'était quand une femme le fuyait ainsi, dans un mouvement d'horreur ?

Un homme qui ne voulait pas se faire remarquer.

Un homme qui voulait pouvoir nier toute responsabilité.

Un peu plus tard, quand Lachlan croisa Penny, il aborda le sujet sans détour.

— Mary vous a-t-elle avoué le nom de son agresseur ? Ou bien persiste-t-elle à dire que c'était un étranger ?

— Elle ne m'a plus parlé de lui depuis le premier jour.

— Je soupçonne Callum.

— Mais Callum est… Il est votre cousin !

— En effet. Et l'un de mes opposants les plus farouches.

Il n'a jamais caché son animosité à votre égard. Pour être honnête, je n'aime pas la manière qu'il a de regarder toutes les femmes qui passent près de lui ; et ce qu'il pourrait avoir fait à Mary me révolte.

— Lachlan...

— Je ne laisserai pas ce crime impuni.

— Peut-être que nous devrions aider Mary à partir loin d'ici, suggéra Penny.

— Non, répondit froidement Lachlan. Callum devra répondre de ses actes. Si mes soupçons sont justifiés, il paiera pour son crime.

Accompagné par Penny, il monta donc dans la chambre occupée par Mary et son enfant. Elle le tenait dans ses bras, le regard perdu dans le vide.

— Cet homme, lança Lachlan sans préambule. Celui qui t'a mise enceinte. Était-ce Callum MacKenzie ?

La jeune fille s'empressa de détourner les yeux.

— Je vous l'ai dit : je ne le connaissais pas...

— La peur sur ton visage, quand tu l'as aperçu dans la grande salle, raconte une tout autre histoire, petite.

Mary eut une moue obstinée.

— Il vaudrait mieux pour mon bébé et moi que personne ne sache la vérité.

— Pourquoi ?

— Je ne peux pas vous expliquer ce qu'une femme doit endurer, dans sa vie, répliqua-t-elle d'une voix enfantine, qui n'avait absolument rien d'une « femme ». Personne ne peut m'aider. Mon propre père me tuerait, s'il savait ; et ma mère me juge responsable de ce qui est arrivé.

— Pas moi, déclara Lachlan. Le bébé et toi êtes sous ma protection, désormais. Et jamais je ne laisserai un homme de mon clan violer une femme impunément.

— Il est trop puissant...

— Je suis le MacKenzie. Personne n'est plus puissant que

moi, ici. Maintenant, dis-moi : mon cousin, Callum, est-il oui ou non l'homme qui t'a agressée ?

— Je...

Son hésitation était clairement un assentiment.

— C'est bien lui, soupira Lachlan.

Mary serra son enfant contre elle, l'air plus terrifié que jamais.

— Il me tuera. Il nous tuera tous les deux, souffla-t-elle.

— Certainement pas. Les morts ne peuvent rien faire.

Il n'y avait pas de justice, dans ce monde. La seule que Lachlan pouvait espérer obtenir était celle qu'il appliquerait lui-même. Un serpent s'était glissé parmi ses hommes, et il ne le laisserait pas s'en tirer. Il ne laisserait pas Callum agir à sa guise et agresser des femmes.

Il était le *laird*. La justice était entre ses mains.

Lachlan fut absent plusieurs heures et Penny attendit, pétrifiée par l'angoisse.

Qu'est-ce que son époux avait l'intention de faire ? Elle n'avait pas uniquement peur pour sa sécurité, mais aussi pour le salut de son âme.

Soudain, une grande clameur s'éleva dans la cour, annonçant son retour.

Tous ses hommes s'y étaient assemblés. Quant à Callum MacKenzie, Lachlan le faisait marcher devant lui, le visage sombre.

Penny se précipita dehors.

— Lachlan ! Que comptez-vous faire ?

— Cet homme servira d'exemple, déclara-t-il froidement.

À cet instant, Penny vit que la moitié du village avait suivi les guerriers et emplissait à présent la cour du château.

Son époux s'immobilisa devant la foule et pointa sa longue épée sur Callum.

— Cet homme, dit-il d'une voix forte, a abusé de sa position pour contraindre une jeune femme à lui céder. Une *enfant*. Il l'a forcée. Je ne laisserai pas de telles pratiques avoir cours chez moi. Je ne le tolérerai pas. Pas tant que je serai le MacKenzie. Sachez tous que le règne d'Angus Bain est terminé. Vos désirs ne sont plus vos maîtres. *Je* suis votre maître.

— Tu ne peux pas faire cela ! protesta Callum.

— Ma parole fait loi, répondit Lachlan. Je peux faire ce que je veux.

Graham objecta timidement :

— Mais, un procès...

— Inutile. En particulier quand le coupable est l'un de mes hommes, un de mes proches. Moi seul serai juge.

— Traître, cracha Callum. Tu places donc la vie de cette catin au-dessus de celle d'un homme issu du même sang que toi ?

— Je place la justice au-dessus de tout le reste.

— Ce n'est pas la justice ! cria Paden. C'est une exécution.

— *Laird*, je vous en prie...

Même William, le garçon que Lachlan avait pris sous son aile depuis la fin de la guerre, le dévisageait à présent d'un air perplexe.

Et cela parut renforcer sa détermination.

— Je tiens à faire un exemple, pour vous faire comprendre une chose : je n'ai pas de pitié pour les coupables. Pas quand il s'agit de ce genre de crimes. Si une femme ou un enfant est de nouveau maltraité dans ce clan, l'homme responsable devra payer.

Cette fois, Penny s'interposa :

— Lachlan, que comptez-vous faire ?

— Écoute donc ta *Sassenach*. Même elle ne veut pas ma mort, lança Callum. Ce n'est pas ainsi que nous réglons les problèmes, ici.

— Eh bien, nous avions tort, coupa Lachlan. *Mon père* avait tort.

— Lachlan...

Il se retourna brusquement vers Penny, le regard plus sombre que jamais, et murmura :

— Vous le laisseriez vivre ? Vous savez qu'il vous ferait la même chose qu'à Mary, sans la moindre hésitation. Avec ce genre d'hommes, il n'y a rien à espérer. Tenez-vous vraiment à laisser cet animal libre d'abuser d'autres femmes ?

— Non, répondit-elle en baissant les yeux. Mais je suis sûre que...

— Vous préféreriez qu'on l'enferme dans un cachot pour le reste de sa vie ?

— Je ne sais pas. Votre âme...

À ces mots, un éclair traversa le regard de Lachlan. Comme s'il était sous le choc.

— Personne ne s'est jamais soucié du salut de mon âme, Penny. J'ai été soldat pendant dix ans ; il y a plus de sang sur mes mains et de noirceur dans mon cœur que vous ne pourriez l'imaginer. Il est trop tard pour moi.

— Quelqu'un d'autre pourrait...

— Ceci est mon clan. Pourquoi demanderais-je à un autre homme de verser le sang à ma place ? Voudriez-vous vraiment que j'oblige quelqu'un d'autre à porter ce poids ?

Penny recula d'un pas, le cœur battant.

Elle ne pourrait pas empêcher Lachlan d'agir comme il l'avait décidé.

Callum avait violé Mary. Il l'avait mise enceinte. La pauvre fille avait failli mourir en couches. Et maintenant, à cause de ce que cet homme avait fait, elle n'avait plus de maison où aller. Néanmoins, Penny souffrait de voir son époux endosser un tel poids.

Elle aurait préféré qu'une telle chose lui soit épargnée. Elle ne voulait pas cela, pas pour lui !

Ce regard atroce, froid et déterminé, sans la moindre trace d'émotion... Cela ressemblait beaucoup à ce qu'elle s'était toujours efforcée de faire autrefois, avant de trouver le moyen d'ouvrir son cœur. Avant de réapprendre à pleurer.

Le cœur de son époux était blessé, tailladé, et c'était cette douleur qui guidait sa main. Il comprenait peut-être le concept de justice, mais jamais il ne connaîtrait la pitié.

D'ailleurs, un homme comme Callum méritait-il la moindre compassion ?

Ce n'était pas pour l'accusé que Penny s'inquiétait, mais bien pour Lachlan.

Car au final, c'était lui qui devait vivre avec tout ce sang versé, toute cette douleur. D'un autre côté, il avait connu la guerre pendant dix ans. N'était-il pas normal qu'il voie les choses différemment ?

— Retournez au château, ordonna-t-il.

— Non, répondit fermement Penny.

— Vous n'êtes pas obligée d'assister à cela. Retournez au château, je vous dis.

— Lachlan...

Si son devoir exigeait réellement qu'il débarrasse le monde de cet homme, alors celui de Penny était de le soutenir et de rester à ses côtés.

— J'ai dit : *partez*.

Callum était agenouillé devant eux, dans une posture d'homme vaincu. Mais quand il leva les yeux sur son cousin, un sourire méprisant lui déforma les traits.

— C'est à cause de cette *Sassenach* que tu nous as amenée. Elle te rend faible. À quoi sert donc une femme, si ce n'est à satisfaire son homme ? Quand on m'offre quelque chose, je le prends !

— Mary ne t'a rien offert, répliqua Lachlan. Nieras-tu qu'elle s'est refusée à toi ?

— Depuis quand est-ce que ces détails comptent ?

— Depuis que je suis *laird*.

— Tu es un chien au service de ton Anglaise ! cracha Callum.

Et d'un seul coup, sans prévenir, il bondit sur Penny.

Elle tenta de s'échapper. D'un geste vif il ramassa une épée tombée au sol et la brandit.

Le reste se déroula en quelques secondes.

Lachlan fut plus rapide que son cousin et leva son arme au-dessus de sa tête avant de l'abattre d'un geste fluide et précis.

Penny détourna les yeux, le cœur battant, écœurée par le son de l'acier qui tranchait la chair. Le son d'une tête que l'on venait de séparer de ses épaules.

La nausée était telle que Penny avait du mal à respirer. D'un seul coup, elle sentit les bras puissants de Lachlan se refermer sur elle, l'empêchant de tomber. De s'écrouler et de perdre connaissance.

— William ! cria-t-il. Débarrasse-nous du corps.

— Bien, *laird*.

Penny suivit la scène en tremblant, trop faible pour tenir sur ses jambes.

— Je vous avais dit de rentrer, murmura Lachlan.

Sans la lâcher, il l'entraîna à l'intérieur du château.

Le cœur de Penny battait toujours la chamade et ses émotions débordaient, incontrôlables. Elle ne savait même plus ce qu'elle ressentait vraiment. Une fois dans la grande salle, elle effleura du bout des doigts la joue de Lachlan et tourna son visage vers elle.

Son torse nu était éclaboussé de sang. Il en avait jusqu'au cou. Ce spectacle rappela à Penny le matin où il était revenu pour la trouver recouverte de sang après l'accouchement de Mary. Marquée par ces moments qui faisaient partie de la vie. Par… Par ce qui *devait* arriver, en bien ou en mal.

Aujourd'hui, Lachlan l'avait protégée. Il l'avait sauvée.

Tout comme il avait tenu à défendre Mary. Il n'avait pas voulu exécuter Callum pour affirmer son pouvoir ou son autorité. Il avait fait cela pour mettre fin aux abus d'un homme sans scrupules. D'un homme qui ne voyait pas ses actes comme un péché.

Une part de Penny était malgré tout heureuse que Callum ait tenté de l'attaquer – aussi étrange que cela puisse paraître. Au moins le geste de Lachlan pouvait-il passer pour celui d'un soldat au front, et pas uniquement celui d'un bourreau.

— Je n'aurais pas éprouvé la moindre culpabilité à le mettre à mort de sang-froid, dit-il d'une voix dure.

Le cœur de Penny se serra douloureusement.

— Je sais. Mais j'aurais souffert de vous voir réduit à cela. J'aurais pleuré pour vous.

— Personne ne pleure jamais pour moi.

— Moi, si.

— La justice est ce que nous en faisons, Penny. Le monde lui-même ne punit jamais les coupables. Nous sommes obligés de nous en occuper nous-mêmes, à coups d'épée s'il le faut. Mon père n'a pas protégé ce clan. Il n'a pas protégé sa femme. Et j'ai vu où tout cela l'a menée. Je n'ai pas foi en cet univers quand il s'agit de réparer des torts. Pas plus que je ne me berce d'illusions quant à ma capacité à éviter le pire en permanence. Mais ceci fait partie des choses que je peux accomplir. Donc ne gâchez pas vos larmes pour moi.

En entendant cela, Penny sentit quelque chose se briser en elle. Comme si... elle renaissait. Elle le contempla un moment et n'eut plus peur pour le salut de son âme, plus maintenant, car cet homme agissait selon ses convictions. Il était prêt à tout pour protéger les plus faibles.

Et il la protégerait, elle, de toutes ses forces.

Cet homme ne l'enfermerait jamais dans sa chambre pour ne plus entendre ses larmes. Jamais il ne ferait de mal aux innocents. Aux êtres plus vulnérables que lui.

On pouvait lui accorder toute la force et tout le pouvoir du monde, il les emploierait pour faire le bien.

Elle le savait. Au plus profond de son cœur.

— Vous devriez vous laver, dit-elle.

Elle prit sa grande main et il la suivit sans protester. C'était son choix : il n'était absolument pas obligé de lui obéir.

— Le *laird* a besoin d'un bain, ordonna-t-elle avant de quitter la salle.

Les domestiques préparèrent très vite la baignoire et la remplirent d'eau chaude.

On disposa le bain au milieu de leur chambre et Penny prit tout son temps pour débarrasser Lachlan de ses vêtements avant d'essuyer le sang qui lui maculait la peau.

— Merci, dit-elle en s'asseyant près de la baignoire pour le laver. Merci de nous protéger.

— Ce n'était que justice, répondit-il.

— Vous savez très bien que beaucoup d'hommes ne seraient pas de cet avis. Ils ne considéreraient pas les actions de Callum comme un crime. Pas un crime bien grave, en tout cas.

Lachlan la dévisagea un instant.

— Ma mère a terminé sa vie rongée par le désespoir. Elle n'avait nulle part où aller. Rien ne l'attendait. Je refuse que mes gens connaissent cette torture à leur tour. Nous, les hommes... Nous sommes physiquement plus forts que les femmes. Quelle gloire y a-t-il à gagner un combat contre un adversaire qui ne peut pas se défendre ? Seuls les lâches prennent plaisir à oppresser les plus faibles. Si un homme tient à se battre, s'il a besoin de violence, alors qu'il trouve un ennemi de la même force que lui. Qu'il mette sa vie en jeu.

— Quand vous étiez à la guerre...

— La brutalité du front ne se cantonne hélas pas au champ de bataille. Il y avait une femme...

Il hésita un instant, avant de poursuivre :

— Elle était déjà morte depuis un moment quand mes

hommes l'ont découverte. Je préfère ne pas vous décrire son état.

Sa voix se fit plus cassée, chargée de toute l'horreur de ce qu'il avait vu. Penny eut soudain moins de mal à comprendre pourquoi la mort d'un violeur le laissait si froid. Ce souvenir rongeait son âme.

— J'ai vu beaucoup d'atrocités, ma jolie, et peu d'entre elles m'ont fait perdre le sommeil. Mais cette femme… Son image hante encore mes nuits.

Penny laissa glisser sa paume sur le torse de Lachlan pour l'apaiser. Il plaqua une main sur la sienne et elle contempla un instant ses articulations striées de cicatrices.

— Ce ne sont pas les corps des soldats morts que je vois quand je ferme les yeux. Celui de Callum ne pèsera jamais sur ma conscience, lorsque mon heure sera venue. Ce seront les visages de filles comme Mary. Le visage de ma mère. Celui de cette inconnue du champ de bataille. Ce sera la faiblesse d'hommes qui auraient dû rester forts, et la conscience d'être trop souvent arrivé trop tard pour éviter le pire.

— Mais vous avez arrêté Callum, protesta Penny. Vous l'avez empêché de nuire.

— Trop tard, hélas. Si j'avais agi plus tôt, nous n'aurions pas une pauvre enfant à bout de forces dans la pièce d'à côté, avec un bébé qui n'est pas certain de survivre.

— Il devient plus fort de jour en jour.

— On ne peut jamais être certain si tôt, Penny. Croyez-moi. Et maintenant, parlons d'autre chose. Je ne veux pas m'étendre là-dessus.

— Est-ce que vous voulez que je commande le souper ?

— Oui, répondit-il.

Penny tira une intense satisfaction de pouvoir s'occuper de lui ainsi, et elle n'était pas certaine de comprendre d'où cela venait.

Était-ce comme lorsqu'elle soignait les animaux blessés

du domaine de son père ? Elle avait soudain l'impression d'avoir une utilité. De l'importance.

Peut-être n'était-elle pas capable de rendre la justice comme Lachlan le faisait. Mais elle était sa femme. La châtelaine de ce domaine. Elle faisait partie du clan. Et pour la première fois, elle sentit cette conviction la réchauffer. Elle soutenait pleinement son époux et la décision qu'il avait été forcé de prendre aujourd'hui, aussi sévère et dure ait-elle paru.

Cela avait été un rappel à l'ordre. N'était-il pas revenu sur ces terres dans des circonstances délicates ? Il ne pouvait pas se permettre la moindre légèreté. Pas en tant que nouveau *laird*.

Et ce, même face à un homme issu de son propre sang.

Elle ordonna que l'on monte leur souper dans leur chambre et ils mangèrent en tête à tête. Ils n'eurent pas besoin de parler.

Les liens qui les unissaient étaient plus solides que jamais. Même quand ils ne se touchaient pas. Même quand ils ne faisaient pas l'amour. Même quand Penny ne s'efforçait pas de bavarder. Il leur suffisait d'être assis en silence, l'un à côté de l'autre.

Ce fut une révélation.

Penny se sentit soudain à sa place pour la première fois de sa vie. Son existence lui appartenait réellement. Enfin.

Elle était chez elle, dans ce château.

Et l'homme près de qui elle mangeait était sien.

Certes, ce pays était dur et austère. Il était très différent de tout ce qu'elle avait connu. Il l'obligeait à s'endurcir, à changer.

Mais d'un autre côté, la présence de Lachlan la forçait aussi à se montrer plus douce. À rouvrir les recoins les plus profonds et les plus empathiques de son cœur.

Tout comme lorsqu'elle s'occupait de Mary et du bébé.

Pour la première fois de sa vie, elle faisait partie d'un monde immense. Mieux encore, elle se sentait puissante dans ce nouvel environnement.

C'était un don du ciel. Une évolution à laquelle elle ne s'était pas attendue.

— Êtes-vous prêt à aller vous coucher, *laird* ? demanda-t-elle.

— Plus que prêt.

Elle l'accompagna au lit, la joie au cœur.

16

Il y eut des protestations parmi les hommes de Lachlan. Si la plupart des villageois soutenaient pleinement son choix concernant Callum, quelques groupes – même parmi ses plus proches guerriers – lui en voulaient. Ils ne pensaient pas que l'honneur d'une fille valait la vie d'un homme. Surtout quand la chasteté de la fille en question ne pouvait pas être prouvée.

Lachlan commençait à s'inquiéter pour la sécurité de Mary. Elle était toujours au château et sa santé s'améliorait de jour en jour. Bientôt, il allait falloir lui trouver une place quelque part, mais elle ne pouvait pas retourner au village.

Penny et lui avaient pris l'habitude de souper seuls dans leur chambre.

— Est-ce que vous avez demandé à Mary ce qu'elle veut faire, quand elle pourra partir ? lui demanda-t-il un soir.

— Je pense qu'elle aimerait entrer comme domestique dans une maison loin d'ici.

Elle fronça un instant les sourcils, songeuse.

— J'ai écrit à Lady Beatrice Ashforth. La sœur du duc.

— Ah oui, soupira Lachlan. Le duc. Cela faisait longtemps que je n'avais pas entendu parler de lui...

— Parce que je n'ai pas pensé à lui depuis un moment, répondit-elle simplement.

Il ne sut pas pourquoi, mais cet aveu l'emplit d'une joie farouche et possessive.

— Qu'avez-vous donc demandé à votre amie ?

— Au départ, je pensais lui demander de chercher un emploi pour Mary. Je me disais qu'elle pourrait lui fournir des références, ou bien me donner les noms de familles prêtes à engager une Écossaise. Et puis… Au final, je lui ai demandé si elle connaissait de bonnes écoles.

— Des écoles ?

— Mary est jeune. Elle pourrait aller dans une école où on la formerait, où on l'éduquerait pour lui permettre de devenir gouvernante. Elle pourrait avoir des perspectives bien plus réjouissantes qu'un simple poste de fille de cuisine. Peut-être qu'elle aimerait cela. Quand je croyais qu'elle allait mourir, ce qui m'attristait le plus était l'idée qu'elle n'avait pas eu la moindre chance, dans sa vie. Pas même l'opportunité de profiter de l'existence. Ou de savoir ce qu'était l'amour. De choisir librement son chemin loin de… tout cela, de la position à laquelle sa naissance la destine.

— C'est pourtant la vie que la plupart des gens doivent accepter, répondit-il avec douceur. Tout le monde ne peut pas être emmené en Écosse après la rupture de fiançailles plus qu'avantageuses avec un duc… Vous ne pouvez pas nier que votre vie à Bybee House vous aurait ouvert d'autres portes, pourtant. Quel que soit le chemin que vous auriez emprunté, votre existence aurait changé. Vous avez connu des aventures extraordinaires.

— Je ne suis pas étonnée que vous vous considériez comme une aventure extraordinaire, murmura-t-elle avec un petit sourire mutin.

— C'est dans l'ordre des choses. En général, on n'a pas la chance d'échapper au destin.

— Vous, vous l'avez fait. Vous étiez un garçon pauvre venu d'Écosse et vous avez fait fortune. Vous avez même survécu à dix ans de guerre. Aujourd'hui, vous permettez à votre clan d'échapper au destin auquel votre père l'avait condamné. Mary ne devrait-elle pas avoir la même chance ?

— Vous oubliez l'enfant.

— Non, je n'ai pas oublié.

Elle baissa la voix et poursuivit :

— Mais, vous savez... Avez-vous remarqué que Mary ne le prend jamais dans ses bras ?

— Je n'ai prêté attention ni à la fille ni au bébé. Pas plus que nécessaire, en tout cas.

C'était faux. La pâleur et la fragilité de l'adolescente ne lui avaient pas échappé, tout comme il l'avait vue ensuite reprendre des forces. Il avait constaté lui aussi qu'elle ne s'occupait pas vraiment de son fils. L'enfant n'avait pas encore de nom – ce qui n'était pas rare, bien sûr. Après tout, la vie était dure et les bébés mouraient souvent dans les premiers mois. Il était commun d'attendre avant de les baptiser.

— Je veux qu'elle choisisse. Parce qu'elle n'a pas eu le choix, jusqu'à présent. Elle n'a fait que subir. Je veux lui rendre cette liberté.

— Et vous pensez que votre amie vous répondra vite ?

Penny acquiesça.

— J'espère.

La lettre tant attendue arriva le lendemain. Beatrice écrivait qu'elle pouvait trouver une place dans une école pour Mary, grâce à l'influence de son frère et à une généreuse donation.

En lisant ces mots, Penny fondit en larmes.

— Vous essayez toujours de soigner les oisillons blessés, murmura Lachlan en essuyant sa joue humide.

Penny se précipita dans son ancienne chambre et il lui emboîta le pas.

— Mary, lança-t-elle. Je viens de recevoir une lettre d'une amie à moi. Elle est la sœur d'un duc, en Angleterre.

La jeune fille ouvrit des yeux ronds.

— Un duc ?

— Oui. Et elle a trouvé… Il pourrait y avoir une place pour toi dans une école de Londres.

— Une école ? Quelle école voudrait bien de moi ? Personne ne veut d'une élève fille-mère, qui ne sait ni lire ni écrire !

— Peu importe que tu saches lire. Nous pouvons aussi te trouver une place dans une maison respectable avec ton enfant, si tu préfères. Mais si jamais tu ne veux pas garder le bébé auprès de toi…

La malheureuse darda sur eux un regard si ému, si poignant, que Lachlan dut se détourner. Il y avait de l'angoisse dans ce regard, mais aussi une note d'espoir.

— Je ne peux pas le laisser…

— Quel âge as-tu, petite ? demanda-t-il soudain.

— Treize ans.

Son cœur se brisa. Il ne regrettait pas la mort de Callum, pas un seul instant. Il se moquait bien qu'il ait été son cousin. Cet homme avait été un démon et il pouvait rôtir en enfer. Pour avoir osé toucher une enfant !

— J'ai dû devenir un homme quand j'avais à peu près le même âge que toi, dit-il. Quand j'ai compris que mon père n'en était pas un. J'ai fini par trouver ma place en Angleterre et y faire fortune. On t'a imposé un fardeau que tu n'aurais jamais dû porter, mais ce que tu feras à partir de maintenant… ce sera ton choix.

— Le bébé…

— On s'occupera bien de lui, acheva Penny.

— Mes parents refuseront de le prendre. Et même s'ils acceptaient, je ne veux pas le savoir auprès d'eux. Je ne veux pas qu'ils l'aient.

— Si jamais c'était ce que tu désires, reprit Penny avec précaution, je pourrais le garder.

Lachlan recula d'un pas, sous le choc. Mais les yeux de Mary s'emplirent de larmes.

— Vous feriez vraiment ça ?

— Oui.

— Et il serait comme votre fils ?

Il y avait tant d'espoir dans cette petite voix qu'elle devint acérée comme une lame, plus dévastatrice qu'un coup de mousquet.

— Seulement si c'est ce que tu veux.

— J'ai essayé de me débarrasser de lui, lâcha Mary dans un murmure. Je me suis sentie tellement coupable, après, quand il est né et quand je l'ai vu. Mais... je ne peux pas m'occuper de lui. Je ne saurais pas faire. Et jamais je n'avais pensé que je pourrais avoir un jour la chance d'aller à l'école. Que je pourrais apprendre des choses...

— Tu peux. Et si tu le veux, si tu travailles bien, tu pourrais un jour trouver une place de gouvernante.

Lachlan vit tout un monde de possibilités nouvelles s'épanouir dans le sourire de Mary.

— Je ne veux pas vivre dans une maison pleine d'enfants comme ma mère. Ou être battue tous les jours par mon mari. Je veux... apprendre à lire, à écrire, et avoir un vrai travail. À Londres...

Penny s'approcha d'elle avec douceur.

— Et moi, je veux simplement te donner la liberté de choisir.

— Choisir ? Je ne pensais pas que c'était possible, pour moi. Je n'ai jamais rien choisi.

— Maintenant, tu le peux. Et quoi que tu décides...

— Je veux aller à l'école ! Si mon fils peut grandir dans une bonne maison... Moi je ne saurais pas l'élever. J'ai passé des semaines ici, sans rien à faire, et je n'arrive même pas à le calmer quand il pleure. Je sais pas comment le tenir. Ce n'est pas sa faute, mais son père... Son père m'a fait du mal. Quand je le regarde, c'est à ça que je pense.

— Tu n'es pas obligée de vivre ainsi, répondit Penny.

— Merci !

— Tout ce que je désire, c'est que tu fasses de ton mieux avec les choix que je te donne. Et surtout, que tu laisses derrière toi le passé. Ne doute jamais de ta décision.

Une angoisse soudaine étouffa Lachlan. La simple idée de voir ce pauvre bébé, si fragile, sous sa responsabilité, de voir Penny l'aimer, et...

S'il mourait, comment s'en remettrait-elle ?

Il attendit d'avoir quitté la chambre avant de se camper devant elle.

— Vous n'avez tout de même pas l'intention de garder le bébé ? demanda-t-il.

— Pourquoi pas ?

— Vous ne m'avez pas demandé la permission.

— Pendant notre voyage, vous m'avez dit que je pourrais trouver un enfant à chérir, ici.

— Non, je n'ai pas dit cela.

— Si.

— Alors, c'est que je pensais juste que vous pourriez vous occuper des enfants des autres, de temps en temps. Je ne pensais pas que vous adopteriez un orphelin !

— Si ce qui vous inquiète tant dans l'idée d'avoir des enfants est de perpétuer votre lignée, alors le fils d'un autre ne devrait pas être une menace.

— C'est ainsi que les choses vont se passer, alors ? Vous proposez à cette fille une place dans une école pour vous accaparer son fils ?

Penny parut offusquée.

— Bien sûr que non ! Comment osez-vous penser une chose pareille ?

— La question est justifiée, il me semble…

— Je veux cet enfant, oui. Je l'aime. Et je suis bien plus à même de m'occuper de lui qu'une fille de treize ans. N'ai-je pas un époux riche, et chef de clan de surcroît ?

— Un époux à qui vous n'avez pas demandé son avis.

— C'est un *bébé*. Et vous m'avez clairement fait comprendre que ce genre de sujet ne vous intéressait pas. Mais vous m'avez aussi dit que vous m'empêcheriez de devenir mère de peur de poursuivre votre lignée. Cet enfant n'est pas votre fils, donc cela ne devrait pas vous poser de problèmes, si ?

Cette fois, Lachlan eut du mal à contenir sa colère.

— Faites ce que vous voulez, Penny, mais je refuse toute responsabilité. J'ai déjà bien assez à faire sans me soucier d'un enfant abandonné.

— Il n'est pas abandonné. Mary prend la décision qu'elle juge la plus sage, pour elle comme pour lui. Si vous aviez vu son désespoir, la première fois que nous nous sommes parlé… Elle ne voulait pas cela. Et même maintenant, il est clair qu'elle n'arrive pas à s'attacher à lui. Elle ne pourra pas l'aimer. Tout ce qu'elle a traversé est profondément injuste.

— Faites ce que vous voulez, répéta-t-il obstinément. Je m'en moque. Sachez juste que je ne m'occuperai pas de l'enfant.

— Je ne vous voyais pas comme un tyran buté. Je sais à quel point votre père vous a fait du mal ; à quel point il a maltraité ses gens. Mais, même après tout cela, je ne pense pas que votre sang soit mauvais, Lachlan Bain. Néanmoins, je comprends que vous le croyiez. Ce que je ne comprends pas, en revanche, c'est pourquoi vous… Pourquoi vous m'en voulez de prendre ce bébé sous mon aile.

Non, elle ne comprenait pas. Elle n'avait pas vu ce que lui avait vu. Elle ne savait pas à quel point la mort de tant d'enfants avait détruit sa mère, année après année. Elle ne savait rien de la promesse qu'il avait faite à ce bébé blessé qu'il avait découvert sur le champ de bataille. Une promesse qu'il n'avait pas été capable de tenir.

Elle ne savait pas que la force, le pouvoir et l'amour ne suffisaient pas à garder un petit en vie. Quoi que l'on fasse.

Elle pensait peut-être en avoir conscience mais elle se trompait.

— Si vous tenez à vous occuper du petit, je ne vous en empêcherai pas. Mais n'oubliez pas que vous avez toujours été protégée, Penelope, et vous pensez que les choses finissent toujours par s'arranger, comme cela a été le cas pour vous. Moi, je sais à quelle vitesse une fièvre peut emporter un être aussi petit. Et quand on a le cœur brisé par la mort d'un enfant…

— Lachlan, vous ne pouvez pas… *Personne* ne peut jamais être sûr de ne pas souffrir. Tout comme vous ne pouviez pas être sûr d'être bien accueilli ici, à votre retour. Cela ne vous a pourtant pas empêché d'essayer. Je ne peux pas garantir que cet enfant vivra deux ans, dix ans, trente ans. Mais… quand on commence à se refermer sur soi comme vous le faites… J'ai vu mon père : je sais ce qu'il en résulte. Il n'a jamais supporté mes émotions et, pour les faire taire, il m'a repoussée. Il m'a forcée à étouffer mes sentiments pendant des années. Cela m'a manqué. Ici… Ici, j'ai enfin trouvé ma place et je refuse de la rendre. Je n'arrêterai pas d'aimer de peur de souffrir un jour. Je ne peux pas.

— Ainsi soit-il.

Sur ce, il tourna les talons et abandonna Penny au beau milieu du couloir sans même jeter un regard en arrière. S'il avait été homme à éprouver de la culpabilité, il en aurait sans doute ressenti, maintenant.

Seulement, ce mot ne faisait pas partie de son vocabulaire.

Sa femme restait peut-être la fillette d'autrefois qui avait sauvé l'oiseau.
Mais il n'était plus le garçon qui l'avait aidée.
Jamais plus il ne serait cette personne.

17

L'intimité que Penny avait trouvée avec Lachlan commença à se fissurer. Et tout son corps semblait se briser en même temps. Mais elle avait fait une promesse à Mary et la responsabilité qu'elle ressentait vis-à-vis de l'enfant l'obligeait à agir.

Une fois les affaires de la jeune fille emballées, celle-ci partit en Angleterre, les yeux humides, accompagnée de l'un des hommes de Lachlan et Flora, qui avait trouvé un nouveau poste là-bas.

Après cela, les choses ne firent qu'empirer entre eux.

Parce que Penny commença à passer plus de temps à s'occuper du bébé. Le soin de lui trouver un nom, par exemple, lui revenait. Hélas, elle avait du mal à se décider. Son père ne méritait sans doute pas l'honneur de voir le garçon nommé d'après lui. Lachlan ne voudrait pas voir son propre nom utilisé. Quant à celui de son père…

Non. Impossible.

Elle venait de passer deux jours à arpenter les couloirs, le bébé dans les bras, et à réfléchir.

La sage-femme l'avait aidée à trouver une nourrice, qui était à présent installée au château. Penny était navrée de ne pas pouvoir nourrir l'enfant elle-même, ne serait-ce que pour lui montrer qu'elle était sa mère, à présent.

Sa mère.

Penny avait perdu la sienne si jeune qu'elle n'avait presque aucun souvenir d'elle et que le mot « mère » était lié dans sa tête à des sentiments tendres et magnifiques souvent suivis par l'amertume du regret.

Le fait de pouvoir devenir mère à son tour, de retrouver un lien avec ce mot, avec cette relation intime entre deux personnes... C'était un don précieux dont elle avait rêvé sans le savoir.

Elle avait voulu des enfants, simplement parce qu'elle avait pensé que c'était dans l'ordre des choses. Parce qu'il était communément admis pour une femme de sa condition de se marier et d'être mère.

Quand Lachlan lui avait arraché ce rêve, elle avait dû étouffer sa déception en elle.

Seulement, un jour qu'elle tenait le fils de Mary dans ses bras, elle avait compris pourquoi cela lui tenait tant à cœur.

La présence de ce bébé la rapprochait de sa propre mère. Elle comprenait enfin pourquoi celle-ci l'avait regardée avec une telle tendresse. Elle avait l'impression d'avoir été réellement aimée, autrefois. D'avoir connu un amour que seul un parent peut offrir.

Une semaine après le départ de Mary, Penny trouva enfin un nom pour le bébé. Elle se rendit aussi compte que pendant ces quelques jours, elle n'avait pas une seule fois songé à la petite boîte dans laquelle elle avait l'habitude d'enfermer ses émotions. Elle les avait ressenties, tout simplement. Elle avait éprouvé de l'amour, de l'angoisse, du désespoir. Cela avait été tellement vrai, tellement profond...

Elle avait ressenti une joie et un bonheur tels qu'elle n'en avait encore jamais connu.

Étonnamment, ce bien-être s'accompagnait d'une douleur intense, inexplicable. Parce qu'elle aurait voulu partager tout cela avec Lachlan. Elle aurait voulu qu'ils s'unissent, qu'ils forment une famille. Un clan. L'enfant faisait partie de sa vie, à présent, mais il y avait un gouffre entre son époux et elle. Elle aurait voulu qu'ils ne fassent qu'un.

Elle voulait Lachlan. À ses côtés. Toujours.

Elle souffrait de cette séparation et ne chercha pas à fuir ses sentiments. Pas plus que cette douleur ne lui fit perdre ses repères.

Son époux ne lui refusait pas son corps. Il était toujours aussi pressé de la retrouver chaque soir. Mais elle sentait la distance qui s'était installée entre eux. Il ne lui parlait plus aussi souvent qu'avant. Leurs silences n'avaient plus cette saveur douce et paisible d'autrefois.

Elle le connaissait assez bien pour ressentir son trouble et savoir qu'il était sincère. Même si elle n'en comprenait pas vraiment les causes.

Avoir son corps sans pouvoir approcher de son âme devint vite une torture – surtout après le bonheur qu'ils avaient goûté ensemble. Elle pouvait sentir le changement et avait conscience que ce n'était rien de moins qu'atroce.

— Je lui ai donné un nom ! annonça-t-elle au souper, ce soir-là.

Elle tenait le bébé dans ses bras. Lachlan la regarda, d'un air si peu intéressé que son cœur se brisa.

— Vraiment ?

— Oui. Camden. C'est un nom écossais.

Le sourire de son époux se fit glacial.

— Merci, je ne m'en étais pas rendu compte.

Elle fit de son mieux pour ignorer son cynisme.

— Cela veut dire « vallée tortueuse ». Je voulais lui donner un nom qui soit lié à cet endroit. Au clan.

Un nom qui semblait aussi rappeler le chemin qu'avait emprunté sa vie. Son cœur avait traversé une vallée tortueuse, parfois sombre et inquiétante, mais belle, aussi. Digne du voyage, quoi qu'il ait pu lui en coûter.

— Vous ne préférez pas un nom anglais ?

— Il n'est pas anglais, répondit-elle. Et je ne me considère plus comme telle non plus.

Lachlan se redressa un peu.

— Vous parlez toujours comme une Anglaise, pour moi.

— Je fais partie de ce lieu. De votre vie. Même si vous n'êtes pas très content de moi en ce moment.

Il haussa un sourcil d'un air surpris.

— Je ne suis pas mécontent.

— Si.

— Qu'ai-je fait pour vous pousser à croire cela ?

— Vous le savez très bien.

— Ne suis-je pas à table avec vous, en train de partager votre repas ? demanda-t-il en indiquant les plats entamés d'un geste qui voulait sans doute prouver sa générosité.

— Bien sûr. Mais ce n'est pas la même chose.

— Est-ce que je ne vous offre pas mon corps chaque soir ?

— Comment puis-je savoir que vous ne faites pas de même avec la première catin venue ? Les choses étaient différentes entre nous, avant, et vous le savez.

De nouveau, le regard de Lachlan s'endurcit.

— Est-ce que vous allez voir des filles ? insista-t-elle. Même si je vous ai demandé… Même si je vous ai dit de ne pas le faire ?

— Non.

Penny ne put retenir un soupir de soulagement et baissa les yeux sur Camden, caressant ses fins cheveux de bébé.

— Vous m'aimez beaucoup plus que vous ne voulez le faire croire. Et en ce moment, vous êtes plus contrarié que vous ne le prétendez.

— Je n'ai simplement rien à dire au sujet de l'enfant.

— Est-il donc condamné à grandir sans père ?

— Oui, puisque je l'ai *décapité*, je vous rappelle, et cela nous a tous libérés de lui. Personnellement, j'aurais préféré grandir sans père.

— C'est là le problème, n'est-ce pas ? Ne pensez-vous pas que vous feriez un bon père ? Parce que pour ma part, j'en suis sûre. Je sais que vous en êtes capable. La manière dont vous prenez soin du clan. La manière dont vous avez défendu Mary... Vous êtes un chef, Lachlan, alors que votre père ne l'a jamais été. Son sang coule pourtant dans vos veines, et c'est ce qui me fait penser que ce sang n'est pas faible. Parce que en vous... en vous, il s'est changé en quelque chose de différent. Vous croyez en l'honneur. En ce qui est juste.

— Oui, lâcha-t-il. En effet. Je sais que mon devoir est de réparer ce que mon père a corrompu, puis de le rendre au peuple. De rendre le pouvoir quand l'heure sera venue. Je pensais que Callum ferait un bon héritier, mais ce n'était pas le cas. Il y a cependant d'autres hommes, parmi les chefs, et je choisirai le meilleur d'entre eux ainsi que ses descendants, quand j'aurai vu qui est le plus à même de gouverner.

— C'est très honorable. Mais ce n'est qu'une autre manière de refuser vos responsabilités, au fond. Vous avez peur de ce que vous ne pouvez pas contrôler, je me trompe ? Rassurez-vous : je comprends. Quand je suis arrivée ici, mes émotions étaient bridées. Qui aurait pu m'en blâmer ? Personne dans mon monde ne s'était jamais soucié de moi. La seule personne qui s'était un tant soit peu intéressée à ce que je suis... c'était vous, Lachlan. Puis vous m'avez fermé votre cœur et j'en ai été dévastée. Rien de bon ne pourra sortir de tout cela, si nous nous entêtons à vivre ainsi.

— Bien sûr que si : cela pourrait apporter beaucoup de choses positives, au contraire, répondit-il. Ne voyez-vous pas tout ce que j'ai accompli ici ? C'est le résultat de ma façon de vivre.

Malgré son assurance, Penny devina autre chose au fond de ses yeux. Si elle ne l'avait pas aussi bien connu, elle aurait pu penser à de la peur.

De la peur ? Était-il possible qu'il soit effrayé ?

Camden passa une nuit particulièrement agitée et Penny décida de rester à son chevet, dans son ancienne chambre transformée en nurserie. Elle le tint contre elle, sans laisser Rona ou l'une des bonnes la remplacer. La nourrice vint quand il eut faim, mais le reste du temps, Penny resta seule avec le bébé.

Lachlan avait peut-être peur de devenir comme son père. À moins que ce ne soit quelque chose de plus profond, de plus primaire. Elle baissa les yeux sur ce petit être délicat et songea de nouveau à ce que son époux lui avait dit.

Les bébés mouraient.

Était-ce ce qui l'inquiétait tant ? Avait-il peur d'aimer cet enfant et de le perdre ?

Car Lachlan étouffait son amour, elle en était certaine.

Il se souciait peut-être d'elle mais…

Quelle pensée absurde !

L'amour.

Elle n'avait jamais envisagé d'avoir un jour un époux qui l'aime. C'était tellement rare de trouver un couple amoureux et marié. De pouvoir épouser la personne pour qui on ressentait cela.

Une impression étrange lui traversa le cœur. Comme une flèche acérée. Elle préféra l'ignorer.

Elle se contenta de bercer Camden. Mais c'était à Lachlan qu'elle pensait. À cette distance effroyable entre eux.

Si elle avait renoncé à enfermer ses sentiments dans son coffret secret, elle ne voulait pas pour autant mettre un nom dessus.

Cela aurait été trop douloureux.

18

Lachlan entendait des pleurs. Des cris.

Ils l'atteignirent au plus profond de son sommeil. Ses rêves s'effacèrent, laissant place à des souvenirs confus. *Il le vit alors.* Un petit garçon trop fragile, vulnérable, abandonné près du corps de sa mère.

Il pleurait, pleurait... Il était recouvert de sang. Le sien ? Celui de la femme ? Comment savoir ?

Lachlan le tint contre lui. Cette créature fragile, trop maigre. Il le serra contre son cœur.

— Je te promets de te protéger, murmura-t-il.

Il se réveilla en sursaut. Ses yeux sondèrent l'obscurité de la chambre. Les cris étaient toujours là.

Ils venaient de la chambre d'à côté.

Et sa femme n'était pas couchée dans le lit.

Il se leva vivement, trébucha sur le chemin de la porte de la nurserie et ouvrit.

La pièce était vide, à l'exception du bébé.

Camden.

Penny l'avait appelé ainsi. Pour honorer la vallée. La terre qui appartenait à son clan. Pour cette nouvelle région qu'elle prétendait avoir adoptée, tout comme elle avait adopté cet enfant.

L'image de sa femme, dévastée et en deuil, le déchira. Il était encore plongé dans une brume étrange – un état mal défini entre la veille et le sommeil. C'était de là que provenaient ses souvenirs.

Ils se mélangeaient avec ce bébé qui pleurait devant lui.

Prudemment, il s'approcha du berceau et contempla le petit visage rouge et crispé.

Il tendit la main. Un poing minuscule rencontra son doigt. Il se figea. Lachlan ne sut pas ce qui le poussa à reculer, mais il tenta de s'écarter. Les petits doigts se refermèrent sur son index.

Un inexplicable instinct de protection primaire s'empara de lui. Il bondit en arrière, trop troublé pour comprendre.

L'enfant recommença à pleurer.

Sa voix stridente lui rappelait *l'autre* bébé.

Il n'avait pas tenu d'enfant dans ses bras depuis... depuis que ce pauvre garçonnet était mort tout contre lui.

Lentement, il souleva le petit corps et le cala au creux de son coude.

Le bébé secoua la tête en reniflant comme un cochon.

— Tu vas être déçu, murmura Lachlan. Je n'ai rien à te donner et je ne sais pas où est ta nourrice. Ta mère non plus, d'ailleurs.

Sa mère. Si Penny était bien la maman de ce garçon, cela voulait-il dire de fait qu'il était son père ?

Il n'avait jamais voulu endosser ce rôle.

Pour des raisons trop nombreuses à énumérer. Des raisons qui trouvaient écho au plus profond de son cœur et ne semblaient pas près de s'effacer.

Il avait déjà fait des promesses. Il avait déjà juré que tout irait bien.

Il avait tenté de sauver une vie qui lui avait échappé.

Les bébés mouraient.

C'était ainsi que les choses se passaient. Il l'avait compris dès son plus jeune âge. Il avait grandi dans une maison perpétuellement en deuil. Cette demeure, ces murs de pierre avaient déjà vu trop de morts. Il avait fini par accepter cela, par s'y attendre.

Mais la brutalité absurde qu'il avait rencontrée sur les champs de bataille...

Il avait promis. Et il avait échoué.

Quels serments pourrait-il faire à ses propres enfants ? À son propre fils ?

Il n'avait pas le pouvoir d'arrêter la maladie, pas plus qu'il n'avait le pouvoir d'empêcher la foudre de s'abattre.

Il ne pourrait pas protéger cet enfant. Il ne pourrait pas non plus protéger Penny de la douleur qui l'envahirait si jamais elle le perdait.

Il n'avait pas voulu devenir père.

Soudain, la porte de la chambre s'ouvrit dans son dos et sa femme apparut.

— Oh ! s'écria-t-elle en le voyant. Je suis désolée... Je suis descendue à la cuisine pour trouver quelque chose à manger et je n'imaginais pas qu'il se mettrait à pleurer ainsi. Il allait très bien quand je suis sortie.

Elle le dévisageait avec des yeux ronds, dans lesquels on lisait un mélange de peur et de perplexité.

— Prenez-le, dit Lachlan.

Il lui tendit l'enfant d'un geste autoritaire.

— Un instant, répondit-elle avec douceur. J'ai passé toute la soirée avec lui et je meurs de faim...

Elle s'avança dans la pièce et déposa le plateau qu'elle avait remonté des cuisines sur une petite table près du lit.

— Vous avez quitté notre chambre pendant que je dormais ?

— Oui. Et je n'ai pas vraiment fermé l'œil. Il va falloir appeler la nourrice s'il ne se calme pas.

— Pourquoi vous occupez-vous tant de lui ?

— Si je ne le fais pas, comment saura-t-il que je suis sa mère ? répondit Penny. Je ne l'ai pas mis au monde, je ne le nourris pas... Je n'étais pas avec lui dès le début comme je le suis maintenant. Je veux qu'il sache.

— Et je suis sûr qu'il le sait, dit Lachlan.

En fait, il n'était certain de rien : il ignorait tout des bébés et, plus encore, de ce qu'ils pouvaient penser.

— Pourquoi est-ce que vous ne voulez pas de lui ? demanda-t-elle soudain.

— Penny...

— J'ai besoin que vous m'expliquiez. Je veux comprendre. Parce que vous êtes un homme bon, Lachlan Bain. Vous vous souciez de tous les membres de votre clan, et pourtant, vous rejetez cet enfant. Alors que... Regardez avec quelle facilité vous le portez, maintenant.

— Tout ce que je connais des bébés, c'est leur mort, avoua-t-il. La perte.

Il s'approcha et lui rendit l'enfant avec fermeté avant d'ajouter :

— Pour moi, c'est tout ce que ceci signifie.

— Mais certains bébés survivent. Sinon, nous ne serions pas ici, vous et moi.

— Oui, *certains*. Mais pas tous.

— Lachlan, dites-moi... Qu'y a-t-il ?

Il ne put réprimer un petit sourire amer.

— N'est-ce pas suffisant que ma mère ait perdu tous ses enfants sauf moi ?

— Il y a autre chose. Je le sens.

Lui aussi le sentait. La douleur s'agrippait à lui comme une bête blessée.

C'était une obscurité qui dépassait la rage familière.

Il se moquait de ressentir de la colère : il connaissait cela. Mais la souffrance... Une preuve de faiblesse. Un sentiment inutile. Aussi absurde que la pitié. Si Penny tenait tant à tout savoir, à partager ses souvenirs insoutenables, soit ! Tant pis pour elle.

— La femme que j'ai trouvée sur le champ de bataille. Violée et assassinée par les Français. Elle avait un bébé, qu'on a aussi laissé pour mort. Une balle l'avait atteint à la tête. C'était une plaie profonde, mais pas assez pour le tuer. Ils l'ont abandonné près du corps de sa mère, sans le moindre scrupule. Je l'ai trouvé et je l'ai enveloppé dans ma chemise. Je lui ai promis que je le sauverais. Pendant des jours, nous avons marché et j'ai emporté cet enfant avec moi. Jusqu'à ce que la fièvre s'empare de lui. Il est mort, Penny. Et je n'ai rien pu faire. Mes promesses n'avaient aucun poids. Je ne peux pas vous jurer que cet enfant vivra, lui comme n'importe quel autre. Je ne pourrai pas empêcher la maladie de l'emporter, si c'est son destin. Et vous non plus.

Jamais encore il n'avait parlé de cela à qui que ce soit. C'était arrivé bien avant que le jeune William rejoigne sa compagnie et il ne savait pas où se trouvaient les hommes qui avaient été témoins de la scène, à présent. Cet échec, il était condamné à le porter seul. Et c'était un fardeau plus lourd que tous les autres.

Car, quand il avait été rongé par la culpabilité après la mort de sa mère, il avait été incapable de rentrer chez lui. Cela le remplissait encore d'une fureur noire, car c'était le père de Penny qui l'avait empêché de revenir.

Mais il avait pu se venger de cet ennemi, au final.

Par contre, ces Français anonymes...

Il avait tué de nombreux soldats au combat ; cela n'avait pourtant pas vengé ce bébé et sa mère. Il avait leur sang sur les mains, quoi qu'il puisse faire pour se convaincre du contraire.

— Lachlan, vous avez au moins essayé, murmura Penny.

Aurait-elle pu trouver des paroles de réconfort plus ineptes que celles-ci ? Il en doutait.

— Peut-être, mais cela n'a rien changé. Cela ne changerait rien non plus si c'était vous que je devais protéger demain.

— Je ne suis pas votre mère, dit-elle calmement. Plus important encore, vous n'êtes pas votre père. Jamais vous ne me pousseriez à un tel désespoir.

Ces quelques mots remuèrent une émotion profondément ancrée en lui. Il se rendit soudain compte qu'il avait peur de cela, en effet. Il avait peur de la voir sombrer de la même manière que sa mère, si elle devait vivre ce genre d'épreuves un jour. Sa mère n'avait plus eu aucune raison de vivre. Aucune.

Il ne voulait pas que Penny connaisse ce sort à son tour.

Mais quand donc avait-il commencé à se soucier des sentiments de sa femme ?

Avant, du temps où il la connaissait à peine, il avait été beaucoup plus facile de la considérer comme un simple pion, il n'avait pas encore été témoin de tout ce qu'elle était. À présent, il savait. Penny était courageuse, farouche et belle. Il l'avait d'abord trouvée naïve et un peu idiote. Il avait cru que son insistance à sauver les animaux blessés était une preuve de sa faiblesse. Mais maintenant, il prenait conscience que c'était un besoin bien plus profond qui la motivait. Et il n'avait pas demandé à vivre de telles choses. Il n'avait pas demandé à découvrir toutes les facettes de son caractère.

Parce que cela n'avait pas d'importance. Cela ne devait pas en avoir. Un homme de son rang devait se marier un jour, mais rien ne l'obligeait à *connaître* sa femme, au vrai sens du terme. Rien ne l'obligeait à avoir de la tendresse pour elle. Entre ce genre de relation et les abus auxquels s'était livré son père, il y avait une grande marge, certes. Une marge qu'il n'avait pas besoin d'explorer. Il ne pouvait pas s'accorder la liberté d'être compatissant, mais cela ne voulait pas dire pour autant qu'il devait se montrer cruel.

Le monde était assez dur et injuste comme cela. Et un homme doux ne pouvait pas repousser cette cruauté hors de ses murs.

Il le savait mieux que personne.

Qu'est-ce que la douceur lui avait apporté de bon, jusque-là ?

Elle n'avait pas permis de sauver cet enfant, autrefois. Elle ne sauverait pas celui-ci non plus.

Il tourna vivement les talons et repartit dans sa chambre. Être réveillé en sursaut l'avait agacé. Il n'aurait jamais dû aller voir ce qui faisait tant pleurer le bébé. C'était le domaine de Penny, pas le sien. Il n'avait pas à s'occuper de ce garçon.

C'était un travail de femme. Et si son épouse avait besoin d'un nourrisson pour ne pas s'ennuyer, cela la regardait.

Lui devait se contenter de veiller à la sécurité du clan et de ses gens.

De Penny, aussi. Elle était sienne. Ils feraient mieux de ne plus l'oublier à l'avenir, l'un et l'autre.

Il n'arriva pas à fermer l'œil. Il passa près d'une heure à faire les cent pas dans sa chambre tandis que Penny et la nourrice s'agitaient de l'autre côté de la porte.

Enfin, sa femme le rejoignit.

— Si c'était pour rester debout, vous n'étiez pas obligé de partir, remarqua-t-elle.

— Je ne veux plus que vous vous occupiez de cet enfant pendant la nuit. Installez-le dans la chambre de la nourrice.

— Mais je veux prendre soin de lui ! protesta-t-elle.

— Ce n'est pas pratique. Nous avons engagé cette femme pour le nourrir et il y a une bonne raison à cela. Vous êtes l'épouse du *laird*. Vous n'avez pas à endosser cette responsabilité.

— C'est mon enfant.

— C'est un enfant *abandonné*.

— Non. Il est à moi, insista-t-elle obstinément. Comme s'il était né de mon propre corps. Et je refuse de me laisser dicter mon comportement avec lui.

— Pourtant, vous allez devoir m'obéir. C'est *moi* qui décide, ici. Je suis votre seigneur.

— Non, vous êtes mon *mari*. Et je ne comprends vraiment pas pourquoi vous vous mettez dans des états pareils !

— Je suis le MacKenzie. Ma parole fait loi.

Elle se campa devant lui, les sourcils froncés.

— Vous savez ce que vous êtes *vraiment* ? Un homme arrogant et borné ! Et qui devrait dormir depuis longtemps.

— Je ne suis pas un bébé qu'on couche dans son berceau à la tombée de la nuit, répliqua-t-il.

— Dans ce cas, arrêtez de vous comporter comme tel.

Un flot de colère se déversa dans ses veines. Elle n'avait aucun droit de lui parler sur ce ton. Et ses accusations n'auraient jamais dû le toucher à ce point. Il avait l'impression qu'elle s'attaquait à son âme armée d'une dague acérée. Ce clan était le sien. Ce château aussi. Ce n'était pas à sa femme de décider des règles !

— Vous n'avez rien à m'ordonner, Penny, lâcha-t-il.

— Et vous, vous avez l'air de ne pas comprendre que le problème va bien plus loin que ce pauvre enfant. Vous mettez de la distance entre nous. Vous vous détournez de lui... et de moi.

— Le confort de votre vie ici, sous mon toit, vous a peut-être fait oublier que vous êtes ma captive.

— Vraiment ? Je croyais au contraire que vous étiez le mien.

— Vous vous trompez, répondit-il. Sans doute parce que je n'ai jamais été cruel envers vous, et je ne le serai pas. Mais ne prenez pas cela pour une marque d'affection.

Elle recula vivement d'un pas, comme s'il venait de la frapper. Ce geste ne fit qu'attiser un peu plus sa colère. S'il avait vraiment levé la main sur elle, elle n'aurait même plus été capable de tenir sur ses jambes. Mais il ne le ferait jamais. Ne comprenait-elle donc pas à quel point il la traitait bien ? Il ne lui devait rien ! Elle était anglaise, fille d'un homme qui valait à peine plus que son propre père. Elle l'avait défié en adoptant ce bébé et il l'avait laissée faire sans protester – jusqu'à un certain point.

— Vous feriez un bon père, souffla-t-elle. Vous feriez aussi un bon époux. Je comprends que vous soyez convaincu d'avoir agi avec moi comme un vrai mari, et cela a parfois été le cas. Mais pas tout le temps. Vous luttez contre cela. Contre vos émotions et contre moi.

— Je ne lutte pas, Penny. C'est vous qui n'arrivez pas à accepter la réalité. La manière dont ces choses sont censées se passer. Vous refusez d'ouvrir les yeux sur le monde tel qu'il est, sur la dureté de la vie. Je vous ai autorisée à garder cet enfant, mais ne m'en demandez pas plus.

— Vous savez, je crois que le vrai problème, c'est que vous avez des sentiments, au fond de vous. Et vous en voulez davantage.

Penny comprit soudain qu'elle avait poussé son époux trop loin dans ses retranchements. La fureur qui flamboya d'un seul coup dans les yeux verts de ce dernier aurait été terrifiante, si elle n'avait pas été convaincue qu'il ne lui ferait jamais de mal.

Physiquement, en tout cas.

Émotionnellement, par contre, il avait le pouvoir de la détruire. Et elle le savait. Il avait le pouvoir de la briser en quelques mots bien choisis et il n'hésiterait sans doute pas à le faire s'il s'y sentait obligé.

D'un seul coup, toujours animé par cette même rage, il s'approcha d'elle.

— Vous vous oubliez, gronda-t-il. Vous oubliez pourquoi vous êtes là. Vous oubliez vos devoirs d'épouse.

Sans prévenir, il la prit dans ses bras. Fermement. Violemment.

Il ne l'avait encore jamais traitée de cette manière, pas

même au début. Car à l'époque, il avait eu soin de ménager son innocence. Plus maintenant.

Penny voyait bien qu'elle avait dépassé les limites, ce soir.

Mais cela ne lui faisait pas vraiment peur.

Elle n'était plus aussi naïve et ignorante que pendant sa nuit de noces. Elle n'était plus la jeune fille vendue à Lachlan Bain, ou la fillette enfermée par son père dans sa chambre, condamnée à pleurer seule sans personne pour venir la consoler.

Elle n'était même plus l'enfant qui avait vécu comme un deuil le départ d'un domestique attentionné, du seul ami qui avait ouvert pour elle la porte de l'humanité. Parce que ce garçon était toujours là, devant elle, enfoui sous l'immensité de l'homme qu'il était devenu. Elle le savait. Elle l'avait vu réapparaître un instant, quand elle l'avait surpris avec le bébé dans ses bras.

Il pouvait toujours prétendre qu'il ne ressentait rien pour Camden. Qu'il ne voulait pas se lier à lui. Mais elle avait vu la vérité.

Il n'était pas fait de pierre.

Il aurait voulu être aussi insensible, sans doute – c'était même certainement son désir le plus cher.

Quand il lui avait parlé de la femme tuée sur le champ de bataille ou du bébé qu'il avait enveloppé dans sa chemise, elle avait compris sa douleur.

Il ne souffrait pas d'une incapacité à éprouver de l'amour, mais d'un trop-plein au contraire. D'une source de tendresse telle qu'il ne savait pas comment la maîtriser.

Le garçon qui était venu en Angleterre dans l'espoir de sauver son clan. Qui n'avait pas pu rentrer à temps pour empêcher sa mère de mettre fin à ses jours...

Tout comme elle, ce garçon savait trouver un peu d'espoir dans les petites choses.

C'est pourquoi il l'avait laissée le suivre dans tout le domaine, autrefois. Elle en était convaincue.

Tout cela n'avait pas été un accident, et sa bonté de l'époque n'avait pas été pour lui qu'un moyen de contenter la fille de son maître. Non. Il y avait forcément autre chose, depuis le début. Mais à chaque fois qu'il avait placé sa foi en l'humanité, il avait été trahi.

Son père s'était joué de lui.

Il n'avait pu trouver une sorte de rédemption que dans le sang des champs de bataille.

Après toutes ces épreuves, Penny ne s'étonnait pas qu'il ait tant de mal à écouter ses sentiments.

À présent, c'était à elle de se montrer forte. C'était à elle de prouver que les événements qu'elle avait traversés l'avaient changée.

Elle sentait la puissance des bras qui la serraient et de la fureur dont il l'enveloppait, et comprit qu'il aurait été facile d'étouffer son amour et sa peur pour l'empêcher de les voir.

Mais elle refusait de rejeter ses émotions plus longtemps.

Dire qu'elle avait pensé aimer le duc... Pour ses bonnes manières. Pour sa famille.

Parce qu'il avait représenté une vie facile et douce ; une vie de rêve après son enfance désespérément vide et solitaire.

Mais au final, elle n'avait pas eu besoin de tout ce luxe, de cette sécurité.

Elle avait eu besoin d'aventure et de sauvagerie, de choses qu'elle n'aurait jamais cru pouvoir endurer. Elle avait eu besoin de la férocité de Lachlan.

Il n'y avait que cela, que cette dureté et cette force, pour briser enfin les murs qu'elle avait dressés autour de son cœur.

Elle aurait pu mener une vie calme, avec le duc. Protégée. Choyée.

Mais au bout du compte, cela n'aurait pas été très différent de l'indifférence qu'elle avait connue auparavant.

Une prison plus douce, peut-être...

Seulement, elle ne se serait jamais trouvée.

Parce qu'elle était forte et indomptable. Elle méritait d'être l'épouse d'un guerrier. D'être la maîtresse de ce château.

De tenir bon pour défendre son enfant. Et de se battre pour son mari.

Pour sauver son cœur et pour faire comprendre à Lachlan qui il était vraiment.

Car ils avaient tous les deux besoin de se réaliser pleinement l'un et l'autre.

Longtemps, elle n'avait vu dans le mariage qu'un moyen de découvrir une autre façon de vivre.

Parce que sa naissance la condamnait à exister soit sous la coupe de son père, soit sous celle de son époux. Et donc, pour quitter son père... il lui fallait un époux. Tout ce dont elle avait été certaine avant ses noces, c'était qu'elle voulait quelque chose de différent. Elle n'avait pas encore compris qu'elle voulait en fait *tout*. Sans concession.

L'amour.

Pas la simple tranquillité béate qu'elle avait espéré connaître à Bybee House. Une longue suite de jours passés à coudre avec un chat à ses pieds. Elle préférait de loin cette rudesse sauvage, brutale, qui lui inondait le cœur d'une affection violente. Qui la rendait vulnérable, exposée, mais aussi plus puissante.

L'amour.

Cette chose lumineuse, aveuglante, terrifiante qui lui donnait le courage de tenir tête à son highlander.

Lachlan avait connu la guerre. Et il ne l'avait jamais vraiment laissée derrière lui. Il se battait toujours – contre lui-même.

Contre tout ce qu'il voulait détruire en lui, cette faiblesse qu'il croyait voir dans son sang et qui n'y était pourtant pas. Penny le sentait.

Il n'était pas faible.

Et elle allait le lui faire comprendre. Elle lui montrerait la force qu'elle avait gagnée ici, mais aussi celle qui résidait en lui.

Il l'embrassa férocement, comme pour la punir. Elle sut qu'il essayait de s'emparer de la douceur et de l'intimité qui étaient nées entre eux pour les déchirer. Mais elle ne le laisserait pas faire. Elle n'avait plus besoin de se réfugier dans ses livres. Elle connaissait le corps de cet homme. Elle savait de quelle manière elle pouvait se l'approprier, tout comme elle savait de quelle manière lui céder pour être pleinement sienne.

Elle lui rendit donc ses baisers. Elle glissa sans hésiter sa langue dans sa bouche, les bras passés autour de son cou et les doigts enfouis dans ses cheveux. Elle lui mordit la lèvre et il gémit. D'un seul coup, il la repoussa sur le lit, étendit son grand corps au-dessus d'elle. Il déchira sa robe, son corset, sa chemise. Il lui arracha ses vêtements et les abandonna au pied du lit comme s'ils n'avaient pas la moindre importance.

Il n'était qu'à moitié habillé et elle n'eut pas besoin de beaucoup de temps pour le débarrasser de son pantalon, le laissant aussi nu qu'elle. Le bras de Lachlan était refermé autour de sa taille comme une bande de fer et il la plaquait contre le matelas moelleux. Son torse lui écrasait la poitrine. Il continua à l'embrasser comme si ces baisers avaient le pouvoir de les sauver tous les deux.

Ou de les damner tous les deux.

Il semblait engagé sur un sentier qui menait tout droit vers l'enfer et paraissait bien déterminé à l'entraîner avec lui, juste pour lui prouver qu'il en avait le pouvoir.

Peut-être étaient-ils trop différents. Peut-être ce qui se passait à présent entre eux n'avait-il rien de sacré.

Si. C'était sacré.

Plus que tout ce que Penny avait connu dans sa vie. La

passion qui brûlait dans cette chambre était une force incorruptible.

Il l'embrassa encore, plus violemment. Puis, sans la lâcher, il la retourna sous lui. Son sexe dressé se cala contre ses fesses. Il chassa ses cheveux emmêlés sur le côté et lui déposa une série de baisers fiévreux à la base de la nuque. La main de Lachlan se glissa entre ses cuisses, caressant sa chair palpitante du bout des doigts.

— Malgré tout cela, vous êtes humide pour moi, murmura-t-il contre son oreille. Votre désir s'éveille pour un monstre… Comment vous sentez-vous, en sachant cela ?

Elle redressa la tête et le contempla par-dessus son épaule.

— Forte, répondit-elle.

Il gémit de nouveau, la plaqua sur le ventre avant de l'attirer à lui. Elle était à genoux, sentant son torse contre son dos.

— Dans ce cas, nous allons bien voir à quel point vous êtes forte…

Son membre se pressa à l'entrée de son corps, là où elle était si mouillée, si prête pour lui. Jamais encore il ne l'avait possédée de cette manière.

Elle reconnut cette position, décrite dans le livre qu'elle avait lu. Elle connaissait cela.

C'était ainsi que les animaux faisaient. Pas face à face ou avec la femme à cheval sur le corps de l'homme. Non, c'était un acte plus brutal, plus sauvage. Sans doute Lachlan essayait-il de lui faire comprendre par là qu'il y avait une distance entre eux.

Elle se cambra, se pressant un peu plus contre lui, l'invitant presque à la pénétrer.

Il referma ses mains sur ses hanches et, d'un coup de reins violent, entra en elle. Il contrôlait tout – le rythme, les sensations – comme une sorte de châtiment.

Elle se tourna du mieux qu'elle put pour croiser son regard. Le désespoir qu'elle lut au fond de ses yeux lui prouva que cet accès de domination n'était qu'une façade. Il ne se maîtrisait pas plus qu'elle. Il avait peut-être la force physique nécessaire pour prendre les rênes, mais il était prisonnier de ses sens, tout comme elle.

Une étincelle d'espoir naquit en elle. Brillante et vive.

Elle n'était pas sa captive en cet instant.

Toute sa vie durant, elle avait été prisonnière de son père, avec pour seule perspective une captivité plus supportable dans la maison de son futur époux.

Mais le duc n'avait voulu l'épouser que parce que c'était une solution facile pour lui. Elle avait aidé sa sœur et celle-ci l'appréciait. Leur mariage était destiné à apporter un peu plus de paix dans sa maison et à le libérer de la pression exercée par la société.

Elle n'aurait été qu'un pion pour lui aussi, même s'il ne l'eût jamais dit ainsi.

Après tout, il tenait plus que personne aux bonnes manières.

Mais Lachlan...

Lachlan la désirait.

Il avait besoin d'elle.

Il était blessé et quelqu'un devait panser ses plaies. Elle comprenait à présent qu'elle seule aurait le pouvoir de le guérir.

Il ne pouvait pas la priver de son pouvoir. Toute sa force et son instinct de contrôle n'y suffiraient pas. Il était déjà trop tard pour cela. Un lien s'était créé entre eux et il avait besoin d'elle.

Plus important : elle l'avait vu dans ses yeux.

Comme s'il comprenait sa soudaine prise de conscience et lisait dans ses pensées, Lachlan l'attrapa brusquement par les cheveux et lui tira la tête en arrière pour l'empêcher de le regarder. Une douleur perçante lui traversa le cuir chevelu, mais elle ne fit que rappeler à Penny l'intensité de leur désir mutuel. Car même cette douleur se transformait en appétit farouche.

Elle la rendait plus humide encore, plus tendue, prête à laisser le plaisir éclater.

Déshonneur.

Non. Ce n'était pas du déshonneur.

C'était le salut. Pour eux deux.

— Lachlan, murmura-t-elle, comme une prière.

Ce simple mot suffit à le faire céder. Ses mouvements devinrent plus rapides, plus fiévreux. La sensation de son sexe en elle, mêlée à la pression que Penny ressentait déjà, fit monter une vague sombre, si dense et si profonde qu'elle eut peur de ne pas supporter la délivrance qui arrivait.

Tout se brisa autour d'elle. Son corps se mit à trembler, absorbant la jouissance de Lachlan pour s'en nourrir.

Ils atteignirent le pic ensemble. Et étrangement, cela lui donna une fois de plus l'impression de s'être trouvée.

Le souffle court, Lachlan s'écarta d'elle. Elle comprit qu'il s'était répandu dans son corps. Elle en était heureuse. Ravie de voir qu'il n'avait pu se contrôler. Elle savait aussi qu'il ne partagerait pas son bonheur.

En effet : il lâcha un atroce juron.

— Vous n'avez donc toujours pas compris ? demanda-t-elle.

— Quoi ?

— Vous n'avez toujours pas compris que le sang qui coule dans vos veines n'a pas été corrompu par votre père ? Votre sang est riche de tout ce que vous avez fait dans votre vie. De tout ce que vous êtes.

— N'essayez pas de m'enseigner la marche du monde. Vous n'êtes qu'une enfant. Une enfant qui n'avait jamais quitté sa maison avant notre mariage. Vous ne savez rien de la vraie vie.

— J'ai connu la douleur et la perte. Je sais comment espérer quand tout semble s'assombrir. Je sais comment rester forte quand tout s'écroule autour de moi. J'ai vu la tristesse et la détresse. Je les ai même ressenties. Je sais ce que c'est de vivre dans l'isolement, vous avez raison. Mais j'ai aussi appris à vivre au milieu des autres. Et c'est ce que j'ai fait. Ici. Avec vous. Et je... Lachlan, je n'aurais jamais cru pouvoir connaître tant de choses. Je pensais être heureuse en me contentant de survivre dans un certain confort. Mais ici, j'ai appris à vivre. Pour de vrai. Je... Je ne pensais pas connaître l'amour, Lachlan. Jamais. Et quand vous m'avez arrachée à l'avenir que j'avais préparé... Vous m'avez même enlevé tout espoir d'avoir un jour des enfants. Savez-vous seulement à quel point j'étais désespérée ? Étrangement, c'est grâce à cela que j'ai pu découvrir ce qui se cachait dans les profondeurs les plus reculées de mon cœur. Je vous aime. Je vous aime alors que je ne pensais pas pouvoir aimer celui que j'épouserais. C'est vrai, cet amour est différent de tout ce que j'ai connu avant. Différent de ce à quoi je m'attendais.

— Non, répondit-il froidement. Il n'y a aucun amour ici.

— Au contraire : si un endroit est propice à l'amour, c'est bien celui-ci. Cette vallée immense et sauvage. Tortueuse. C'est le lieu idéal.

— Mais je ne suis pas fait pour cela. Je ne suis pas un homme que l'on peut aimer. Je ne veux pas d'un sentiment auquel je ne pourrai jamais répondre.

— Qu'est-ce qui vous fait croire cela ?

— C'est ainsi que les choses doivent se passer, Penny. Je suis le MacKenzie. Je dois être fort. Mon cœur est d'acier. Vide. La seule chose que vous pouvez espérer de moi, c'est le feu qui couve au creux de mes reins.

— Lachlan, répondit-elle avec calme, vous aimez votre peuple. Vous aimiez votre mère. Et je suis convaincue que vous aimiez l'enfant que vous avez voulu sauver...

— L'amour est inutile. Il ne fait qu'attirer le malheur. Ma mère a aimé. Elle a aimé mon père malgré ses péchés.

Elle a aimé tous ses bébés qui sont morts, et elle m'a aimé alors que je n'ai pas pu l'aider. Qu'est-ce que cet amour lui a apporté, d'après vous ?

— Je suis désolée... Pour votre mère. Je pense que l'amour a aussi poussé mon père à me faire souffrir, dans sa douleur. Il aimait forcément ma mère. Sans cela, pourquoi aurait-il été blessé à ce point par mes larmes ? Je pense que m'entendre pleurer ravivait sa propre souffrance et qu'il ne l'a pas supporté. Mais n'est-ce pas le vrai problème, au fond ? On ne s'autorise pas la moindre souffrance. On n'écoute pas ses émotions. On s'enferme dans une prison qui ne possède pas de porte. La tristesse, c'est au moins quelque chose. Le pire qui puisse nous arriver serait de ne plus rien ressentir du tout.

— Non, le pire serait d'oublier pourquoi nous sommes ici. Les sentiments obscurcissent notre destinée.

— Et votre colère, ne fait-elle pas la même chose ? Votre soif de vengeance ?

— Peut-être qu'elle m'a empêché de voir quelle était ma mission, répondit-il. Parce qu'elle m'a poussé à vous amener ici. Cet endroit n'est probablement pas fait pour vous.

— Lachlan...

— Vous êtes ma femme et vous serez toujours la maîtresse de ce château. Mais nous n'avons plus besoin de partager la même chambre. Ou la même vie.

— Voilà où nous en sommes. Je vous défie et vous me punissez en me condamnant à vivre près de vous, mais pas avec vous ?

— C'est préférable pour nous deux. Vous avez atteint votre propre but : vous avez votre enfant.

— Cela ne me suffit pas.

— Comment est-ce que cela pourrait ne pas vous suffire ? gronda-t-il. Comment ? Vous étiez contente à l'idée de vivre avec votre duc et vous n'auriez rien obtenu de plus de lui. Est-ce son titre qui vous manque ? Les bals ?

— Vous avez raison. Je n'aurais rien obtenu de plus de lui et cela ne m'aurait pas dérangée parce que je n'aurais pas désiré plus. Je ne m'attendais à rien de tel. Pas pour moi, et moi-même je m'en croyais incapable. Mais avec vous...

— Comment ? Comment avez-vous pu découvrir autre chose avec moi ?

— Parce que vous m'avez peigné les cheveux. Parce que vous m'avez rendu mon coffret à bijoux. Parce que vous avez essayé de sauver cet enfant en France, alors que d'autres hommes l'auraient simplement compté comme une victime de plus de la guerre. Parce que je vois qui vous êtes. Vous pouvez toujours prétendre que cet autre Lachlan est mort, je sais que c'est faux.

Il resta immobile un long moment, comme pétrifié. Et Penny laissa ses larmes lui couler sur les joues.

— Parce que je suis capable de pleurer pour vous, murmura-t-elle. Pour nous.

— Ne gaspillez pas vos sanglots pour moi. Je n'en veux pas et je n'en ai pas besoin.

Il ne quitta pas la chambre. Il ne lui demanda pas de partir. Il se contenta de s'allonger sur le lit, comme s'il était prêt à dormir, à l'ignorer et à ignorer tout ce qui venait de se passer entre eux. D'un seul coup, Penny se rendit compte qu'elle n'avait aucune échappatoire. Qu'elle n'aurait aucun répit. Si cet homme voulait vraiment se refermer en lui-même, elle ne pourrait pas l'en empêcher. Elle ne pouvait pas quitter le château. Elle ne pouvait pas abandonner son époux. Et elle n'en avait de toute manière pas envie, car elle l'aimait. Mais alors qu'il avait fait le nécessaire pour l'atteindre, qu'il avait brisé les murailles dont elle s'était entourée, elle n'avait pas été capable de lui rendre la pareille et de le libérer.

Ce nouveau désespoir, si intense, risquait de la détruire entièrement.

Elle se rhabilla et, refusant de quitter leur lit, s'allongea dessus, dos à Lachlan. Elle avait presque l'impression que des lieues les séparaient.

Ce n'était pas sa brutalité ou la passion dont il avait fait preuve qui les éloignaient tant.

C'était son obstination à lui refuser son amour.

Comment allait-elle bien pouvoir survivre à ce rejet ?

19

Ils ne s'étaient ni parlé ni touchés depuis deux jours. Chaque nuit, Penny s'allongeait dans le lit aux côtés de Lachlan, vêtue de sa chemise de nuit, et lui tournait le dos.

Mais ce qui avait été dit avait été nécessaire. *L'amour…*

Il ne voulait pas de cela dans sa vie.

L'amour.

Oui, c'était bien la dernière chose qu'il désirait.

La distance qui s'était creusée entre eux était si importante qu'il n'avait pas été surpris quand elle ne l'avait pas rejoint pour le souper, les jours suivants. Mais quand il découvrit le bébé en pleurs dans la nurserie sans que Penny vienne le voir, il commença à s'inquiéter.

La nourrice finit par arriver et dévisagea Camden et Lachlan tour à tour.

— Où est la maîtresse ?

— Je ne l'ai pas vue.

La nourrice eut l'air étonnée. Elle prit néanmoins l'enfant et le cala contre sa poitrine.

— C'est inhabituel, remarqua-t-elle.

C'était même plus qu'inhabituel. Lachlan avait du mal à imaginer sa femme rester sourde aux appels de Camden.

— Occupez-vous du bébé, ordonna-t-il.

Il quitta la chambre et descendit le long couloir à la recherche de Rona.

— Où est Lady Bain ? demanda-t-il quand il la trouva.

— Je ne l'ai pas vue. Pas depuis le milieu de la matinée.

Il poursuivit ses recherches. Non seulement elle n'était nulle part, mais il ne parvint pas non plus à trouver Isla, sa suivante. Bien sûr, elles pouvaient très bien être allées au village ensemble… Seulement, Penny avait cessé de s'y rendre depuis la naissance du bébé. Et encore plus après l'exécution de Callum.

Quelque chose n'était pas normal.

L'avait-elle quitté ?

Non. Peut-être aurait-elle eu le courage de lui tourner le dos, mais elle n'aurait pas abandonné Camden. Il la croyait quand elle disait qu'elle l'aimait comme s'il était sorti de son propre corps, et lui rappeler comme il l'avait fait que ce bébé n'était qu'un enfant abandonné n'y changerait rien. Il avait bien vu avec quelle tendresse elle s'occupait de lui.

Il poursuivit sa fouille du château et des jardins. Il était sur le point de pousser jusqu'au village quand il remarqua un éclat bleu, dans un coin de la cour.

Il s'en approcha et son estomac se noua de terreur.

Isla.

Étendue au sol, la tête ensanglantée.

Il s'agenouilla et vit avec soulagement qu'elle respirait encore – mais à peine. Elle était inconsciente. Il la souleva dans ses bras et la porta jusqu'au château. La jeune femme était fine, légère, et il put la transporter sans le moindre effort. Malgré tout, son cœur tambourinait dans sa poitrine car il *savait*. Il savait que si Isla était dans cet état, Penny avait sans doute des problèmes pires encore. *Bien pires.*

Une douleur soudaine lui déchira le cœur et faillit le faire trébucher.

Non. Il ne pouvait pas penser à cela.

Il ne se l'autoriserait pas.

Il installa Isla dans la grande salle et appela sa femme de charge.

— Rona, dit-il, nous avons besoin d'un médecin. Quelqu'un. N'importe qui.

La brave femme s'agenouilla aux côtés d'Isla, horrifiée.

— Que s'est-il passé ?

— Je ne sais pas.

— Où est Lady Bain ?

— Je ne sais pas non plus. Je vous confie Isla, veillez à ce qu'on s'occupe bien d'elle. Il faut à tout prix que je retrouve ma femme.

Il portait déjà son épée à sa ceinture et sortit d'un pas vif, prêt à ordonner qu'on selle son cheval.

D'un seul coup, il se rendit compte que certains de ses hommes n'étaient pas là.

Et ses soupçons empirèrent.

— William, dit-il à son écuyer, prépare mon cheval.

— Oui, répondit le garçon.

Lachlan posa la main sur son épaule pour le retenir un instant.

— Dis-moi, as-tu vu Paden ?

— Oui, tout à l'heure. Il allait dans les bois.

— Était-il seul ?

— Oui, mais il portait quelque chose... Quelque chose de grand caché dans une cape. En travers de sa selle.

Lachlan ravala un juron.

— Sois mes yeux au château, le temps que je revienne. Tu me répéteras tout ce que tu entends, tout ce que tu vois. Ne dis à personne que tu m'es loyal.

— Je pense que personne ici ne doute de ma fidélité, répondit William. Sans vous, je ne serais pas là, je ne ferais pas partie de ce clan.

— Et j'ai confiance en toi, mon garçon. Mais prétends que tu es prêt à suivre le vent. S'il devait tourner.

— Que se passe-t-il, d'après vous ?

— Ma femme a disparu. J'ai trouvé sa suivante inconsciente. Et Paden est parti. J'ai des soupçons, mais je préfère ne rien dire tant qu'ils ne seront pas confirmés. Et si j'ai raison, je jure de teinter toutes les fleurs de cette cour du sang de ceux qui ont osé porter la main sur mon épouse.

Penny avait l'impression qu'on tambourinait sous son crâne. Elle ne se souvenait pas de ce qui s'était passé. Elle n'arrivait même pas à se rappeler où elle était. Elle eut du mal à ouvrir les yeux et, quand elle y parvint, elle comprit qu'elle n'aurait pas pu se souvenir de cet endroit parce qu'elle... ne le connaissait pas. Et elle était certaine d'une chose : elle n'était pas consciente quand on l'avait emmenée ici.

Elle remarqua vaguement que ses mains et ses pieds étaient engourdis.

Quelqu'un l'avait attachée.

Elle ne pouvait pas bouger.

Elle se tourna tant bien que mal et vit l'homme qui l'avait enlevée.

Paden ?

— Qu'est-ce que vous m'avez fait ? demanda-t-elle.

— Ah, vous êtes revenue parmi nous.

Elle ne répondit que par un clignement de paupières.

Paden eut un haussement d'épaules nonchalant.

— Ne vous en faites pas, vous ne resterez pas longtemps ici.

— Que faisons-nous ici ?

— Je n'ai pas d'explication à donner. Sachez juste que votre présence sert mon projet.

Voilà qu'on recommençait à la traiter comme un pion. Elle était attachée, couchée sur le sol d'une forêt, et on refusait même de lui dire pourquoi.

De toutes les choses qui auraient pu la mettre hors d'elle, celle-ci était plutôt inattendue.

Mais c'était aussi bon signe, d'une certaine manière. Cet homme paraissait convaincu qu'elle était impuissante, qu'elle n'avait aucune importance. Et s'il continuait à penser qu'elle ne pouvait rien contre lui, il finirait par baisser sa garde. Il la sous-estimerait.

Ce qui effrayait le plus Penny était l'expression haineuse qui déformait le visage de Paden. Il avait un regard sauvage, plus intense que tout ce qu'elle avait vu dans sa vie.

Les souvenirs commencèrent lentement à refaire surface. Isla et elle avaient été attaquées. Elles étaient tombées dans une embuscade à l'extérieur du château. Isla...

— Qu'avez-vous fait à ma suivante ?

— Elle survivra. Peut-être, répondit Paden. Vous, par contre, ce n'est pas si sûr.

Le cœur de Penny se brisa. Elle n'avait pas tant peur de perdre la vie que d'abandonner tous ceux qui comptaient pour elle. Camden. Lachlan.

Elle les *aimait*.

Pour la première fois de sa vie, elle éprouvait ce sentiment entier, lumineux, idéal.

Peu importait que Lachlan ne lui rende pas son amour. Elle l'aimait. Et elle venait de passer deux jours à ruminer dans son coin parce qu'il l'avait blessée. Quel bien en avait-elle tiré ? Aucun. Cela avait été tellement stupide...

Deux journées de perdues, alors qu'elle aurait pu l'aimer. Pourquoi s'était-elle ainsi refusée à lui, drapée dans sa dignité ? Parce qu'elle avait voulu se protéger. Encore une fois.

Certes, il lui avait fait du mal. Il avait voulu la blesser. Il avait cherché à la repousser parce qu'il ne savait pas comment aborder leur relation. Parce qu'il avait connu des épreuves atroces dans sa vie et qu'il n'avait pas encore trouvé un moyen de les surmonter.

Apparemment, songea Penny, elle non plus n'avait pas tout à fait achevé sa transformation.

Leur brouille n'avait aucune importance. Rien de tout cela ne comptait. Si elle avait eu l'occasion de revenir en arrière pour changer les choses, elle l'aurait fait sans hésiter. Si elle avait pu revenir en arrière pour l'aimer, simplement l'aimer de tout son cœur, sans penser à sa propre sauvegarde, elle l'aurait fait. Parce qu'il avait conquis son cœur.

Dans la joie. De son plein gré. Elle avait laissé cet homme l'attacher à lui et elle en était plus heureuse. Ou du moins, elle l'aurait été si elle n'avait pas tant tenu à prendre ses rejets comme des attaques personnelles.

Oui, il avait tenté de la détourner de lui. Mais c'était pour se protéger.

Parce que son immense courage avait tout de même des limites.

Il avait peur des choses qu'il ne pouvait pas contrôler. Et de tous les malheurs qui rôdaient sans qu'il puisse les combattre.

Et à présent, elle avait été enlevée.

Qui pouvait dire ce qui allait arriver ?

— Vous vous servez de moi comme d'un appât, n'est-ce pas ?

Si Paden avait tant voulu la tuer, il n'aurait pas eu de mal à le faire. Non. Il voulait assassiner Lachlan. Et il savait que ce serait plus difficile que d'assaillir deux femmes par surprise.

— Un appât, oui. Le début d'une révolte. D'une guerre. Si les hommes pensent que vous avez été tués par le clan Darrach, ce sera parfait.

Un sourire mauvais lui monta aux lèvres.

— Je ne pouvais pas défier le *laird* au château, vous le savez très bien. Un homme qui a survécu à dix ans de combats n'est certainement pas un adversaire à prendre à la légère. Mais s'il voit sa femme attachée avec une épée sous la gorge, il sera obligé de se rendre. Et ensuite, quand le village entendra parler de votre meurtre, de celui de Lachlan… Tout le monde blâmera le clan Darrach et je pourrai prétendre au titre de *laird*. C'est ce que Callum aurait pu tenter, s'il avait été capable de penser à autre chose qu'à ce qu'il avait dans le pantalon. Mais non. Il était en colère et n'a pourtant rien fait. Si un homme n'aime pas la manière dont son clan est dirigé, il a le devoir d'agir.

— Vous êtes un lâche, cracha Penny. Vous n'avez même pas le courage de défier Lachlan dans un combat à la loyale. Mais vous vous trompez sur un point : que ses méthodes vous plaisent ou non, mon époux se soucie de l'avenir du clan.

Son cœur se serra davantage.

— Il s'en soucie plus que de tout le reste. Vous l'avez mal jugé.

— Non, ma jolie, je ne crois pas. Et sa faiblesse lui sera fatale, comme pour Callum. Je prendrai le pouvoir. Tout l'argent du *laird* sera reversé au clan. Lachlan l'a voulu ainsi.

De cette manière, Paden obtiendrait tout. La fortune de Lachlan, le pouvoir, tout en écartant Penny et son époux.

— Je tuerai aussi votre bébé, reprit l'homme avec un sourire sadique. C'est le rejeton de Callum et je refuse de garder un MacKenzie vivant au château. Personne ne pourra remettre mon autorité en question.

Penny fut parcourue par un frisson glacial.

— Mon mari veut prendre soin du clan. Rien d'autre. Il a passé sa vie à travailler pour pouvoir rentrer chez lui et réparer les torts infligés à son peuple. Vous en revanche, vous n'êtes qu'un couard arriviste !

— Quel beau langage châtié de lady anglaise…

Une bouffée de rage envahit Penny, lui redonnant de la force.

— Non, je ne suis pas une lady anglaise. Je suis Lady Penelope Bain, du clan MacKenzie.

Allongée là, le corps engourdi et douloureux, elle ne savait plus qu'espérer. Si Lachlan venait la sauver, il risquait d'y laisser la vie.

Mais s'il ne venait pas... Alors Paden la tuerait, elle.

Elle pria en silence pendant quelques instants.

S'il vous plaît, si vous m'aimez, restez loin d'ici.

Parce que s'il l'aimait, il risquait de se sacrifier pour elle.

Et il devait vivre. S'il mourait aussi, Camden les suivrait dans la tombe.

Elle avait besoin de les savoir saufs tous les deux. C'était sans doute pour cela que les gens avaient si peur de l'amour, comprit-elle.

Aimer quelqu'un comme elle les aimait faisait souffrir. Même face à sa propre mort, c'était pour eux qu'elle s'inquiétait le plus.

— Inutile de prier pour votre délivrance, lâcha Paden avec mépris. Elle ne viendra pas.

Le désespoir monta en elle comme un raz-de-marée. Au même instant, elle redressa la tête. Un oiseau se tenait perché sur une branche, la tête inclinée sur le côté, en train de se balancer d'avant en arrière. Quel spectacle joyeux et incongru, dans de telles circonstances...

Était-ce un signe ?

C'était bien un oiseau qui l'avait convaincue de la bonté de Lachlan, autrefois. Et le souvenir de cette pauvre créature blessée lui rendit la foi.

Oui, il viendrait. Il viendrait pour elle.

Et ils triompheraient ensemble.

Parce qu'il était absolument impossible que les choses en soient autrement.

Lachlan ne croyait peut-être pas à l'amour. Mais Penny, elle, croyait en lui.

Et pour le moment, cela allait devoir suffire.

20

Le sang de Lachlan bouillonnait dans ses veines. Il ne savait même plus en qui il pouvait avoir confiance, parmi ses hommes. Il décida donc de partir seul et descendit à cheval la route qui menait à la forêt. Son épée et sa rage incontrôlable étaient ses uniques compagnes de chevauchée.

Il remarqua bien vite des traces ; une piste assez visible, même pour un simple promeneur. De toute évidence, un autre cheval avait emprunté ce chemin, il y avait très peu de temps. Bien sûr, cela ne voulait rien dire : n'importe qui avait pu aller dans la forêt. Mais il ne devait pas laisser le doute s'insinuer en lui. Cette piste le conduirait à Penny. Il fallait y croire.

Penny.

Et si elle mourait ? Que ferait-il ?

Il le lui avait dit assez souvent : pour lui la vengeance n'était pas un rêve, c'était un projet. Et c'était ce qu'il avait essayé de faire de sa vie, ce qu'il avait essayé de bâtir : un projet. Un plan.

C'était un objectif qui n'avait rien à voir avec ses sentiments. Il les avait fait taire de manière systématique pour ne pas devenir comme son père.

Ou pour ne pas souffrir comme sa mère.

Il y avait eu trop de choses en jeu pour qu'il s'autorise la moindre faiblesse.

Mais tous ses efforts passés ne suffisaient plus à le protéger. Parce que, quelque part durant ce chemin parcouru, Penny était devenue un rêve. Elle s'était insinuée sous sa peau, derrière son armure, réduisant ses défenses à néant. Il n'avait peut-être jamais voulu cela, c'était arrivé quand même.

Il suivit le sentier que William lui avait indiqué. Quand il arriva au bout du trajet, il s'arrêta un instant pour examiner quelques branches cassées devant lui. Il sut immédiatement qu'il touchait au but.

Il tira son épée, mit pied à terre et s'engagea dans la clairière.

Penny était là. Attachée.

En un instant, Paden se matérialisa derrière elle, l'épée sous sa gorge.

Un sourire sauvage lui illuminait le visage.

— Vous voilà enfin. Je vous attendais.

— Je t'égorgerai comme le chien perfide que tu es ! répliqua Lachlan.

— Oh non, je ne pense pas...

Un frisson désagréable le traversa.

— Je ne suis pas déçu d'avoir été démasqué : en fait, c'était ce que j'espérais. J'ai des hommes prêts à m'obéir. Est-ce le jeune William qui vous a envoyé ici ? Votre écuyer. Eh bien, vous serez peut-être surpris d'apprendre que votre homme le plus fidèle vous a tourné le dos...

Cette révélation frappa Lachlan comme une balle en plein cœur.

— Non, balbutia-t-il.

— Oh ! si. Voyez-vous, le jeune William est né dans le clan MacConnell. Sa mère est partie de chez elle parce qu'elle n'avait plus rien. Elle est venue ici pour demander aide et protection. Pour toute réponse, votre père s'est servi d'elle – et l'a tuée.

Une flamme dévorante se répandit dans les veines de Lachlan.

— Je n'ai rien à voir avec ce que ce monstre a pu faire !

— Peu importe. William a soif de vengeance et c'est ce que je lui offre. J'ai enfin le pouvoir de tous nous venger d'un simple geste...

— Laisse partir Penny.

— Je n'ai rien contre votre femme, croyez-moi. Si vous n'aviez pas été là, elle n'aurait eu absolument aucune importance. Elle ne serait même pas ici. Mais cela ne m'empêchera pas de lui trancher la gorge.

Il pressa un peu plus la lame contre la peau tendre de Penny et fit perler une goutte de sang. Les yeux de celle-ci s'écarquillèrent sous le coup de la douleur et Lachlan sentit la fureur monter un peu plus en lui.

— Lâchez votre arme, *laird*.

Lachlan resserra les doigts autour de la garde, au contraire.

— Tu joues un jeu très dangereux, Paden.

— Vous pouvez tout à fait me laisser la tuer et m'attaquer pendant que je suis occupé avec elle. Il vous suffit de décider si cette femme mérite que vous sacrifiiez votre vie pour elle ou non.

Penny. Son unique point faible. Paden avait visé juste.

Lachlan se crispa. Il ne laisserait personne faire du mal à sa femme ! Pourtant, il n'aurait dû se soucier que du clan et de rien d'autre. Sa propre vie n'avait d'importance que tant qu'elle servait les intérêts de son peuple.

Mais Penny comptait trop à ses yeux. Elle était son soleil, son étoile polaire. Elle seule avait le pouvoir de le guider. Sans elle, il n'était plus qu'un bras armé. Rien d'autre. Sans elle, il ne pouvait pas devenir le chef qu'il voulait être. Sans elle...

Aucune importance. Aucun de ces arguments ne comptait, au fond.

Sans elle il était perdu, tout simplement. Quoi qu'il ait essayé d'accomplir dans sa vie. Quoi que le clan puisse représenter – pierres, terres et traditions –, comment pourrait-il survivre sans cœur ?

Paden l'avait bien compris. Toute la faiblesse de Lachlan résidait dans les beaux yeux de sa femme.

Et cette faiblesse s'appelait l'amour.

L'amour qu'il avait tant craint toute sa vie.

Et à présent il se retrouvait mis face à cela, face à la seule chose qui l'avait poussé à fuir les émotions, la pitié, la miséricorde…

Il lâcha son épée.

Penny poussa un cri et une larme lui roula sur la joue.

Aussitôt, deux hommes jaillirent des fourrés, armes au poing.

Lachlan leva les mains pour se rendre.

— Maintenant, laisse-la partir.

— Non, répliqua Paden.

Il maintint sa lame contre la gorge de Penny tandis que les hommes marchaient vers Lachlan.

En un éclair, il comprit ce qui lui restait à faire.

L'acier mordit un peu plus la peau de Penny et un filet de sang coula le long de son magnifique cou.

Il vit rouge.

Quelques secondes encore et il la perdrait.

Il ne pouvait pas se permettre de la laisser mourir.

Il rugit et chargea Paden comme un animal sauvage. L'autre se figea. Malgré ses bravades, il rechignait à l'idée de tuer une femme de sang-froid. Elle n'était pour lui qu'un moyen de pression.

Et c'était là son erreur.

Lachlan referma les doigts autour de la lame de son adversaire, sans se soucier de la douleur qui lui traversa la paume, et l'arracha de la gorge de Penny. Son geste fut si soudain que Paden lâcha l'épée. Les doigts poisseux de sang, Lachlan envoya son poing dans le ventre de l'autre, qui s'écroula à genoux. Puis en un éclair il attrapa l'épée, la fit tournoyer au-dessus de sa tête et l'abattit, décapitant le traître sans la moindre hésitation.

Les autres hommes n'avaient pas perdu leur temps et se jetèrent sur lui. Lachlan fit volte-face. Un coup atteignit son épaule et il poussa un rugissement avant de transpercer le cœur du premier assaillant, puis celui du deuxième.

Ensuite, il attendit. Pour voir s'il y en avait d'autres cachés dans les buissons.

Et là, de l'autre côté de la clairière, il *le* vit.

William.

Le gamin lui faisait face, sa propre épée à la main. Il avait certes été soldat, mais ne se tenait pas aussi droit qu'un vrai guerrier, en cet instant. Au contraire, il ressemblait plus à ce qu'il était, au fond : un tout jeune homme. Les épaules encore étroites et les yeux remplis de terreur.

Lachlan ne regretta pas un instant d'avoir tué Paden ou les deux autres hommes. Mais l'idée de devoir mettre William à mort lui brisa le cœur.

— Attendez ! cria Penny. Ce n'est qu'un enfant !

— J'étais déjà un homme, à son âge. Et il a failli vous faire tuer.

— Lachlan... C'est cela que la vengeance finit toujours par apporter, vous le savez.

Ces mots l'atteignirent au plus profond de son être.

— Oui, soupira-t-il. Et William va bientôt apprendre où la vengeance peut mener, quand elle ne se déroule pas comme prévu.

— Il ne peut plus rien vous faire.

Lachlan serra les dents de plus belle.

— Je n'ai pas l'habitude de faire preuve de pitié.

Il s'approcha du garçon et William se mit à trembler.

— Ma mère...

— Je n'ai jamais levé la main sur ta mère, petit, coupa

Lachlan. Et si tu tiens à te disputer avec moi, dans ce cas, tu vas être servi. Mais le sang de ma femme a coulé aujourd'hui, et si tu crois que je pourrai te pardonner d'avoir voulu venger ta mère en tuant mon épouse...

— Je suis désolé ! s'écria William en lâchant son épée.

— Je ne supporte pas les lâches, reprit Lachlan froidement. Tu devrais au moins te battre contre moi, tenir bon pour défendre tes convictions.

Penny cria derrière lui.

— Lachlan ! Je vous en supplie...

— *Pourquoi ?* rugit-il. Pourquoi devrais-je l'épargner ?

— Parce qu'il n'a rien connu d'autre que cette violence, toute sa vie. Il ne sait pas que l'on peut agir autrement. Il n'a vu que la vengeance, le combat, la mort. Personne ne lui a jamais laissé la moindre chance de découvrir un monde différent.

— Je lui ai *sauvé la vie* autrefois. Je l'ai ramené chez moi. Sans moi, il ne serait même pas ici, aujourd'hui. Je lui *ai* laissé une chance et il a quand même choisi le chemin de la vengeance.

— Tout comme vous. Vous vous êtes servi de moi pour vous venger. Êtes-vous orgueilleux au point de ne pas vous en apercevoir ?

La pitié.

Lachlan baissa les yeux sur son épée, encore rouge du sang des trois hommes qu'il venait d'exécuter. Il avait passé sa vie entière sans connaître la pitié.

Sauf quand il avait essayé de sauver le bébé.

Ou l'oisillon blessé.

Cet oiseau et cet enfant lui avaient apporté bien plus que toutes ces années de massacres. Il n'aurait pas su l'expliquer, mais il avait... changé.

Il avait vu le pire qu'un cœur pouvait apporter, il avait connu les sentiments les plus amers, et il avait choisi d'aimer.

Dans sa faiblesse, il avait finalement été plus puissant que jamais.

Lentement, il abaissa son épée.

— Où est le reste de ton clan ? demanda-t-il à son écuyer.

— Je ne vous ai pas menti, en Angleterre, répondit William. Tout mon clan a été décimé.

— Dans ce cas, tu n'as nulle part où aller ; parce que si je te revois un jour sur les terres du clan MacKenzie, sois certain que tu te retrouveras au fond d'un cachot.

— *Laird*...

— Je te laisse en vie, estime-toi heureux. Mais je te bannis de chez moi pour toujours. Et n'essaie même pas de répandre ton poison auprès des clans voisins, parce que j'enverrai des messagers pour les prévenir de ce qui s'est passé ici.

Le garçon avait l'air au bord des larmes.

— Je ne voulais pas qu'elle soit blessée, protesta-t-il.

— Non, tu voulais juste ma mort.

— Paden a dit qu'il y avait bien assez d'argent et de pouvoir pour tout le monde. Il a dit que vous gardiez tout pour vous.

— Regarde ce que tu as fait avec le peu qu'on t'a confié, répliqua froidement Lachlan. Demande-toi si chaque homme mérite vraiment d'avoir du pouvoir. Ou si certains d'entre vous ne sont pas trop corruptibles pour s'en servir à bon escient.

Le jeune écuyer baissa la tête.

— Je suis désolé. Je n'ai plus de foyer, maintenant...

D'un seul coup, Lachlan vit le garçon différemment. *Il se vit en lui.* Tout comme lui, William était imprudent, en colère et prêt à sacrifier les innocents pour obtenir sa vengeance.

Lachlan n'avait-il pas fait la même chose avec Penny ?

Elle ne lui avait causé aucun malheur, et pourtant il n'avait pas hésité à l'entraîner dans sa quête de vengeance, juste pour atteindre son père à travers elle. Oui, la colère était une épée brandie dans un champ de bataille, fauchant des vies sur son passage sans se poser de questions.

Et il n'y avait qu'un seul remède à ce mal.

Lachlan l'avait vu chez Penny. Il l'avait vue entrer en contact avec les villageois et les domestiques qui peuplaient le château. Il avait vu tout ce qu'elle avait offert à Mary et l'amour dont elle entourait à présent Camden.

Elle agissait de la même manière avec lui. Pourtant, rien ne l'obligeait à se comporter en bonne épouse, à prendre soin de l'homme qui l'avait arrachée à sa vie sans même se soucier d'elle.

L'amour.

La pitié.

Lachlan avait depuis longtemps décidé de bannir ces émotions de sa vie, mais devait-il punir encore ? Entretenir la colère plus longtemps ? Non. Car tout cela ne soignerait pas le cœur de ce garçon. Peut-être voulait-il lui faire payer sa trahison, mais qu'est-ce que cela lui apporterait, à lui ? Qu'est-ce que cela apporterait au monde ?

C'était bien ce que Penny avait tenté de lui apprendre. Il avait simplement été trop obstiné pour l'écouter.

Parfois, on sauve un oiseau blessé. Parce qu'il est important d'essayer, que l'animal survive ou non. Parce que même sans rien retirer de ce geste, c'est bon pour l'âme.

Seule Penny s'était inquiétée pour son âme.

— Rentre au château, grommela-t-il sans quitter le garçon des yeux.

— *Laird*...

— Dis à Rona que tu as besoin d'un repas chaud et de sommeil.

Cette fois, les larmes faillirent déborder des yeux de William.

— Je vous ai trahi...

— Et nous ne sommes pas morts. Ni nous ni toi. Nous avons l'occasion de changer les choses, aujourd'hui. William, jamais de ma vie je n'ai fait preuve de la moindre pitié. J'ai toujours pensé que le monde était un lieu où la miséricorde n'avait pas sa place. C'est parfois vrai. Mais si je ne suis pas prêt à faire le premier pas, à céder à la pitié, qui le fera ?

Le garçon acquiesça gravement.

— Allez, file.

Lachlan n'eut pas besoin de se répéter.

Dès que William eut disparu au milieu des arbres, Lachlan se tourna vers Penny et courut à elle. Il s'agenouilla par terre et la serra dans ses bras tout en dénouant ses liens.

Elle fondit en larmes.

— Lachlan, sanglota-t-elle contre son épaule.

— Vous êtes sauve, Penny...

Il contempla les corps étalés autour d'eux. Oui, sauve. Elle était sauve !

— C'est William qui m'a envoyé ici, dit-il amèrement. Il savait que les autres m'attendaient.

— Et il savait aussi que vous lâcheriez votre épée si vous me voyiez en danger.

— Parce que même Paden avait compris quelque chose que j'étais incapable de voir, murmura Lachlan.

— Quoi donc ?

— À quel point je vous aime, Penny.

— Vous *m'aimez* ?

— Oui.

Tout en prononçant ce mot, il eut l'impression que son cœur se déchirait en deux.

— Je vous aime. Et je ne m'en suis rendu compte que lorsque j'ai vu Paden se servir de vous pour me vaincre. Je ne peux plus le nier. Je ne peux plus protéger mon cœur. Mieux vaudrait pour tout le monde que le MacKenzie n'ait pas la moindre faiblesse. Mieux vaudrait qu'il ne ressente rien du tout. J'aurais dû penser uniquement au clan, tout à l'heure. Mais je n'ai pas réussi. Je ne pouvais pas. Je vous aime. Et, au moment où je comprenais quelle erreur c'était, je l'ai accepté.

— Lachlan…

— Je viens de renvoyer William au château.

— Vraiment ?

— Oui. Jamais de ma vie je n'avais fait preuve de pitié, jamais. Mais, Penny… Vous m'avez appris que je ne pourrai jamais rendre le monde parfaitement sûr. Que je ne pourrai pas nous protéger – vous, moi, l'enfant – contre tous les dangers. Mais je peux au moins essayer de rendre ce monde un peu meilleur. Je pensais que le changement ne pouvait arriver que par l'épée, la colère, la vengeance, parce que j'étais convaincu qu'il n'y avait pas de plus grandes forces que cela. Mais j'avais tort. Vous me l'avez fait comprendre. Le changement se fait petit à petit, en laissant le choix aux autres, en leur accordant une seconde chance. En faisant preuve de pitié. En aimant, même quand ce sentiment nous dépasse. C'est ainsi que je vous aime – j'ai parfois peur de me laisser dépasser.

— Je vous aime aussi, murmura-t-elle dans un sanglot.

Lachlan la serra dans ses bras et la souleva de terre avec douceur.

— Vous ne pouvez pas me porter jusqu'au château, protesta Penny.

— Oh si, dit-il. Je peux.

— Mais vous êtes blessé à l'épaule !

Il remua un peu et sentit la douleur se réveiller. Au diable ! Un guerrier comme lui en avait vu d'autres.

— C'est vrai, mais je m'en moque, répondit-il néanmoins. Ce qui compte, c'est que vous n'ayez pas souffert.

— Comment saviez-vous que vous alliez réussir ? Comment saviez-vous que vous pouviez vaincre tous ces hommes à la fois ?

— Je l'ignorais. Mais j'ai survécu à dix ans de guerre contre les Français. Et même si un adversaire écossais comme moi sera toujours plus coriace... je m'en suis toujours tiré jusqu'à présent, non ?

— J'imagine, oui.

— Et quand je me battais en France, je n'avais aucune raison de vouloir vivre. Tout ce qui comptait pour moi était ma vengeance et mon honneur. À présent, vous êtes là. Je veux vivre pour être avec vous, Penny. Et je devais vous sauver à tout prix. Je n'avais donc pas vraiment le choix...

— Je savais que vous viendriez. J'avais tellement peur.

— Je me demande si je n'aurais pas mieux fait de vous laisser en Angleterre. Vous n'auriez jamais eu peur de quoi que ce soit avec votre duc.

— Non. Mais je ne l'aurais jamais vraiment aimé non plus.

Lachlan se figea au milieu du sentier. Ces dernières paroles l'avaient atteint plus profondément qu'il ne l'aurait cru possible.

— Penny, dit-il, j'avoue que je n'avais pas une grande foi en ce monde avant notre mariage. Le peu qui me restait m'avait été arraché par les horreurs de la guerre. Quand j'ai trouvé cet enfant blessé, j'ai cru... J'ai pensé qu'en le sauvant...

— Mais rien n'y a fait.

— Non, rien. J'ai donc fini par me convaincre que le seul moyen de me protéger était de ne plus avoir de sentiments pour personne. Seulement, mon père non plus n'aimait rien ni personne. Il n'avait d'affection que pour son propre pouvoir. Et c'est à cause de cela qu'il a agi comme il l'a fait.

Il lui déposa un tendre baiser sur les lèvres.

— Mais je vous aime. C'est ce qui m'a permis de voler à votre secours, aujourd'hui, et de triompher. Cet amour me rend plus fort et plus faible à la fois. Il me rend vulnérable, je l'avoue, mais vous m'avez fait comprendre qu'un chef doit parfois se montrer vulnérable aussi, pour mieux régner.

— Vous avez autorisé William à rester dans le clan.

— Oui. Si vous n'aviez pas été là, je ne l'aurais même pas laissé vivre, vous savez.

— Ce n'est qu'un enfant, lui rappela Penny.

— Cela n'aurait rien changé à mes yeux.

Il s'éclaircit la voix, un peu gêné.

— Pour vous avouer la vérité, ce que je lui ai dit tout à l'heure trouve un certain écho dans mon propre cœur. J'ai soudain compris que la femme dont je me suis servi... La femme dont je me suis servi pour assouvir ma vengeance m'aime et veut me protéger. C'est important, à mes yeux.

— Vous êtes un homme bon, Lachlan Bain. J'ai toujours su que cette bonté d'autrefois existait encore en vous.

— Non, elle avait disparu, dit-il en prenant sa main fine pour la plaquer contre son torse. Elle n'était plus là. Elle était restée à vos côtés pendant toutes ces années. Vous savez, je commence à me demander si je ne suis pas revenu chez votre père juste pour y retrouver mon cœur. Parce que je pense que je l'avais laissé là en partant. Et vous avez pris soin de lui en mon absence. J'aimerais que vous continuiez à vous en occuper... parce qu'il vous appartient.

— Je vous aime, dit-elle, et je ne pensais même pas que l'amour aurait un jour sa place dans ma vie.

— Moi, j'étais sûr que non. Mais vous m'avez transformé. Vous m'avez montré que l'amour rendait le monde plus beau. Parce que sans lui, il n'y a que... la vengeance et l'honneur. Pas de joie.

— Non, en effet.

— Est-ce que vous voulez rentrer en Angleterre ? Je n'ai pas envie de vous voir partir, mais j'ai l'impression de devoir au moins vous laisser le choix. Parce que je vous ai privée de cette liberté, avant. Il est temps que je vous la rende.

— Non, je ne veux pas m'en aller, répondit-elle. Je vous choisis, vous. Je choisis cette vie. Le clan.

— Et je vous choisis aussi, dit-il. Pas par soif de vengeance. Par amour.

Tandis qu'ils remontaient lentement jusqu'au château, la colère et la douleur qui avaient hanté Lachlan ces dernières années commencèrent à s'effacer. Toute cette souffrance, tous ces deuils l'avaient façonné, après tout. Et si l'amour n'avait jamais fait partie de l'avenir qu'il s'était promis, il savait à présent qu'il en avait absolument besoin.

Il avait besoin de Penny.

Lachlan Bain était un homme patient. Mais il n'avait pas vraiment su ce qu'il avait attendu si longtemps.

Il avait fallu qu'une Anglaise bavarde comme une pie entre dans sa vie pour qu'il comprenne.

Désormais, il ne lui restait plus qu'à espérer que celle-ci soit assez patiente pour continuer à lui enseigner le sens de la vie.

— Nous devons rentrer et retrouver notre fils, dit-il.

Les grands yeux bleus de Penny s'emplirent de larmes.

— Oui. Notre fils.

Épilogue

Lady Penelope Bain était en train de grignoter un toast quand elle ressentit soudain le besoin de faire le compte de ces dernières semaines. Quelques instants de réflexion plus tard, elle dut admettre qu'elle portait vraisemblablement l'enfant de son barbare de mari.

— Est-ce que cela te contrarie ? lui demanda-t-elle après lui avoir annoncé la nouvelle.

Lachlan avait beaucoup changé, durant ces derniers mois. Il ne se comportait plus du tout de la même manière avec elle, ou avec Camden.

La vie était différente, au château. Plus joyeuse. Isla avait repris le travail depuis peu, rayonnante de santé. On avait reçu des lettres de Flora et de Mary, qui paraissaient s'épanouir dans leurs nouvelles vies. Au début, les missives de Mary étaient écrites sous sa dictée par d'autres élèves de l'école. Mais la plus récente était signée de sa main.

La vie de l'adolescente changeait lentement. Un mot à la fois. Leçon après leçon.

Sa vie changeait grâce à l'amour.

Tout comme celle de Penny. Et celle de Lachlan.

L'amour avait surmonté les peurs de son époux et il ne cherchait plus à se protéger à tout prix. Mais... avait-il réellement oublié ses craintes en ce qui concernait l'enfant qu'ils pourraient avoir ? Certes, il ne prenait plus autant de précautions pour éviter une grossesse, mais Penny n'était pas certaine de sa réaction.

— Il m'a fallu du temps, répondit-il, pensif. Mais tu sais, ce n'est jamais de mon sang que j'ai vraiment eu peur. Je ne l'ai compris qu'après. J'avais peur de perdre un être que j'aime. Comme cela m'est arrivé beaucoup trop souvent pendant mon enfance. Et quand je n'ai pas su sauver le bébé, en France...

— Tu n'as pas échoué, Lachlan. Au contraire, tu as été sa seule chance. Si tu n'avais pas été là... Personne ne l'aurait tenu dans ses bras pour accompagner ses derniers instants.

Sous ses yeux, son mari si fort, aussi immuable qu'une montagne, s'écroula presque.

— Je n'avais jamais vu les choses sous cet angle, murmura-t-il d'une voix brisée.

— Tu n'as pas échoué, répéta-t-elle avec douceur. Tu as essayé. Tu as pris soin de lui. Tu as espéré, Lachlan. Et l'espoir est l'une des choses les plus puissantes au monde.

— C'est vrai. Tu as su me donner plus de raisons d'espérer que qui que ce soit d'autre. Tu m'as même donné des raisons d'aimer. Et je t'en suis reconnaissant.

Oui, ils espérèrent ensemble, et pendant de nombreuses années.

Ils eurent cinq enfants après Camden. Tous devinrent des jeunes gens forts, énergiques et intelligents.

Un jour, Lachlan annonça à Camden qu'il hériterait du titre de *laird* après lui.

— Mais nous ne sommes pas du même sang, protesta son fils. Tout comme ma mère n'est pas ma vraie mère.

— Oui, admit Lachlan, mais l'amour que tu ressens vient de nous. Et j'ai appris que c'est la seule chose qui compte vraiment.

Cette nuit-là, alors qu'il se glissait sous les couvertures

aux côtés de sa femme, il entreprit de prouver cela encore et encore.

— C'est étrange, dit-il après, alors qu'elle était allongée dans ses bras. La seule chose que je pensais ne jamais devoir connaître était finalement la seule chose dont j'avais besoin.

— Et qu'est-ce que c'est ?

— Ton amour.

— Je t'aime aussi, dit-elle avant de réfléchir un instant, le regard lointain. Tu sais, le duc avait quand même de très bonnes manières...

— Tu n'aimes pas les bonnes manières, lui rappela-t-il.

— Tu as raison. Mais je t'aime, *toi.*

RESTEZ CONNECTÉ AVEC HARLEQUIN

Harlequin vous offre un large choix de littérature sentimentale !

Sélectionnez votre style parmi toutes les idées de lecture proposées !

www.harlequin.fr

- **Découvrez** toutes nos actualités, exclusivités, promotions, parutions à venir…
- **Partagez** vos avis sur vos dernières lectures…
- **Lisez** gratuitement en ligne
- **Retrouvez** vos abonnements, vos romans dédicacés, vos livres et vos ebooks en précommande…

L'application Harlequin

- Des **ebooks gratuits** inclus dans l'application
- **+ de 50 nouveautés tous les mois !**
- Des **petits prix** toute l'année
- Une **facilité de lecture** en un clic hors connexion
- Et plein d'autres avantages…

Téléchargez notre application gratuitement

Télécharger dans l'App Store

DISPONIBLE SUR Google Play

SUIVEZ-NOUS !

facebook.com/HarlequinFrance
twitter.com/harlequinfrance

VOTRE COLLECTION PRÉFÉRÉE DIRECTEMENT CHEZ VOUS

0€*

Vos **2** premiers **livres** découverte

+ 1 cadeau surprise

L'amour vous transporte, on vous l'apporte !

*+4,95 € de frais de traitement.

Collections au choix	1ers Envois	Envois suivants
AZUR	2 livres 0 €* + 1 cadeau	6 livres par mois 32,70 €
BLACK ROSE	2 livres 0 €* + 1 cadeau	2 livres par mois 20,00 €
BLANCHE	2 livres 0 €* + 1 cadeau	2 livres par mois 18,20 €
VICTORIA	2 livres 0 €* + 1 cadeau	3 livres tous les 2 mois 29,45 €

REDER SAS au capital de 1 500 000 € - RCS Paris B 410 714 885.
Renseignements au 0 892 680 181 (0,40 €/min + prix appel).

OFFRE DÉCOUVERTE

À compléter et à retourner sans affranchir :

LIRIADE-HARLEQUIN - Libre-réponse 40181 - 27039 ÉVREUX CEDEX

☐ **OUI**, je profite de votre **Offre Découverte Harlequin** gratuitement (+ 4,95 € de frais de traitement).

Je choisis de recevoir la collection :

☐ AZUR — Club 3A02E /Clé E3788
☐ BLACK ROSE — Club 3R01J /Clé E3789
☐ BLANCHE — Club 3B01E /Clé E3790
☐ VICTORIA — Club 3V01G /Clé E3791

Ci-joint mon règlement pour les frais de traitement de 4,95 € par :

☐ **Chèque** à l'ordre de **HARLEQUIN**
☐ **Carte bancaire** (Carte Bleue, Visa, Eurocard Mastercard)

N° :

Date de validité :

Cryptogramme au dos de ma carte :
(indispensable)

Date limite : 31 décembre 2025. Envoyez-moi sans obligation selon la lettre jointe à mon envoi les colis suivants de la collection que j'ai choisie. Mon premier colis de 4,95 € me sera livré sous 6 jours environ selon les délais postaux. Si je ne suis pas satisfaite, il me suffira de le retourner sous 30 jours dans son emballage d'origine. Je serai alors remboursée.

Mme/M. :
Prénom :
Adresse :
Code postal :
Ville :

Indispensable pour le suivi de votre commande :
Téléphone :
E-mail :

Signature obligatoire ▼ Date : J J M M A A

Offre valable pour la France métropolitaine et Monaco. Conformément à la loi informatique et libertés du 06.01.1978 (Art. 27) et au Règlement européen du 27 avril 2016, vous disposez d'un droit d'accès et de rectification aux données personnelles vous concernant. Notre politique de traitement des données personnelles est consultable sur demande. Les prix sont garantis dans la limite des stocks disponibles, offres valables jusqu'au 31 décembre 2025. En cas d'épuisement, seul le remboursement de la somme versée, majorée des intérêts légaux, peut être exigé. Par notre intermédiaire, vous pouvez être amené à recevoir des propositions de nos partenaires, si vous ne le souhaitez pas, il suffit de cocher ici ☐ ou de nous contacter en nous indiquant vos nom, prénom et adresse. Offre réservée aux personnes majeures. Ce délai est valable uniquement pour les articles disponibles. Pour les commandes passées par courrier, il convient d'ajouter le délai d'acheminement et de traitement de votre bon de commande.

PAPIER — BAC DE TRI

REDER SAS au capital de 1 500 000 € - RCS Paris B 410 714 885.